HEYNE
BÜCHER

W0060013

Das Buch

Das »ultimative Buch über, für und gegen den Ruhrpott« nennt Leander Haußmann in seinem Vorwort Wolfgang Welts autobiographischen Roman *Peggy Sue*. 1986 ist dieses Buch zum erstenmal erschienen, in einer kleinen Auflage, und noch heute ist jedes Wort davon wahr – so wahr, wie es ein Roman nur sein kann, der nach »Peggy Sue« benannt ist und von Buddy Holly auf der Wilhelmshöhe handelt, und von Fußball und den Frauen, die man nie kriegt. Alles kommt vor in *Peggy Sue,* was wichtig war in einer Ruhrpott-Jugend in den achtziger Jahren, vom Rockpalast über Diedrich Diederichsen bis hin zur guten alten Stadtzeitungskultur. So ist dieses Buch ein Überbleibsel aus einer anderen Zeit und ein Szene- und Kultbuch für alle, die sich gerne von einem Hauch Lebensgefühl dieser tragenden Epoche umwehen lassen.

Der Autor

Wolfgang Welt, geboren 1952 in Bochum, ehemals Student, Bierfahrer, Schallplattenverkäufer und Musik-Journalist, arbeitet als Nachtwächter zumeist im Schauspielhaus Bochum.

WOLFGANG WELT

PEGGY SUE

Roman

Mit einem Vorwort
von Leander Haußmann

WILHELM HEYNE VERLAG
MÜNCHEN

HEYNE ALLGEMEINE REIHE
Nr. 01/10982

Umwelthinweis:
Das Buch wurde auf
chlor- und säurefreiem Papier gedruckt.

Copyright © 1997 by Wolfgang Welt
Copyright © dieser Ausgabe 1999 by
Wilhelm Heyne Verlag GmbH & Co. KG, München
Printed in Germany 1999
Umschlagillustration: Tony Stone Images/Peter Birch
Umschlaggestaltung: Design Nele Schütz, München
Satz: Pinkuin Satz und Datentechnik, Berlin
Druck und Bindung: Pressedruck, Augsburg

ISBN 3-453-15309-X

http://www.heyne.de

Inhaltsverzeichnis

›I left Peggy Sue a long time ago‹ (Buddy's Song, Fleetwood Mac 1970)
›Hey Peggy, Peggy, Sui-Suicide‹ (Drive She Said, Julian Cope 1991)

Was ich noch sagen wollte

Mein Dank gilt allen Damen und Herren, die mir Modell für meine Figuren gestanden haben.

Ein besonderes Dankeschön geht an jene Leute, die im Laufe der Jahre für die Veröffentlichung meiner Texte gesorgt haben.

Ladies first: Dorothee Gremliza, Heidi Grot, Jutta Stössinger, Vera Unger, Livia Theuer, Annette Garbrecht, Elke Schmitter und vor allem Ingrid Klein.

Außerdem: Bernd Gockel, Jörg Gülden, Diedrich Diederichsen, Christian Hennig, Günter Macho, Hansi Hoff, Wolfram Altenhövel, Wolfgang Braunschädel, Walter Hartmann, Manfred Vogel, Alfred Kolleritsch, Peter Engstler, Klaus Antes, Peter J. Bock, Willi Winkler, WE Baumann, Klaus Wegener, Jeroen Kuypass und last not least Wolfgang Körner.

Vorwort

Es war nachts, als ich vor drei Jahren die Pforte des Schauspielhauses passierte, oder war es früh?

Ging ich rein oder raus? War ich nüchtern, betrunken, sehr oder weniger? Ich weiß es nicht. Aber an diesen kleinen eisigen Schrecken, der mich durchfuhr, erinnere ich mich genau ...

Ein rundes, weiches Gesicht zeichnete sich fahl gegen das morgendliche Zwielicht hinter der Scheibe ab, stumm lächelnd oder eher grinsend, aber nicht so richtig freundlich musterte es mich. Ein Song lief im Radio. Peggy Sue?

»Hallo«, sagte es.

»Hallo«, erwiderte ich.

»Bist du der Haußmann?« fragte es bedrohlich.

Während ich noch über eine Antwort nachdachte, kam ein »ich bin der NACHTpförtner«. Das Nacht schien ihm wichtiger zu sein als der Pförtner, und dann sagte es: »Ich sitze hier und vergewaltige die kleinen Mädchen des Schauspielhauses, ich töte nur so zur Freude junge, arrogante Schauspielstudenten und habe überall Plastiksprengstoff deponiert, und wenn ich auf diesen Knopf drücke, dann geht der ganze Scheißladen in die Luft, und wenn ich Appetit habe, dann vernasche ich auch mal den Jungintendanten ...« oder hat er vielleicht nur gesagt: »Ich heiße Wolfgang Welt und wünsche dir noch einen schönen Tag«?

Wann ich dann sein Buch in die Hand bekam, das einzige von vergriffenen Exemplaren, weiß ich nicht mehr so genau. Aber ich habe es bis zum Ende gelesen, daran erinnere ich mich und daß ich es als ultimatives Buch über, für und gegen den Ruhrpott hielt und noch halte. Und daß

9

ich dachte, aus welcher Zeit kommst du, Wolfgang? Wo hast du deine amerikanischen Brüder gelassen, Kerouac, Burroughs, Dylan, Ginsberg … All die Monster der Pop-kultur der Sechziger.

Lostwolfgang auf dem Highway der Selbstbeschrei-bung mit dem Leser als Therapeuten. Da schreibt einer über sich und meint sich auch noch wirklich … gräßlich, gräulich, unerträglich. Und so was sitzt nachts bis mor-gens als Zerberus im Schauspielhaus, ein schreibender Pförtner, auch noch verlegt und nicht mal verbittert.

Und ich gehe an ihm vorbei und schäme mich. Er schreibt, er schreibt, o Gott, unser Nachtpförtner schreibt. Sie sind überall, die Kritiker, und manchmal sind sie auch wirk-lich gut.

Viel Spaß in Wolfgangs Welt

Leander Haußmann

Peggy Sue

Etwa zwei Jahre nach unserer ersten Begegnung machte mir Sabine am Telefon Aussicht auf einen Fick, allerdings nicht mit ihr selber, sondern mit ihrer jüngeren Schwester.

»Die Ute fängt jetzt hier an zu studieren und interessiert sich für Journalismus. Du hast doch da Verbindungen. Kannst du was für sie tun?«

»Klar doch. Sie soll mich mal anrufen.«

So wenig Anlaß ich hatte, sicher zu sein – ich würde mit dieser Ute ficken, von der ich bis dahin immer nur gehört hatte und von der ich nicht wußte, wie sie aussah. Ich vermutete wie Sabine, nur zehn Jahre jünger. Mit der hatte ich auch mal vögeln wollen, ohne daß was draus wurde. Das war vor zwei Jahren gewesen, als ich sie kennengelernt hatte.

Ich hatte damals nach 14 Semestern mein Studium abgebrochen, sehr zum Leidwesen meiner Eltern, die immer so gerne einen Akademiker in der Familie gehabt hätten, und arbeitete als Hilfskraft in einem Schallplattenladen. Wenn ich jetzt vom Werkkreis Literatur der Arbeitswelt wäre, würde ich diese Maloche näher beschreiben. Mir kommt's nur drauf an zu sagen, daß ich am Ende war, im Arsch, wie es schien, ohne Zukunft, mit sechs Mark Stundenlohn.

Eine Freundin hatte ich auch nicht. Meine Tage verliefen ohne große Abwechslung. Acht Uhr aufstehen, halb zehn Schichtbeginn, Mittagspause, Tchibo, buttern, halb sieben Feierabend. Meine Arbeit verlangte wenig Können, die hätte auch jemand von McDonald's machen können, Platten alphabetisch einräumen, verkaufte Scheiben aus der Reserve rausziehen und kassieren. Wie bei

11

McDonald's sind die Preise kodiert. Ich brauchte also nicht mehr z. B. 16,95 einzutippen, sondern gab den Code 12 ein, so wie die Verkäufer in den Hamburger-Läden nur auf ein Symbol zu drücken brauchen. Mit der Kundschaft gab's kaum Gespräche, außer vielleicht: »Der Bowie hat sein eigenes Fach«, »die neue Müller-Westernhagen steht in der Wand«, »Michael Franks steht unter Diverse F«, »nein, wir spielen nichts vor«, »aus der Fernsehwerbung führen wir nichts«. Aber ich will ja kein Buch über langweilige Arbeit schreiben, sondern wie ich alles daransetzte, diese Ute zu ficken und wie das vorher mit ihrer Schwester gewesen war.

Claudia war schuld, daß ich sie kennenlernte. Ich war seit unserer Schulzeit mit ihr befreundet. Ab und zu gingen wir zusammen aus. Einmal war ich nahe dran, aber auch nur einmal, sie ins Bett zu kriegen, doch hatte ich mich dösig angestellt, und es blieb dabei, daß wir gute Freunde blieben. Sie weihte mich in einen Plan ein, telefonisch: »Ich hab' da 'ne Kollegin, die einen vermögenden Mann sucht. Die hat 'n Kind. Ich will sie mal einladen und mit meinem Bruder verkuppeln.« Und da wollte sie zur Auflockerung, daß auch ich käme.

Werner war Apotheker. Schon an der Tür begegnete ich der jungen Dame und sagte: »Du mußt Sabine sein.« Sie schien mich für Werner zu halten und begrüßte mich mit einem Hallo. »Hat dir die Claudia gesagt, daß ich komme?« Ich klärte den Irrtum auf und klingelte.

Jetzt betrachtete ich sie im Hellen. Ich dachte sofort ans Ficken. Sie war etwas kleiner als ich, schlank, hatte lange braune Haare und eine etwas zu lange Nase. Auch wenn ich alles andere als der reiche Kerl war, den sie suchte, ich würde mein Glück versuchen. Claudia brachte uns ins Wohnzimmer. Werner tauchte geraume Zeit nicht auf. Mir war auch nicht ganz klar, ob er von Claudias Plänen wußte.

12

Nach so langer Zeit weiß ich nicht mehr genau, worüber ich mit Sabine sprach. Jedenfalls kamen wir auf ihr kleines Kind, und ich erriet, daß sie ihre Tochter Hannah nach der Hannah Arendt benannt hatte. Eins zu null für mich. Darauf wäre der Apotheker bestimmt nicht gekommen. Ich erzählte ihr von meinem Job, und sie fragte mich, ob sie mir eine LP von Leo Sayer besorgen könnte. »Soll ich dir die vorbeibringen?« »Kannst du gerne machen. Ich wohn' aber in Herbede. Du kannst sie auch der Claudia mitgeben. Die kann sie dann in die Schule mitbringen.«

Nein, das wollte ich mir nicht nehmen lassen.

»Ich hab' noch keinen Führerschein. Mein Vater kann mich zu dir hinfahren.« Zum erstenmal war ich froh, in einem Schallplattenladen zu arbeiten. Ich dachte natürlich sofort daran, mit ihr zu pennen bei der Gelegenheit.

Werner war noch nie einer der Freundlichsten gewesen. Er stürzte ab und zu rein, war unruhig, blieb kaum länger sitzen und tat so, als hätte er woanders im Haus noch was zu tun. Irgendwie kam die Rede auf den Haushalt, während er mal wieder kurz dasaß, und Sabine weigerte sich schon jetzt, später mal Hemden zu bügeln. Werner war in dieser Beziehung von seiner verstorbenen Mutter verwöhnt worden, und es gab den ersten Knall. Ich hätte für Sabine das Bügeln gelernt.

Gegen zehn ließ ich die drei alleine und war mir sicher, aus den beiden würde nie was, zumal er gerne Leitartikel aus der FAZ las und glaubte, während Sabine sich an diesem Abend als frühe Grüne entpuppte.

Zu Hause wichste ich und stellte mir dabei vor, wie Sabine auf mir saß. Das wiederholte sich in den nächsten Tagen.

Am Sonntag ließ ich mich von meinem Vater zu ihr hinfahren, mit der gewünschten Platte. Sie saß gerade mit einigen Freunden beim Kaffee und stillte anschließend die Kleine. Wenn sie tatsächlich nur auf einen vermögen-

13

den Mann scharf war, hatte ich schlechte Karten. Und in der Tat, sie erzählte mir, daß sie abends mit Werner ins Kino gehen würde. Ich war baff. Wie konnte die nur was mit diesem Miesepriem anfangen? Mit mir konnte die sich doch viel besser unterhalten. Um's kurz zu machen: Sie müssen schnell zusammen ins Bett gegangen sein, denn kurz drauf hieß es, sie würden heiraten, weil was unterwegs war.

Bei der trostlosen Hochzeit hörte ich das erstemal, daß Sabine eine jüngere Schwester hatte, und irgendwie hoffte ich damals schon, ihr irgendwann zu begegnen. Zur Feier des Tages war sie aus dem Harz nicht angereist.

In die Zeit, als ich Sabine kennenlernte, fällt auch mein Einstieg in den Journalismus, die zweite Voraussetzung, warum ich Ute ficken würde, außer der Tatsache, daß ich ihre Schwester kannte.

Ich hatte da noch 'ne Bekannte, mit der ich so einmal im Monat ausging, Susanne. Ich wußte, sie hatte einen Freund, den sie mir aber nie vorstellte, und wir redeten auch nie über ihn. Sie war in die Parallelklasse gegangen. Nach dem Abitur verloren wir uns aus den Augen. Unter anderem ging sie für ein Jahr nach England. Dann trafen wir uns zufällig im U-Bo und gingen von da an öfters einen zusammen trinken, wobei mir unklar blieb, ob ich eine Chance bei ihr hatte. Zu gerne hätte ich was mit ihr gehabt, aber ich traute mich nicht, Annäherungsversuche zu machen, so 'n bißchen Händchenhalten oder mal 'n Abschiedskuß. Man konnte sich mit ihr über alles unterhalten, doch in der Beziehung schien sie unnahbar. Dabei war sie sehr hübsch. Allerdings hatte sie 'ne breite Taille.

Wir waren also mal wieder im Spektrum, und ich schilderte ihr, was das für'n Scheiß im Laden sei, aber was wollte ich machen. Nach dem Studium war ich ja im Grunde froh, überhaupt einen Job gefunden zu haben. Susanne kannte die Besitzer meines Ladens, der Ladenkette, ein bißchen, noch junge Leute, neureich. Sie ließ kein gutes Haar an denen. Ich hatte bis jetzt wenig mit denen zu tun gehabt. Der Chef hatte schon mal mit seiner ständigen Begleiterin, die auch bei ihm arbeitete und das ELPI mitführte, samstags im Geschäft reingeguckt und ein bißchen über Kleinigkeiten gemosert. Ganz unsympathisch war er mir nicht vorgekommen.

Das Spektrum ist eine sogenannte Szene-Kneipe. Es hat einen viereckigen Tresen, und an den Wänden hängen Vergrößerungen von Guy Pellaerts berühmten ›Rock Dreams‹. Ich kannte vom Ansehen fast alle Leute, die hier rumliefen. Bochum ist ein Dorf. Zu einer bestimmten Uhrzeit scheint sich hier alles zu versammeln, bis es dann zwei Stunden später zu einer anderen Kneipe geht, die zu der Uhrzeit angesagt ist.

Unter anderem waren auch zwei Leute da, die immer zusammen auftauchten, eigentlich nichts Besonderes. Susanne zeigte auf sie: »Das sind die Verleger vom Marabo.« Der eine war etwas bullig, während der andere, längere, für sein Alter schon ziemlich schütteres Haar hatte. Ich mußte an Pat und Patachon denken.

Das Marabo ist ein Stadtmagazin, das zu der Zeit, wie ähnliche Zeitschriften in anderen Ballungsräumen, zu florieren anfing. Vorbild war das Time Out in London. Das Marabo war jetzt ein halbes Jahr auf dem Markt, doch trotz der hohen Auflage von 20 000 Stück steckte es immer noch irgendwie in den Kinderschuhen mit seinem DIN-A5-Format. Der Veranstaltungskalender wies noch viele Lücken auf, und der redaktionelle Teil war geprägt von Dilettantismus.

Von Anfang an hatte ich mir für fünfzig Pfennig die Hefte gekauft und hätte auch gerne mitgemacht, aber ich war einfach zu schüchtern, da mal anzurufen und mich anzudienen. Schon länger hatte ich auch ein Thema, meinen Lieblingssänger Buddy Holly, dessen Todestag sich

15

im folgenden Februar zum zwanzigsten Mal jähren würde. Ich war schon leicht schicker. Ich sagte Susanne, daß ich mal unbedingt mit den beiden reden müßte. Ich wühlte mich zu ihnen durch. »Ich hab' gehört, ihr seid ...« usw. Ich war aufgeregt. Ich schlug ihnen vor, sie sollten was über Holly machen. Den kannten sie nur dem Namen nach. Sie schlugen vor, ich sollte was über ihn schreiben. Ich war perplex. So einfach ging das also. Nur mal kurz ansprechen. Vielleicht sollte ich es auch mal so bei Susanne versuchen, aber das machte ich nicht, auch wenn ich ganz blau war. Es beeindruckte sie auch nicht, als ich ihr von meinem Auftrag berichtete. Überhaupt konnte ich sie nie mit irgend etwas beeindrucken. Wenn jemand cool war, dann sie.

Ich hatte bis dahin kaum geschrieben, d. h., es war kaum etwas veröffentlicht worden, nur in SuS Aktuell, unserer Vereinszeitschrift. Ich hatte den alten Kämpen Bernd Manske und Hubert Sperling, den Jugendleiter, porträtiert. Außerdem hatte ich einen Bericht verfaßt über den ›MGV Eintracht Wilhelmshöhe‹ in der Serie über Nachbarvereine. Wie fast jeder Mensch habe ich im ersten Schuljahr mit dem Schreiben angefangen. Mein erstes Wort war ›Moni‹, neben Udo die Titelfigur meines ersten Lesebuches. Rechnen hatte mir schon vor der Einschulung mein Vater beigebracht, der damals Lohnbuchhalter auf der Zeche Bruchstraße war. Auf dem Gymnasium war ich nicht besonders in Mathe, während ich in den anderen Fächern im Schnitt auf 'ner guten Drei stand. Ich kann nicht behaupten, daß ich mit meiner Schreiberei auffiel. Nur einmal, in der Obersekunda, wurde ein Aufsatz von mir vorgelesen zu dem Thema ›Der kluge Mann schweigt in finsteren Zeiten‹, aber nicht, weil er besonders gut war, sondern weil ich ein paar unorthodoxe Thesen vertreten hatte. Der Pauker, ein CDU-Mann, wollte mich vorführen. Am Ende gab die

16

Klasse mir recht, und der Lehrer war so fair, mir eine bessere Zensur zu geben.

Nach dem Abitur traf ich meine erste leibhaftige Moni. Das heißt, ich kannte sie schon länger. Sie wohnte in der Nachbarschaft und war vier Jahre jünger. Sie war die Schwester von zwei Jungs, die ich aus der Jugend unseres Vereins kannte. Ich weiß noch genau, wie einer der beiden, ihr Zwillingsbruder, nachmittags zu uns kam und fragte, ob ich der Monika nicht Nachhilfe in Englisch geben könnte. Auch an jenem Tag dachte ich sofort, die werde ich ficken. Sie war schlank und hübsch, hatte ein makelloses Gesicht mit einer Stupsnase.

Ich ging am nächsten Tag hin. Es stellte sich raus, daß sie von Englisch keine Ahnung hatte. Ich versuchte, mit ihr versäumte Vokabeln nachzupauken. Aber neben meinem Ehrgeiz, sie auf eine Vier zu bringen, dachte ich hauptsächlich daran, sie rumzukriegen. Ich war noch ziemlich unerfahren. Da waren nur die Christa und die Corinna gewesen. Mit beiden war es nicht sehr lange gut gegangen, wahrscheinlich weil ich mich zu doof angestellt hatte. Ich kriegte raus, daß Moni im Moment keinen Freund hatte, und sie sagte nach ein paar Stunden sehr schnell zu, als ich sie fragte, ob sie mit mir nicht mal in eine Kneipe gehen wollte.

Wir fuhren in die Innenstadt, und sie trank im Treffpunkt Pernod. Dann, auf dem Rückweg zum Hauptbahnhof, vor der Buchhandlung Janssen, umarmte sie mich plötzlich, und wir küßten uns. Einen Tag später kam sie bei mir vorbei, und ich fickte erstmals auf meiner Mansarde. Wenn ich mich recht erinnere, erzählte ich ihr auf meiner Liege, daß ich eines Tages Schriftsteller werden wollte. Es war zu meiner Hermann-Hesse-Zeit. Es schien sie nicht besonders zu beeindrucken. Kurz drauf machte sie eine Klassenfahrt, fing da auf Norderney was mit einem andern an, und ich durfte ihr nur noch Nach-

17

hilfe geben. Bis zu ihrem Abitur hoffte ich, sie würde mich noch einmal ranlassen, aber sie wehrte den kleinsten Kuß ab.

Später heiratete sie einen Ingenieur und ging mit ihm für ein paar Jahre nach Südamerika. Das Letzte, was ich von ihr gehört habe, ist, daß sie eine Art Kursleiterin bei den Scientologen ist. Sie schickte mir einen Prospekt mit Einstein drauf. Ich sollte es auch mal mit Dianetik probieren.

Meine bisher größte Leistung auf dem Gebiet des Schreibens war wohl mein Briefwechsel mit meiner englischen Brieffreundin Sue in Sheffield, der erst einschlief, als sie sich verlobte. Ich schickte danach nur noch Weihnachtskarten an ihre Eltern. Ich war in Sue verliebt. Wir sind uns auch mal begegnet. Im September '70 fuhren wir mit der Abiturklasse nach London, und ich wollte sie unbedingt sehen. Ich rief bei ihr an. Ja, sie wolle kommen mit ihrem Vater. Und ob ich was dagegen hätte, wenn ihr Freund mitkommt. Sie hatte in ihren Briefen nie was von ihm geschrieben. Schließlich sah ich sie als meine Freundin an, und sie ging da fremd, während ich zu Hause keine hatte.

Wir verabredeten uns für den Piccadilly Circus, sonntags ein Uhr. Ich holte mir die Erlaubnis vom Klassenlehrer, der mit den andern Schülern zur Speaker's Corner wollte. Ich wartete eine Stunde vergeblich auf dem belebten Platz und hatte die Schnauze voll. Ich hatte sie sowieso voll. Sue mit dem andern. Ich war nicht besonders scharf drauf, das zu erleben.

Ich ging zu den Telefonzellen im Underground und suchte in einem der dicken Bücher nach der Nummer meiner Wirtin, von der ich nur die Adresse kannte. Ich wollte ihr sagen, ich sei auch zum Hyde Park gefahren, falls die aus Sheffield mal anriefen. Ich wollte mir gerade 6 77 84 95 notieren, als ich merkte, daß ich keinen Kuli

18

dabei hatte. Ich fragte im Sonntagsgewirr einen jungen Mann, ob er mir aushelfen könnte.

»Oh, are you German?«

»Ja.« Sprach ich so schlecht Englisch?

»Are you Wolfgang?« Er war Sues Freund. Er wollte gerade meine Wirtin anrufen. Wir gingen nach oben. Ich kam nicht auf den Gedanken, Sue einen Begrüßungskuß zu geben.

Wir gingen durch Soho spazieren. Der Vater, Bob, ein Taxifahrer, war seit dem Krieg nicht mehr in London gewesen. Er fragte mich, was mein Vater im Krieg gemacht hatte, und ich sagte Marine. Er selbst war Fallschirmspringer gewesen. Mit Sue unterhielt ich mich kaum. Sie hielt Händchen mit ihrem Lol. Ich wußte, an diesem Nachmittag hatte ich meine einzige Freundin verloren. Später fuhr ich noch mal hoch nach Sheffield, vier Jahre später. Unsere Brieffreundschaft war inzwischen auf ein Minimum beschränkt.

Ich wußte auch nicht, warum ich hinfuhr. Ich hatte ein paar Freundinnen gehabt, aber keine länger, und vielleicht hatte ich die Hoffnung, daß es doch noch was mit Sue gäbe, wenigstens ein kleines Nümmerchen, aber mittlerweile war sie mit diesem Typen verlobt. Ihre Mutter holte mich vom Bahnhof ab, und wir fuhren mit dem Bus raus nach Hackenthorpe. Abends gingen wir alle zusammen raus. Es war freitags, und die Kneipe war voll. Sues Bruder kam mit seiner Frau auch mit. Wieder gelang es mir nicht, mit Sue ins Gespräch zu kommen. (Die Mutter hieß übrigens Peggy. Das ergab »Peggy Sue«, mein Lieblingslied von Buddy Holly. Fand ich lustig.) Meist unterhielt ich mich mit Bob, der ein guter Erzähler war. Ich verstand allerdings nicht alles, weil er einen starken Akzent hatte. Sue sagte mir nur was, als die Platte ›It Don't Come Easy‹ von Ringo Starr aus der Musik-Box kam. Ein Diskjockey im Radio hatte mal angesagt ›I Don't

19

Come Easy‹. Das war das einzige Mal, daß wir zusammen lachten.

Wir waren schon alle recht besoffen, als die Polizeistunde eingeläutet wurde. Sue kaufte noch ein paar Getränke für zu Hause. Wir tranken weiter. Ihre jüngere Schwester kam heim. Sie griff sich, ohne zu fragen, eine der Bierpullen. Sue regte sich furchtbar auf. Sie hätte bezahlt und hätte ihr keine Erlaubnis gegeben. Ein Wort gab das andere, die Eltern mischten sich ein, und plötzlich stand Bob mit einem Brotmesser im Wohnzimmer. Er drohte Sue. Die Mutter hielt ihn heulend zurück. Ich konnte dem Wortwechsel nicht mehr folgen. Am Ende warf er sie raus. Mit ihrem Freund, der die Sache schweigend verfolgt hatte, übernachtete sie draußen in seinem alten Wagen.

Am nächsten Morgen fragte sie mich, als sie wieder reindurfte, ob ich sauer sei. Ich sagte ihr, daß ich nicht böse sei, mir hätte sie ja nichts getan. Ich wollte nachmittags abreisen. Bob stellte seinen Kassettenrekorder an. Für einen Sechzigjährigen hatte er einen eigentümlichen Geschmack.

»Hier, hör dir mal die double lead guitar von Wishbone Ash an.« Danach hatte er dreimal hintereinander ›Rebel Rebel‹ von David Bowie auf Band. Mein Vater stand mehr auf ›Alte Kameraden‹ und Seemannslieder. Sue zeigte mir dazu Fotos aus dem Urlaub. Ich fragte sie, ob ich vielleicht eins haben könnte. Sicher. Ich wählte mir drei aus, eins von ihr im Minirock am Strand von Torquay. Ich wußte, ich würde sie nie wiedersehen. Sie würde bald ihren Verlobten heiraten.

Wichtiger an meinem damaligen Aufenthalt in England war eine andere Begegnung, zumal sie was mit meiner späteren Schreiberei zu tun hatte. Seit August 72 hatte ich einen neuen Lieblingssänger. Ich las in der Zeit, geschrieben von Franz Schöler, daß da einer Songs im Stile

20

von Buddy Holly schrieb, wenn auch anders sang. Ich kaufte mir diese LP von dem mir bis dahin unbekannten Phillip Goodhand-Tait und war sofort begeistert. Ich besorgte mir noch zwei andere Platten von ihm, die hier auf dem Markt waren. Als ich aus Sheffield zurück war, blieb ich noch 'ne Woche in London. Und da suchte ich die record shops nach einer Neuerscheinung von Phillip Goodhand-Tait ab. In der Dean Street fand ich eine unter ›male vocalists‹. Sie trug einfach nur seinen Namen als Titel und hatte ein Klappcover, das ihn am Piano zeigte.

Ich las die Credits im Innern. Darunter stand die Adresse seiner Plattenfirma: New Oxford Street. Das war nur fünf Minuten weg. Ich entschloß mich hinzugehen und um ein Autogramm zu bitten. Im Sekretariat war man erstaunt, daß ihn überhaupt jemand aus Deutschland kannte. Ob ich das Autogramm auf die Platte haben wollte? Wie? Ich verstand nicht richtig. Sollte ich sie dalassen? »No. Phillip is upstairs.« Jemand wurde nach ihm geschickt.

Als er runterkam, brachte ich kaum was raus. Ich hielt ihm die Platte hin. Er wunderte sich. Wie? Die wird immer noch vertrieben? Sie war schon ein Jahr alt. Ich sprach ihn auf Buddy Holly an. Auf ›Songfall‹ hatte er dessen ›Everyday‹ gesungen. »Ich singe auch ›Oh Boy‹ und ›Peggy Sue‹ auf der Bühne.« Er schien scheu zu sein. Wahrscheinlich war ich einer von höchstens zwanzig Leuten, die ihn je um ein Autogramm gebeten hatten. Er verabschiedete sich, hatte noch was im Studio zu tun. Ich war glücklich. Ich hatte nur diesen einen Lieblingssänger (außer dem toten Buddy Holly), und ich bekam nicht nur ein Autogramm von ihm, ich lernte ihn auch kennen. Ich beschloß, ihn irgendwann wiederzutreffen, wenn ich weniger nervös sein würde, um mich richtig mit ihm zu unterhalten.

Im Jahr drauf wollte ich weg von zu Hause. Für immer.

Ich hatte keine neue Freundin gefunden, hatte die Schnauze gestrichen voll und außerdem, wie ich meinte, einen Traumjob in London in Aussicht, bei Foyle's, der angeblich größten Buchhandlung der Welt. Meine Mutter heulte beim Abschied. Ich hatte zwar nur von ein paar Monaten gesprochen, doch schien sie zu ahnen, daß ich ohne Rückkehr plante. Ich nahm fünftausend Mark mit, die ich im Sommer in den Semesterferien als Beifahrer auf einem Bierwagen verdient hatte.

Ich wohnte in Thornton Heath bei einem jungen Ehepaar für neun Pfund die Woche. Sie waren Bekannte von Mrs. Jepsen, bei der ich sonst immer in London logiert hatte. Mark und Judy waren Bankangestellte. Bei Judy mußte ich nicht sofort an Ficken denken, eigentlich die ganze Zeit über nicht. Sie hatte so strähniges blondes Haar, das mir nicht gefiel. Die beiden machten mittwochs immer ihr Nümmerchen. Ich kann mich noch genau dran erinnern, wie sie einmal zu ihm sagte, gegen 23.00 Uhr: »Komm endlich, sonst verpaßt du noch den Mitternachts-film.« Ich sah mir solange das Programm an. Mark war rechtzeitig wieder da.

Judy hatte eine siebzehnjährige Schwester, die noch bei ihren Eltern in einem etwas feineren Vorort hinter Croy-don wohnte. Sie lernte Deutsch in der Schule. Ab und zu nahmen mich Mark und Judy zu ihr mit, und ich half ihr bei den Hausaufgaben. Ich verliebte mich in sie. Wir knutschten dann später auch, aber wenn ich Anstalten zum Vögeln machte, wehrte sie jedesmal ab. Einmal, als ich sie zum Babysitten begleitete, ging mir einer ab, als wir machten und taten.

Den Job bei Foyle's hatte ich nur eine Woche. Es war was für 'n Arsch. Ich kriegte nur zweiundzwanzig Pfund die Woche und mußte dafür morgens Pakete öffnen in einem Keller, der mich an Charles Dickens erinnerte. Nach-mittags stand ich in der medizinischen Abteilung wie der

22

Ochs vorm Berge, wenn mich einer nach einem bestimmten Buch fragte. Ich konnte nur Kassenzettel ausfüllen. Ich quittierte also den Job und lebte vom Geld der Brauerei.

Vor meinem London-Aufenthalt hatte ich Phillip geschrieben, ob er sich noch an mich erinnerte und ob er mich wiedersehen wollte. Mich interessierte auch, was er nun machte. Er hatte geantwortet, daß ein Sampler von ihm raus sei, ›Jingle Jangle Man‹, daß ihm seine Firma gekündigt hatte und – am wichtigsten – daß Roger Daltrey von The Who eines seiner Lieder ›Oceans Away‹ für seine Solo-LP ›Ride A Rock Horse‹ aufgenommen hatte. Aber diese ganze Geschichte brauche ich nicht mehr aufzuschreiben. Sie stand schon in Literatur Konkret 1984: ›Einmal Tchibo und zurück‹.

Zurück ins Spektrum, zurück zu Buddy Holly, zurück zum Schreiben. Ich hatte keine Ahnung, wie ich tippen sollte, mangels vorheriger Übung, jeden Tag ein paar Zeilen oder alles auf einmal. Ich mußte erst mal wissen, was ich veröffentlichen sollte, was ich beim Leser voraussetzen durfte. Das ist ja immer die Frage: Für wie doof muß man den Leser halten?

Zunächst ging die Arbeit im Laden weiter, die ich jetzt mit dem Auftrag in der Tasche etwas fröhlicher absolvierte. Sie war immer die gleiche. Ich brauch' mich da nicht mehr auszulassen. Im Hinblick auf meinen Artikel las ich John Goldrosens Biografie über Holly, zu Hause, auf dem Bahnsteig und in der Mittagspause. Je mehr ich las, um so schwieriger erschien es mir, die zweihundert Zeilen über ihn zu schreiben. Fünfzehnter Januar war Redaktionsschluß. Das Weihnachtsgeschäft war hart, besonders an den Samstagen. Einen Tag vor Heiligabend durften wir auf Kosten der Zentrale was bei Wimpy essen. Wundert mich im nachhinein, daß man uns nicht zu McDonald's geschickt hat.

Silvester war ein denkwürdiger Tag für mich in jenem

strengen Winter. Ich hatte Geburtstag. Tags zuvor hatte ich schon reingefeiert, und nun kam der familiäre Teil. Wir tranken ganz gemütlich Kaffee. Der Besuch ging, und ich zog mich um, weil ich abends noch in eine Kneipe gehen wollte. Plötzlich bekam ich Angstzustände. Ich glaubte, ich kriegte keine Luft mehr und würde kaputtgehen. Die Lage verschlimmerte sich, ich konnte kaum noch sprechen, eine Gesichtslähmung trat ein. Meine Eltern riefen Robert zurück, einen befreundeten angehenden Arzt, der noch beim Kaffee dabeigewesen war. Als er mit dem Blutdruckmesser ankam, waren meine Hände schon verkrampft zu einer Krähenstellung. Robert und mein Bruder steckten mich ins Auto und fuhren mich zum Knappschaftskrankenhaus. Ich war mir sicher, ich würde sterben oder zumindest gelähmt bleiben. Ich weiß nur noch, daß ich dachte: Mit den Händen kannst du nie mehr wichsen.

Ich bekam eine Spritze, die Angst und die Verkrampfungen lösten sich. Am nächsten Tag schien alles vergessen. Ich wurde entlassen. Doch 'ne Woche später kriegte ich im Laden einen ähnlichen Anfall. Wieder diese Todesangst, wieder dieses Keuchen, weil ich dachte, keine Luft mehr zu kriegen. Es war ein Freitag, und ich ließ mich mit einem Krankenwagen zum Knappschaftskrankenhaus fahren. Der zuständige Arzt regte sich auf: »Erst der Hausarzt, dann der Notarzt, dann wir.« »Aber ich hatte so 'ne Angst. Und meine Papiere sind doch auch hier. Ich war doch hier erst über Neujahr.« Er gab mir Valium.

Montags sprach mein Hausarzt von Hyperventilation und verschrieb mir Depot-Spritzen. Die machten mich müde. Ich ging früh ins Bett und versäumte so auch damals die Holocaust-Serie. Buddy Holly hatte Pause. Erst in der Nacht zum fünfzehnten Januar mußte ich endlich dran glauben. Heute nacht oder nie. Ich stand gegen halb drei auf, ging von der Mansarde runter und holte mir aus

24

dem Kühlschrank 'ne Pulle Cola und 'n Liter Milch. Dann schrieb ich. Um sechs war das Ding fertig.

Bis ich zur Arbeit fuhr, hörte ich mir immer wieder ›I Can't Stand The Rain‹ von Ann Peebles an, und ich wußte nicht warum. Per Eilpost gab ich den Text auf. Ich hörte nichts vom Marabo. Ob die den angenommen hatten oder nicht. Es folgten die vielleicht spannendsten vierzehn Tage meines Lebens, bis zum Erscheinungstermin. Dann endlich war es soweit. Auch bei uns im Laden wurden die Hefte vertrieben. Ich riß sie dem Lieferanten aus der Hand. Ich war drin!

Ich nahm gleich ein Dutzend Exemplare und verschickte sie an Bekannte, auch an Phillip. Für einen Moment war ich schon größenwahnsinnig und dachte, ich könnte mit dem Artikel was reißen. Auf eine Annonce hin, die gerade in dem Monat erschien, bewarb ich mich bei Sounds. Aber natürlich bekam ich nach ein paar Wochen eine Absage.

Da war ich schon in die Dortmunder Filiale verlegt worden. Es folgte ein Jahr fast ohne besondere Ereignisse. Nichts schien mich weiterzubringen. Würde ich ewig Plattenverkäufer bleiben? Vom Marabo hörte ich in Dortmund nichts, vorläufig jedenfalls.

Ich war Geschäftsführer geworden mit 1300 Mark brutto. Mein einziger Mitarbeiter war ein Ex-Junkie, der mir nach ein paar Wochen aus der Vorverkaufskasse 700 Mark klaute. Sein Nachfolger kam vom Bau und war ganz in Ordnung. Wir kriegten uns nie in die Wolle, zumal wir in etwa denselben Musikgeschmack hatten. Ich kam nur nicht ganz mit, als er nach ein paar Monaten rankam und sagte, er würde 'ne Frau mit drei Kindern heiraten, von zwei verschiedenen Männern, von denen keiner er war.

Ich begann mich abzufinden. Es gab keine Alternative zum Laden. Sonntags spielte ich Fußball und bekam Sondertraining, weil ich zu den normalen Zeiten noch arbei-

25

ten mußte. So ließ der Trainer mich mittwochs an meinem freien Vormittag antanzen. Auch im Fußball war meine große Zeit vorbei. (D. h., in was anderm hatte ich nie eine große Zeit gehabt.) Sieben Jahre Bezirksklasse waren alles. Nun wurde nach dem Abstieg in der Kreisliga gekloppt. In der B-Jugend war ich Auswahlspieler gewesen. Aber nach dem Abi fing die Raucherei und die Sauferei an, und zu mehr als Bezirksklasse reichte es nicht mehr. Unter den Mitspielern, die meist verheiratet waren, hatte ich keine Freunde, nur, mir fällt kein anderes Wort ein, Kameraden, mit denen ich schon mal nach'm Spiel knobelte oder klammerte. Im Grunde gehörte ich nicht richtig dazu. Es gab da ein paar Klübchen mit Frauen, in die ich nicht reinpaßte.

Es war eine Zeit, in der ich mich nicht ausstehen konnte. Die Tranquilizer waren appetitanregend, und ich nahm zu. Die Jeans wurden mir zu eng. Im Spiegel sah ich ein aufgedunsenes Gesicht. In der Kabine mußte ich eine größere Turnhose anziehen. Trotzdem, meine Leistung reichte noch für die erste Mannschaft.

Im August kam Günther vom Marabo in den Laden, der auch der Anzeigenleiter war.

»Wir planen da was über Elvis. Zum zweiten Todestag. Einer macht was über seine Filme, und der Christian und ich meinten, über die Musik könntest du was machen.« Ich dachte schon, die hätten mich vergessen. Es war keine Frage, daß ich den Auftrag annahm. »Es gibt jetzt auch Geld. Pro Seite dreißig Mark.« Ich war zwar nie Elvis-Experte, doch einen kleinen Artikel traute ich mir zu. Zu Hause spielte ich mir die einzige LP vor, die ich von ihm hatte, und schrieb auf, was mir dabei einfiel. Das Ganze nannte ich ›The King and I‹.

Im Monat drauf flog ich nach England. Ich traf meinen Freund Phillip und seine Frau wieder. Er war erneut ohne Vertrag. Wir aßen zusammen in Soho eine Pizza und gin-

26

gen ein wenig spazieren. In einem Plattenladen blieb er vor einem Fach stehen, an dem ein Schild hing ›under a pound‹. »Hier wirst du meine Platten finden«, meinte er ironisch resigniert. Ein paar Tage später gab er in einem Club im West End ein Konzert, vielleicht dreißig Leute waren da, zwanzig davon waren von ihm persönlich eingeladen worden. Es blieb mir auch an diesem Abend schleierhaft, wieso jemand mit soviel Talent sein Lebtag so erfolglos sein kann.

Ich besuchte auch die alljährliche ›Buddy Holly Week‹ im Clarendon Hotel in Hammersmith. Am ersten Tag wurden Memorabilien ausgestellt, und die Crickets mit Hollys Witwe wurden dem Publikum in einer lockeren Feierstunde vorgestellt. Anschließend gab's Autogramme. Ich holte mir auch welche. Als ich zu dem Drummer Jerry Allison, der mit jener Peggy Sue verheiratet gewesen war, meinte, ich käme eigens aus Deutschland, sagte er: »I appreciate that«, und mir fiel ein, daß meine Brieffreundin Sue mal geschrieben hatte: »I appreciate your taste of music.« Später traf ich Allison noch mal. Ich sagte ihm, wie gut mir die Single ›Cruise In It‹ von den Crickets gefiel, und er meinte wieder: »I appreciate that.« Mittlerweile ist appreciate eines meiner englischen Lieblingswörter. Deuce fällt mir noch ein. Wenn mir auch die gleichnamige LP von Rory Gallagher nicht gefällt. Jeopardy. Es gibt da noch ein paar.

Am nächsten Tag sah ich das schönste Konzert meines Lebens. Die Crickets, die älteste noch bestehende Rock-'n'-Roll-Band, spielten im Hammersmith Odeon, und viel Prominenz, vor allem englische, wirkte mit. Schließlich waren 20 Leute auf der Bühne, u. a. ein Everly Brother, ich weiß nicht mehr welcher, Don oder Phil, Albert Lee, Mike Berry and the Outlaws und last not least Paul McCartney mit Frau. Alles sang eine halbe Stunde ›Hey Bo Diddley‹, eine Nummer, die Holly nie gesungen hatte. Beim Rausgehen lief dann vom Band ›True Love Ways‹. Jahre später

27

kam ich ins Hammersmith Odeon zurück, ausgestattet mit einem Backstage-Paß. Ich war da ein anderer Mensch. Ich werde vielleicht drauf zurückkommen. Jener Urlaub hatte sich jedenfalls gelohnt, auch wenn ich Mary nicht wiedertraf, die gerade in Deutschland studierte. Der Gedanke, Sue mal wieder zu besuchen, kam mir nicht. Zurück in Dortmund dieselbe Routine. Der Fahrplan änderte sich nicht, und abends im Zug sah ich meist die bekannten Gesichter. Ich hatte ihnen gelauscht. Es waren Verkäuferinnen von Karstadt oder Horten. Zu denen gehörte ich eigentlich und nicht zum Showgeschäft, mit jedem Abend wuchsen meine Minderwertigkeitskomplexe. Meine Lage war aussichtslos. Wie sollte ich aus dem Plattendreck rauskommen? Nicht selten dachte ich abends im Bett an Selbstmord, aber ernsthaft kam er nicht in Betracht, zumindest nicht, solange meine Eltern lebten. Manchmal wünschte ich mir, ich hätte damals bei Foyle's mehr Durchhaltevermögen gehabt. Dann wieder träumte ich, eines Tages käme kein einziger Kunde, was ja theoretisch möglich war. Das steigerte sich dazu, daß ich mir vorstellte, die gesamte Innenstadt sei leer, alle seien krank, beim Arzt oder bräuchten ganz einfach nichts.

Nach Sabines Hochzeit sah ich sie nur selten, bei Geburtstagsfeiern und so. Ich ging weiterhin ab und an mit Susanne raus, doch brachte ich es nach wie vor nicht fertig, ihr zu erkennen zu geben, daß ich sie liebte, und ich fand auch nicht raus, ob sie es ahnte. Außer mit ihr ging ich nie raus und guckte abends fernsehen, nur sonntags nicht, wenn nach dem Spiel bis in die Puppen gesoffen wurde. Öfters bekam ich in der Zeit montags diese Angstzustände. Dann warf ich Lexotanil ein, die ich inzwischen statt der Spritzen verschrieben bekam. In der Regel ging's mir dann besser, bis zum nächsten Montag. Nur einmal noch war es so schlimm, daß ich mir 'ne Taxe zu meinem Hausarzt nahm, der in der Mittagszeit nicht da war. Die

28

Sprechstundenhilfe telefonierte mit ihm, und fernmündlich ordnete er an, daß mir eine Spritze zu geben sei.

Im Herbst sah ich in der Buchhandlung Schwalvernberg, wo ich öfters in der Mittagspause stöberte, und, wenn ich einen Anfall hatte, auch schon mal die gesamte SWF-Bestenliste kaufte, ein neues Buch des Bochumer Autors Frank Göhre ›Schnelles Geld‹. Ich nahm es mit und telefonierte mit dem Marabo. Ja, ich sollte es rezensieren, schließlich war das Heft auch eine Regionalzeitung. Dann kam der neue von der Grün, den ich zum größten Teil am Buß- und Bettag las. Es folgte Handke. Alle Kritiken erschienen. Ich war anscheinend drin beim Marabo. Im Februar wurde das zweijährige Bestehen gefeiert, für mich die erste Gelegenheit, die andern Mitarbeiter kennenzulernen. Ich wurde einigen Leuten von den Verlegern vorgestellt. Nur eine Frau war dabei. Ins Gespräch kam ich nur mit Christoph Biermann, dem Musikredakteur, einem jungen Spund, der gerade achtzehn war. Er lud mich ein, auch Plattenkritiken zu schreiben. Spätabends fuhren wir noch in einen neuen Laden zu uns nach Langendreer, in den Rockpalast, den ein Bundesligaspieler vom VFL Bochum angeblich aufgemacht hatte. Es war voll. Christoph traf ein paar Bekannte, ich keine. So ging ich dann nach kurzer Zeit nach Hause. Ich hatte erwartet, daß ich irgendwie in die Marabo-Szene richtig reingekommen wär. Doch ich fühlte mich weiter als Außenseiter, zumal ich nicht an den Redaktionssitzungen teilnehmen konnte.

Beim Schreiben der Rezensionen war in mir der alte Traum erwacht, einen Roman zu verfassen. Aber ich tat nichts, um ihn zu verwirklichen. Ich hatte nach Feierabend genug mit den Artikeln zu tun. Außerdem sah ich keine Chance, daß sich ernsthaft jemand mit einem Manuskript von mir beschäftigen würde. Lektoren sind überfordert. Wahrscheinlich müßte man Beziehungen haben.

Ich kannte nur einen Autor, der mir hätte helfen können, Hermann Lenz. Aber ich wollte nicht aufdringlich sein, und erstmal hätte ich ja auch einen Roman fertig haben müssen. So sprachen Hermann Lenz und ich über andere Dinge, als er nach Bochum kam.

Ich war mittlerweile in meine Heimatstadt zurückverlegt worden. Mein Mitarbeiter war stets unpünktlich und hatte meist einen Band von Arno Schmidt dabei. Ich mußte zurückdenken an Susannes ehemaligen Freund. Was der jetzt wohl machte. Die Arbeit mit Klaus war die gleiche wie vorher auch, nur waren die Umsätze leicht rückläufig. Allmählich machte sich der Video-Boom breit, und die Schallplattenverkäufe gingen zurück, vielleicht auch aufgrund der steigenden Arbeitslosenzahlen. Die große Zeit von 77/78 war jedenfalls vorbei. Ich merkte es an meiner Lohntüte. Selten erreichte ich von nun an das Limit, von dem an man mich am Umsatz beteiligte, mit einem Prozent.

›Von nun an‹ hieß auch eine Anthologie, die ich mir im Mai während eines Urlaubs mit meinen Eltern in Cuxhaven kaufte. Nur eine Geschichte gefiel mir, die von einem mir unbekannten Strätz. Überhaupt waren nur unbekannte Autoren in dem Band der edition suhrkamp, neue Folge. Erstaunlich fand ich, daß eine Bochumer Autorin abgedruckt war, deren Text ich nicht ganz verstand, Bettina Blumenberg. Immerhin war sie aus dem Ruhrgebiet, und da gibt's nicht allzu viele Leute, die in ersten Häusern veröffentlichen. Ohnehin fragte ich mich dauernd, wieso überhaupt so wenige Ruhrgebietsautoren Aufsehen erregen. Nur Baroth konnte sich mal für einen Monat mit seinem ›Streuselkuchen‹ in der Bestenliste plazieren. Wieso schrieb hier keiner eine ›Blechtrommel‹, gar einen ›Ulysses‹, ein ›Gruppenbild mit Dame‹, eine ›Stunde der wahren Empfindung‹, ›Jahrestage‹ oder wenigstens ›Tadellöser und Wolff‹. Dasselbe auf dem Theater. Da ist eine der

30

führenden deutschen Bühnen, aber die Aufträge gehen nach Bayern zu Achternbusch und noch ein Stückchen weiter zu Thomas Bernhard.

An irgendwas muß es ja liegen, daß im Ruhrgebiet so wenig gute Literatur entsteht, obwohl hier die Stoffe genauso auf den Straßen liegen wie in Frankfurt, Berlin oder München. Aber zu mehr als zu einem Max von der Grün hat es nicht gereicht, der festgelegt war auf seinen Pütt. Es gab da noch den Körner, aber der schien nur noch Sachbücher zu schreiben. Als ich in Dortmund arbeitete, sah ich ihn einmal durch die Stadt gehen. Ich kannte sein Gesicht von einem Buch-Cover her. Ich fragte mich, wovon er wohl lebte, denn, wenn ich's richtig mitverfolgt hatte, veröffentlichte er alle zwei Jahre mal ein Taschenbuch. Außerdem kannte ich noch einen Wolfgang Komm, von dem ich mir antiquarisch sein Debüt gekauft, doch nie gelesen hatte. Das war auch schon alles, was ich an Schriftstellern aus dem Ruhrgebiet kannte. Im Sommer schrieb ich neben den Kritiken kleinere Artikel über Cliff Richard und Bruce Springsteen. Mittlerweile hatte man mich zum Literatur-Redakteur gemacht mit hundert Mark Pauschale im Monat.

Ich war stolz auf die Anerkennung und freute mich über die Möglichkeit, nun etliche Rezensionsexemplare bestellen zu können. Ich las nun auch noch mehr, vielleicht auch, um zu lernen, wie man einen Roman schreibt. Am besten gefiel mir der Engländer Ian McEwan mit seinem inzestuösen ›Zementgarten‹. Ich schrieb über ihn meine Rezension ›Warum nicht die Schwester?‹. Später bei Ute mußte ich wieder an diesen Titel denken.

In dieser Zeit hörte ich auch wieder etwas von ihr. Meine Mutter hatte bei Sabine als Kinderfrau angefangen, und eines Abends sagte sie: »Die Schwester von der Sabine war da. Die ist rassig. Wär was für dich. War aber nur einen Tag da. Die ist schon wieder in den Harz gefahren.«

31

Wäre was für mich! Welche Frau wäre in dieser Zeit nicht was für mich gewesen! Im September bekam ich mein erstes Interview, mit Cliff Richard. Ich hatte ein paar Tage Urlaub, und es ging also. Am Samstag davor besuchte ich die ›Weltverbesserer‹-Uraufführung. Es war auch eine Premiere für mich. Ich ging erstmals als Kritiker ins Theater.

Eine Weltpremiere hatte ich schon mal erlebt, vor Jahren mit meiner Mutter, als ich noch aufs Gymnasium ging. Schalla gab Hochhuths ›Guerillas‹. Nach der Vorstellung befragte Hellmuth Karasek Besucher, und ich drängelte mich zur Kamera. Tatsächlich hielt er mir Siebzehnjährigem, dem wahrscheinlich jüngsten Besucher, das Mikrofon vors Gesicht. Ich konnte nur stammeln: »Nicht so gut wie Soldaten und Stellvertreter«, obwohl ich diese Stücke gar nicht gesehen hatte. Ein halbes Jahr später, als Karaseks Hochhuth-Porträt im Dritten Programm lief, war ich rausgeschnitten. Seitdem kann ich Karasek nicht mehr leiden.

Beim ›Weltverbesserer‹ konnte ich ihn im Foyer nicht entdecken. Ich erkannte von den Kritikern nur den dicken Rischbieter, Heinrich Vormweg, bei dem ich mich wunderte, warum er einen Schwung Bücher mit in die Vorstellung nahm, und Benjamin Henrichs, der in das dicke Programmheft vertieft war, während Bernhards Verleger, neben den ich mich neugierig setzte, sich mit einer jungen Dame unterhielt. Ich konnte aber nichts verstehen. Als er aufstand, folgte ich ihm unauffällig. Ich bekam am Getränkestand mit, wie er sie Herrn Rühle von der FAZ als Bernhards englische Übersetzerin vorstellte.

Dann sah ich ein anderes Gesicht und bekam gemischte Gefühle. Herr Dürr von der AEG, einst Schleyer-Nachfolger. Wie kam der hierhin? Es waren höchstens zweihundert Karten in den freien Verkauf gelangt, und ausgerechnet er hatte ein Ticket gekriegt, zwei sogar, während

32

sich bestimmt einige tausend Bochumer vergeblich bemüht hatten. Wahrscheinlich verfügte er noch über gute Beziehungen aus Peymanns Stuttgarter Tagen. Er schien ohne Leibwächter gekommen zu sein.

Und ich dachte, ob Christian Klar, der damals noch frei rumlief, an dieser Stelle ein Attentat auf diesen ehemaligen Arbeitgeber-Präsidenten gewagt hätte. Das Risiko war gering. Aber vermutlich hätte Klar nicht damit gerechnet, Dürr in einer Peymann-Inszenierung in Bochum zu sehen. Ich dachte auch an Peymanns Gebiß-Sammlung und an Edith Heerdegen, die mitspielte und die bei Pontos Beerdigung einen Text zum besten gegeben hatte. Vielleicht hätte sie auch bei Dürrs Tod gesprochen. Dürr. Eventuell hatte er von Peymann eine Freikarte bekommen. Ich fühlte mich fehl am Platze. Ohnehin war ich kein Theater-Fan, nur einer von Thomas Bernhard, dessen autobiografische Bücher mich begeistert hatten. Ich ließ den Abend über mich ergehen und beschloß, Bernhards Stükke fortan nur noch zu lesen.

Montags drauf traf ich mich mit Andreas Böttcher im Redaktionsbüro. Er sollte Fotos machen. Ich schnappte mir den Kassettenrekorder, und ab ging's nach Leverkusen. Wir mußten uns da zum Ramada Inn durchfragen. Axel Benewitz, der Pressefritze von der Plattenfirma, erwartete uns. Zunächst hatten wir in der Bar frei Saufen. Ich beruhigte mich mit ein paar Bierchen. Dann fuhren wir rauf zur Suite. Cliff Richard empfing uns an der Tür, der erste Superstar, dem ich begegnete, obwohl seine Glanzzeit schon hinter ihm lag. Er war freundlich, wie vermutet. Ich kriegte das Mikro nicht ins Gestell, und er half mir. Sonst aber war ich wenig aufgeregt. Ich spulte meine Fragen ab, die ich alle im Kopf hatte, und er antwortete, ohne viel überlegen zu müssen. Es mußte sein fünftausendstes Interview sein. Fragen nach seinem Privatleben wich er aus. Eigentlich hatte ich wissen wollen,

33

ob er schwul ist. Aber er blockte sofort ab, als ich sagte, man lese so wenig von ihm und Frauen. Er fühlte sich da wie jedermann, und über normale Leute stünde auch nichts Privates in der Zeitung.

Nach einer halben Stunde war Bravo dran, und ich mußte gehen. Die eigentliche Arbeit folgte noch. Das Übersetzen und Transkribieren des Interviews. Cliff Richard hatte sich als ergiebiger Gesprächspartner entpuppt. Immerhin hatte er bald fünfundzwanzig Jahre Popgeschichte erlebt. Entsprechend umfangreich wurde mein Artikel, und ich hatte mal wieder was in der Hand, womit ich mich eventuell bei einer größeren Zeitschrift bewerben konnte.

Das Heft war gerade auf dem Markt, als Sabine mich wegen Ute anrief. Ich würde sie also ficken, da war ich mir sicher, ohne auch nur einmal mit ihr telefoniert zu haben und ohne zu wissen, wie sie aussah. Aber ich hatte mein Bild von ihr: Sabine zehn Jahre jünger, oder vielleicht sah sie auch aus wie Monika. Es war eine Mischung von allen möglichen Frauen, die mir durch den Kopf ging. Beim Wichsen dachte ich noch nicht an sie. Da machte ich es nur mit Bekannten oder auch schon mal mit einem Playmate des Monats. Wahrscheinlich würde sie so lochtig sein wie Sabine, die bei der ersten Gelegenheit mit dem Apotheker gevögelt hatte.

Sie rief dann selber an. Ihre Stimme klang so, als stamme sie aus der DDR.

»Hallo, ich bin Sabines Schwester. Weißt du Bescheid?«

»Ja. Ich hab' hier ein Buch zur Besprechung, von Irmtraud Morgner, wenn dir das was sagt.«

»Kenn' ich dem Namen nach.«

Meine Strategie stand längst fest.

»Dann komm doch mal vorbei.«

»Ist gut. Wann denn?«

34

»Samstag abend.«

Dann würden meine Eltern im Urlaub sein. Aber die hätten sowieso nichts dagegen gehabt, wenn ich mit der Ute gefickt hätte. Die fragten sich ohnehin wahrscheinlich, ob ich nicht einen Samenkoller kriegen würde. Aber über unseren eigenen Sex sprachen wir nicht, höchstens über die Affären in der Nachbarschaft und in den Zeitungen.

Mittwochs besuchte ich in Dortmund nach Feierabend eine alte Dame, Frau Raphael, die Witwe eines weitgehend vergessenen jüdischen Kunstwissenschaftlers (sein Werk wird derzeit von Qumram rausgebracht). Ich kannte sie ein paar Jahre und ging gelegentlich hin. Meist erzählte sie von den Schwierigkeiten bei der Edition der Werke ihres Mannes oder über ihre Zeit im Exil. Mit der Zeit kannte ich fast ihre ganze Geschichte, von der Knappschaftssekretärin über die Sozialistin, die Emigrantin, die Internierung, die Befreiung, die Auswanderung in die USA, den Selbstmord des Mannes, die Rückkehr. Aber ich will hier nicht ihre Story erzählen. Wahrscheinlich hätte sie das nicht gern. Man hat sie vergeblich aufgefordert, ihre Autobiografie zu schreiben. Sie hat sich denn auch anonym begraben lassen.

Für mich repräsentierte sie immer ein anderes Deutschland: das Leiden. Auch meine Großeltern haben manches mitgemacht, aber eben auf der anderen Seite. Frau Raphael erzählte, und ich hörte zu. Was hätte ich sagen sollen? Von mir gab's ja wenig zu berichten. An diesem Mittwoch meinte ich zwischendurch eher scherzhaft: »Was ich brauche, ist ein Lotto-Gewinn!« und trank den Asbach im Kaffee, den sie mir immer servierte. Sie faßte das als Ernst auf und gab mir zwanzig Mark im Rausgehen. »Versuchen Sie ihr Glück!«

Ich hatte das Moos nicht nötig. Außerdem spielte ich sowieso schon Lotto, dieselben Zahlen seit fünfzehn Jahren, und ich dachte daran, samstags das Geld mit Ute zu versaufen, aber am nächsten Tag ging ich doch in der Innenstadt in eine Annahmestelle und vertippte die ganzen zwanzig Mark für Lotto, 6 aus 45 und die Glücksspirale. Ich hatte noch nie mehr als vier Richtige gehabt, und ich hätte meinen eigenen Tip längst aufgegeben, wenn ich meine zweimal sechs Zahlen nicht auswendig gewußt hätte, und wehe, ich hätte dann mal mitgekriegt, wenn sie gezogen worden wären. Ich schrieb die zwanzig Mark ab. Hatte ja doch keinen Zweck.

Ich dachte eher an mein Glück in der Liebe. Mir fiel keine Taktik ein, wie ich Ute rumkriegen sollte. Mein Aussehen war eher abschreckend mit meiner Wampe, meiner deformierten Nase und den schlechten Zähnen. Ich würde schon mal die Oberlippe mit dem Schnäuzer nicht hochheben. Vielleicht sollte ich ihn abrasieren. All so 'n Zeug ging mir durch den Kopf. Ich kaufte Getränke. Bier, Wein, Cola. Wir hatten nichts im Haus. Bei uns wird nie getrunken, höchstens mal 'ne Flasche Wasser ohne Geschmack. Auch ich trank zu Hause nur, wenn Besuch kam, und mußte jedesmal vorher einkaufen. Kurz nach acht klingelte es. Durch die Haustür sah ich schemenhaft zwei Figuren. Dann wird sie die Sabine mitgebracht haben, dachte ich. Dachte ich. Sie stand mit einem Macker da.

»Ich bin die Ute, und das ist Bernd.«

Ich war platt. Mit allem hatte ich gerechnet, auch mit einer Hasenscharte, aber nicht mit einem Freier. Ohne zu zeigen, daß ich mich ärgerte.

»Einen Moment. Wir nehmen die Getränke mit hoch. Was wollt ihr haben?«

Bier. Ich holte ein paar Granaten aus dem Kühlschrank. Oben sah ich sie mir erst mal richtig an. Sie hatte gar nichts von Sabine. Sie war nicht besonders schlank. Unter ihrem dicken Pullover waren größere Titten abgemalt. In der Jeans steckten stramme Oberschenkel. Ihre Haare waren so schulterlang wie Sabines, die einzige Gemeinsamkeit. Kein Zweifel, sie gefiel mir. Aber an jenem Abend, wie schon seit längerem, wäre jede mein Typ gewesen. Er sah unscheinbar aus. Ich beschloß, ihn zu ignorieren.

»Was studierst du denn eigentlich?«

»Germanistik und Sowi.«

Ich wußte nicht mehr weiter. Sollte ich ihr von meinen vergeblichen Studierversuchen erzählen? Ich holte ein Marabo raus und zeigte ihr mein Cliff-Richard-Interview.

»Ist nich' gerade meine Musik.«

»Meine auch nich', aber im Moment ist er mal wieder aktuell.«

Ihr Macker musterte meine reichhaltige Bibliothek. Ich dachte, Bukowski sei das Richtige für ihn, und zeigte ihm ›Die Ochsentour‹. Kannte er noch nicht. Ich wollt's ihm ausleihen, aber er lehnte ab.

»Wir wollen gleich wieder gehen«, sagte Ute. »Kannst du mir das Buch geben?«

Ich hatte es bereitgelegt.

»So fünfzig Zeilen à dreißig Anschläge.«

Ich mußte noch ein bißchen mehr rauskriegen.

»Studiert dein Freund auch hier?«

»Nee, der arbeitet als Taxifahrer in Harzburg.«

Dann war ja noch was zu machen. Sie würde hier oft alleine sein. Und irgendwann würde es dann schon klappen. Wie wußte ich nicht. Vielleicht war sie ihm ja treu ergeben, abhängig, hörig. Er sah allerdings nicht so aus. Er hatte sogar Ähnlichkeit mit mir. Zumindest in der Figur. Sie war also weiter nicht anspruchsvoll.

»Soll ich dich anrufen, wenn ich fertig bin?«

»Ja, tu das.«

Danach gingen sie essen, und kurz dachte ich daran, mich uneingeladen anzuschließen, doch ich wollte nicht aufdringlich erscheinen.

Ich sah fern, einen Spielfilm im Zweiten, den ich schon

im Kino gesehen hatte. Als er zu Ende war, schaltete ich um zur Ziehung der Lottozahlen. Ich sah sie mir sonst nur mit meinem Vater an. Aber ich hatte ja da diesen Sondertip gemacht, und das Aktuelle Sportstudio hatte noch nicht angefangen. Ich holte meine Scheine aus dem Portemonnaie. Die Fee zog. Ich schrieb die sechs Nummern und die Zusatzzahl auf. Auf meinem Normaltip, den ich ja auswendig kannte, hatte ich keinen richtig. Dann machte ich Kreise um die neuen Zahlen. In einer Spalte wurde ich unruhig. Erst einen Kringel, dann zwei, drei, vier, schließlich fünf! Ich wollte es nicht glauben. Hatte ich falsch abgelesen, hatte ich mich verschrieben? Ich schaltete um. Harry Valérien würde auch die Zahlen bekanntgeben. Allerdings ohne Gewähr. Ich lief zum Telefon, suchte die Nummer der Lottoansage. Besetzt. Nach der Bundesliga-Berichterstattung gab Valérien die Nummern durch. Sie stimmten! Das Telefon war noch immer besetzt. Wieviel würde ich gewinnen? Ich hatte nur eine Ahnung, ich schätzte so zwei- bis viertausend. Was würde ich damit machen? Im Moment konnte mir niemand Gewähr geben. Ich wollte mißtrauisch bleiben und plante dennoch schon. Ich würde Ute was schenken. Wir könnten zusammen nach London fahren. Lieber nich'. Ich mußte erst mal sehen, ob überhaupt was mit ihr zu machen war. Ich dachte auch daran, was gewesen wäre, wenn ich einen mehr gehabt hätte. Ich sah mir die Zahlen noch mal an. Die sechste war nicht in der Nähe. Kein Grund also, sich zu ärgern.

Am Dienstag kam die Quote raus. Dreitausend und ein paar Kaputte. Ich hatte noch immer Zweifel, als ich am Mittwoch zur Annahmestelle ging, bis mir die Olle hinterm Tresen den Schotter hinblätterte. Ich brachte die drei Mille gleich nebenan hin zur BfG. Ich hatte immer noch keinen festen Plan, was ich mit der Asche machen würde. Nur die Gesamtausgabe von Hanns Henny Jahnn bestellte ich mir für gutes Geld bei Janssen.

38

Ich gab Ute zehn bis vierzehn Tage, dann müßte sie mit der Kritik fertig sein. Ich war ernüchtert durch ihren Freund, aber auf der Arbeit, bei dieser monotonen Maloche, die ewig von Musik untermalt wird, die ich lange leid war, malte ich mir ab und zu aus, wie ich mit ihr im Bett liegen würde, mit der ersten seit längerer Zeit. Die Frage war nur, wie kriegte ich sie soweit. Mir fiel kein Weg ein. Ich war ja auf dem Gebiet immer Amateur gewesen. Selbst wenn ich mal eine hatte, ging's nicht lange gut. Wahrscheinlich würde Ute ein Traum bleiben, und ich würde weiterzupfen.

Am Samstag ging ich mit Rolf, einem alten Schulkollegen, der Jura studierte, ins Rotthaus, wo alle möglichen Leute verkehrten, hauptsächlich Alternative, Studenten, Grüne, diese Szenerie. In der Küche gab's Exotisches, das ich nie probierte. Ich war vollauf zufrieden mit Mutters Kost, für die ich im Monat 150 Mark abdrückte. Es hingen ein paar politische Plakate an der Wand, und über den Scheißhäusern prangten die Konterfeis von Ulrike Meinhof bzw. Andreas Baader. Damals war der Laden noch proppenvoll, auch die Woche über, hauptsächlich wegen der Preise, die niedriger waren als die in der Stadt.

Rolf und ich blieben nicht lange, wir hatten da keine Bekannten, und es würde wahrscheinlich auch keiner auftauchen. Wir fuhren das Stück rüber zum Rockpalast, der auch nicht gerade mein Stammlokal geworden war. Die Heavy-Metal-Szene hatte sich hier breitgemacht. Dafür waren die Mädchen hier hübscher als im Rotthaus.

Ich legte für Rolf und mich einen Zehner für Eintritt und Verzehr hin. Ich hatte es ja jetzt. Wir mußten erst durch ein Café, um in den eigentlichen Tanzpalast zu kommen und zum Bierausschank. Zum Tresen ging's eine Treppe runter. Da haute mich auf einmal eine an. »Kennst du mich noch?«

Was für eine dumme Frage. Es war Ute. Offensichtlich

hatte sie wieder jemanden dabei, einen andern. Mein Gott, dachte ich, die treibt's ja ganz schön. Da müßte, verdammt noch mal, auch was für mich drin sein. Sie stellte mir den Kerl nicht vor, so 'n Kleinen. »Trinkst du einen mit? Ich hab' im Lotto gewonnen.«

»Nee, laß mal. Wir sind im Gehen. Wir wollen noch ins Rotthaus.« Wären wir mal da geblieben. Aber das hatte ich nicht ahnen können. Und wie sollte ich an sie rankommen, wenn sie dauernd mit irgendwelchen Mackern durch die Gegend zog.

»Wann ist dein Text fertig?«

Ich mußte gegen Judas Priest anschreien.

»Ich hab' doch gesagt, ich ruf' dich an. Nächste Woche.«

Zu Hause zog ich mir aus einem Stapel Playboys das amerikanische Heft vom September 77. Meine Freundin darin hieß Debra Jo, ›the one they sing about deep in the heart of Texas‹. Ich liebte sie zum erstenmal nach langer Zeit, diese Belle of Beaumont.

Ein paar Tage später rief Ute an.

»Am besten ist, du kommst hier vorbei. Ich hab' noch was zu trinken da.« Ich fragte mich, ob sie wieder jemanden mitbringen würde, vielleicht den vom letzten Samstag. Ich war deprimiert. Ich hatte mich dermaßen auf sie gefreut, und sie lieferte mir eine Enttäuschung nach der andern. Endlich hatte ich mich wieder in eine verliebt, zu der ich auch Kontakt hatte, und die läuft dauernd mit andern rum.

Am Mittwoch kam sie allein. Sie gab mir den Artikel.

»Was macht deine Schwester?«

Ich wußte, in der Ehe kriselte es.

»Och, der geht's gut.«

»Und den Kindern?«

»Denen auch.«

Sehr gesprächig war sie nicht.

»Wo wohnst du denn? Im Heim?«

»Nee, Auf dem Jäger.«

Da wohnte Susanne auch. Ich sagte es ihr, um ihr zu zeigen, daß ich nicht ganz allein war. Ich wollte Musik machen.

»Irgendwas Besonderes für dich?«

»Iss egal.«

Sollte ich's mit Buddy Holly probieren? Der war ihr bestimmt zu antiquiert. Ich legte den sanften Gerry Rafferty auf. Was sollte ich sie jetzt noch fragen?

»Bist du in Bad Harzburg geboren?«

»In Kierspe, im Sauerland. Meine Eltern hatten da damals 'ne Gaststätte.«

»Und was machen die jetzt?«

»Die führen ein Hotel in Harzburg.«

»Und da hilfst du schon mal mit?«

»Selten. Ich hab' nach dem Abitur in einem Hotel mit Fahrschule gearbeitet und bin dann nach Amsterdam gefahren.«

Ich dachte sofort an Hasch. Weswegen fährt man sonst dahin? Ich konnte ihr nichts anbieten. Ich nahm absolut nichts, auch wenn mir das manche Leute nie geglaubt haben. Ich sah sie mir noch mal näher an. Ihr Gesicht war irgendwie niedlich, teeniemäßig, irgendwie jungfräulich und doch frühreif. Hatte sie etwa noch nie? Kaum anzunehmen, bei den Mackern.

»Wer war das denn am Samstag mit dir im Rockpalast?«

»Das war der Carsten. Ein Bekannter aus Harzburg, ein lieber Freund. Iss schwul.«

Dann war sie also doch keine Nymphomanin. Ich wußte nicht, ob ich mich freuen sollte.

»Das mit dem Lotto-Gewinn war ja vielleicht ein Ding. Du warst gerade weg. Du hast mir Glück gebracht.«

Sie reagierte nicht drauf. Ich sprach etwas gestelzt. Ich mußte lockerer werden.

»Hast du Lust, mit mir essen zu gehen?« sagte ich.

»Nee. Lieber nich. Ich ess' nicht viel.«

Aber mit dem andern war sie gegangen. Wahrscheinlich wollten sie an dem Abend nur vögeln.

»Und wie wär's mit Kino? Da läuft gerade im Cinema ein neuer Ruhrgebietsfilm, Fünf Flaschen für Angelika. Ich versprech' mir viel davon. Kannst du bei der Gelegenheit wahrscheinlich auch was über die Gegend hier erfahren.«

»Na gut. Wann denn?«

Ich mußte überlegen.

»Wie wär's mit Montag?«

Am Wochenende käm wahrscheinlich wieder der Freund aus dem Harz.

»Ist gut. Da kann ich.«

»Holst du mich ab? Ich hab' keinen Führerschein.«

»Haben sie ihn dir abgenommen?«

»Nee, ich hab' noch nie einen besessen.«

Auch so 'n leidiges Thema. Warum hatte ich nie einen Führerschein gemacht? Was hätte ich schon alles erleben können! Ich hatte nur eine Nummer im Auto gemacht, damals mit der Christa.

Und überhaupt. Die ganze Mobilität fehlte mir. Nachts mußte ich um halb eins die letzte Bahn aus der Stadt mitkriegen oder von jemandem mitgenommen werden. Aber erst mal einen finden. Und Weiber nach Hause bringen ging auch schlecht zu Fuß. Wahrscheinlich hatte ich nie einen gemacht, aus Angst davor, geprüft zu werden.

Beim Aufstehen fiel mir auf, daß Ute ein paar Zentimeter größer war als ich.

›Wo ich nicht hinkomm', da spuck' ich hin‹, dachte ich.

»Bis Montag also um halb acht.«

Donnerstags beim Marabo traf ich Peter Temminghoff bei der Redaktionssitzung. Er war ganz in Ordnung, arbeitete irgendwo auf dem Amt und schrieb, wie wir alle,

42

nebenbei, hauptsächlich Musik-Artikel. Er hatte durch einen Bekannten einen guten Draht zur CBS.

»Hör mal, Wolfgang. Die CBS sucht da einen für die Promotion-Abteilung. Der Joe hat mich schon angerufen, aber für mich ist dat nix. Wie ist dat denn mit dir?«

Promotion? Ich hatte keine Ahnung, was man da machen mußte. Peter wußte das auch nicht.

»Ruf doch da mal an.«

»Werd' ich machen.«

Er gab mir die Nummer. Eine vage Hoffnung. Endlich raus aus dem Plattenladen. Es würde mehr Geld geben und keine Langeweile.

Ich rief tags drauf in Frankfurt an.

»Schicken Sie uns erst mal Arbeitsproben.«

Zu Hause schnippelte ich rum. Ein paar Sachen packte ich nicht ein. CBS-Künstler Springsteen war bei mir nicht allzu gut weggekommen. Lebenslauf und Zeugnisse waren Gott sei Dank nicht gefragt. Außer dem Abi-Zeugnis hatte ich auch keine. Und wie hätte sich das gelesen: »Vierzehn Semester ohne Abschluß studiert?« Übers Wochenende malte ich mir den Job aus. Ich würde wahrscheinlich schreiben müssen, auch Sachen, die mir selbst nicht gefielen. Dafür würd's auch jede Menge Kohlen geben. Hauptsache raus aus der Muffbude.

Der Film am Montag war was für'n Arsch. Da waren mal wieder Fördermittel verplempert worden. Er sah so aus, als hätten ihn ein paar Abiturienten kurz vor Verlassen der Schule gedreht. Vom Ruhrgebiet war bei dieser Entführungsklamotte wenig zu sehen. Kein neuer ›Abfahrer‹.

Während der Vorstellung fragte ich mich, ob ich ihre Hand nehmen sollte oder ich ihr gar einen auf die Wange drücken sollte, aber natürlich traute ich mich nicht. Wie hätte sie reagiert? Wir kannten uns doch kaum. Wahrscheinlich hätte sie mir eine gelangt. So hatte ich noch Hoffnung. Vielleicht würde ja sie einen Annäherungsversuch starten. Ich war ein bißchen am Spinnen. Als sie mich vor der Haustür absetzen wollte, wurde ich mutig.

»Willst du noch mit raufkommen?« sagte ich, ohne daß ich wußte, was ich da mit ihr tun sollte. Sie wollte früh schlafen gehen. Ich zog noch einen Trumpf.

»Am Samstag sind die Shadows in Essen. Ich hab' Karten, wenn du willst, kann ich dich mitnehmen.«

»Kenn' ich gar nich', die Shadows.«

»Ältere Semester. Haben früher mit Cliff Richard gespielt. Ich bin mir nicht sicher, ob sie dir gefallen werden.«

»Ist egal. Ich komm' mit.«

Schien sie sich doch für mich zu interessieren, oder ging sie nur aus lauter Langeweile mit. Oben holte ich mir kräftig einen runter.

Am nächsten Morgen weckte mich meine Mutter früher als gewohnt.

»Weißt du, wer tot ist? John Lennon! Gleich kommen die Nachrichten.«

Ich mußte erst richtig wach werden, um festzustellen, daß das kein böser Traum war. Aber die Nachrichten bestätigten es. Ich war traurig, ohne daß mir die Tränen kamen. Sofort dachte ich daran, daß ich einen Nachruf schreiben müßte. Lennon käm aufs Titelblatt. Sofort fiel mir ein Titel ein: ›Hello Goodbye‹. ›Imagine‹ wurde gespielt und einige Beatles-Titel. Ich mochte sie alle. Mit Lennons Tod gab's die Beatles endgültig nicht mehr. Ich dachte in dem Moment vielleicht auch daran, daß meine Jugend vorbei wär, auch endgültig. Wahrscheinlich ging's vielen an diesem Tag so. Es war kein Denken. Es war ein Fühlen.

Im Laden legte ich die letzte Lennon-LP auf, bis dahin ein Ladenhüter. Sie würde jetzt wahrscheinlich immens laufen. Im Verlauf des Tages hörte ich nur Beatles und

44

Lennon. In der Mittagspause fuhr ich zum Marabo. Die Verleger waren weniger traurig. Lennon aufs Titelbild?

»Heute ist der achte. Bis das Heft raus ist, sind noch vierzehn Tage. Dann spricht kein Mensch mehr drüber. Außerdem haben wir schon die Schygulla vorne drauf.«

Ich nahm an, daß das Titelbild mal wieder von irgendeinem Filmverleih gekauft worden war.

»Aber Lennon hat es verdient. Er war vielleicht das einzige Genie der Pop-Geschichte!« Sie ließen nicht mit sich reden. Der Nachruf ging natürlich klar.

Bei Janssen bestellte ich mir zwei Bücher über die Beatles. Ich hätte den Nekrolog auch so schreiben können, aber ich brauchte noch einige Fakten. Am nächsten Tag holte ich mir im Hauptbahnhof die gesamte englische Presse. Die FAZ kaufte ich mir sowieso. Karl Heinz Bohrer hatte sich geäußert. Ich las die gesamten Artikel während meiner Arbeitszeit. Sie machten mich auch nicht schlauer. Ich schrieb unzulänglich über meinen John Lennon. Am folgenden Montag erschien im Spiegel ein Nachruf von Wolf Wondratschek. Er hatte denselben Titel gewählt wie ich. Für ihn würde es der letzte Spiegel-Artikel sein. Später würde ihn die Feuilleton-Redaktion zerfleischen lassen. Auch seine Jugend war vorbei.

Tatsächlich konnte ich wegen Lieferschwierigkeiten nicht so viele Lennon-LPs verkaufen, wie verlangt wurden. Durch seinen Tod erst war er wieder in Mode gekommen, ähnlich wie einst Elvis. Ich gab diese Platte ungern über den Ladentisch, weil sie nicht seine beste war. Die Nachfrage hielt auch länger als vierzehn Tage an. Und als die Marabo-Konkurrenz Guckloch mit einem Lennon-Titel erschien, war das Heft im Nu ausverkauft.

Am Samstag war ich nicht besonders gut drauf, als Ute mich abholte. Lennon steckte mir noch in den Knochen. Das Konzert schien ihr nicht zu gefallen, was mich überhaupt nicht überraschte. Sie war auch die Jüngste im Pu-

45

blikum, das lauthals nach ›Apache‹ und ›F.B.I.‹ rief. In der Pause gingen wir einen trinken. Ich überlegte mal wieder vergebens, wie ich ihr meine Liebe gestehen sollte.

Nach dem Gig schlug ich vor, noch ins Appel zu fahren.

»Die haben da jetzt neu aufgemacht. Soll allerhand los sein.«

Wir fuhren hin. Nichts war los. Unten die Kneipe war wie immer. Wir gingen die Treppe hoch zur Disco. Auch tote Hose. Nur ein paar Teenies tanzten. Mir war nicht danach zumute. Ich kann auch überhaupt nicht tanzen. Die Tanzschule hab' ich abgebrochen, und für die neuen Rhythmen fehlt mir das Taktgefühl. Ute wollte mich überreden, mit ihr zu ›Johnny And Mary‹ von Robert Palmer zu scherbeln. Ich lehnte ab. Dabei hätten wir uns doch näherkommen können, aber ich wollte nicht einfach ungelenk rumhopsen. Noch nie hatte ich beim Tanzen eine aufgerissen. Mit Ute müßte es anders gehen, aber an dem Abend nicht mehr. Ich mußte eine Lexotanil einnehmen.

Montag abends kriegte ich ein Telegramm, das erste in meinem Leben. Beim Aufmachen konnte ich mir nicht vorstellen, von wem es war. CBS. Wir bitten Sie, nach Frankfurt zu kommen. Bitte setzen Sie sich wegen eines Termins mit Frau Herrmann in Verbindung. Wie sollte ich nach Frankfurt hinfahren? Meine Chefs durften nichts erfahren. Mitten im Weihnachtsgeschäft schien mir das unmöglich, aber ich mußte hin, meine Chance nutzen. Ich sprach mit Andreas Tölle, der mittlerweile Klaus abgelöst hatte als mein zweiter Mann, ob er wohl den Laden einen Tag lang alleine schmeißen könnte. Ich versprach ihm einen Hunderter.

»Wenn du pissen mußt, legst du den Hörer daneben und machst einfach den Laden solange zu.«

Es ging klar. Mit der Frau in Frankfurt einigte ich mich auf Freitag. Da würde ich dann abends auch wieder die

46

Ute treffen. Ich nahm einen frühen Zug und kam pünktlich mit einem Taxi vor dem Hochhaus in der Bleichstraße an. Frau Herrmann war freundlich.

»Was wollen Sie verdienen?«

Ich druckste rum. Ich hatte keine Ahnung, wieviel ich verlangen konnte.

»Sie würden bei uns anfangen mit 3200 Mark brutto. Nach einem halben Jahr dreifünf.«

Das waren für mich astronomische Summen. Jeden Monat fünf Richtige!

»Haben Sie einen Führerschein?«

»Ich bin gerade dran«, log ich.

Sie klärte mich dann auf, wie mein zukünftiger Bereich aussehen würde, wenn ich den Job bekäme. Es war so, wie ich vermutet hatte: Pressetexte schreiben und Künstler betreuen. Ja, da bräuchte ich tatsächlich 'ne Fleppe, um Chris de Burgh vom Flughafen zum Hotel zu bringen. Sie ging mit mir durch die Etage, wo alle Türen auf waren, aber kaum einer saß im Büro.

»Wir hatten gestern eine kleine Weihnachtsfeier. Mir ist heute auch nicht so ganz wohl.« Einer war doch da, Herr Schmidt.

»Der wird Ihnen alles weitere sagen. Sie bekommen dann von uns Bescheid.«

Schmidt war locker angezogen. Mitte Dreißig, schätzte ich. Er war sofort sachlich.

»Bevor wir Sie einstellen, gebe ich Ihnen was mit. Hier, diese Texte über Joan Armatrading und Joe Jackson übersetzen Sie, und über diese beiden LPs lassen Sie sich was einfallen.«

Er drückte mir die neuesten Scheiben von Chaz Jankel und Gilbert O'Sullivan in die Hand.

»Das machen Sie am besten noch vor Weihnachten. Oder sagen wir mal vor Neujahr. So daß die Sachen am 28. hier sind.«

Ich war zuversichtlich und war auch froh, daß die mich nicht nach meiner Vergangenheit gefragt hatten. Die Texte würde ich schon hinkriegen. Aber mit dem Führerschein, das war so 'ne Sache. Wenn sie mich nun zum ersten Februar einstellen, wie das die Frau Herrmann gesagt hatte … bis dahin hatte ich das Ding bestimmt noch nicht, besonders wenn ich einmal durchfiel.

Im Zug dachte ich auch an die Trennung von Ute, aber in Frankfurt würde ich genug neue Frauen kennenlernen, besonders aus der Plattenbranche. Da liefen sicher allerhand bei der CBS rum.

Um fünf war ich wieder im Laden. Es war nichts Außergewöhnliches vorgefallen. Der Chef, der auch schon mal unter der Woche kam, hatte nicht reingeguckt. Andreas beschwerte sich nicht, obwohl viel los gewesen war. Ich tippte Code 51 ein und konnte ablesen, was bis jetzt an dem Tag umgesetzt worden war. Nicht schlecht. Wenigstens für Dezember würde ich Umsatzbeteiligung kriegen. Zu Hause erzählte ich alles über meinen Frankfurter Trip. »Papa, du mußt heute noch den Thomas anrufen, daß mir der schnell einen Führerschein verschafft.«

Heinz Thomas hatte in der Nachbarschaft eine Fahrschule. Ursprünglich war er Steiger gewesen. Seit dieser Zeit, also noch vom Pütt, kannte ihn mein Vater. Er, mein Bruder und meine Schwester hatten bei Thomas die Prüfung gemacht. Ich hatte jetzt plötzlich keinen Schiß mehr. Es mußte sein. »Stellt euch mal vor. Über dreitausend im Monat. Da kann mich der Saueracker sofort im Arsch lecken. Auch wenn ich Miete und so bezahlen muß. Den Führerschein mach' ich vom Lotto-Moos.«

Ich sprach nicht drüber, aber es bedeutete auch die Trennung von meinen Eltern, aber die war ja längst überfällig.

»Die Ute hat angerufen«, sagte meine Mutter. »Sie kann heute nicht kommen. Ihr Freund ist da.«

48

Es machte mir wenig aus. Ich hatte jetzt einen neuen Traum, den Job bei der CBS, in einer neuen Welt.

Bis Weihnachten sah ich Ute nicht mehr. Sie fuhr zurück in den Harz zu ihren Eltern und wahrscheinlich, um sich mal wieder richtig auszuvögeln, während ich mit meinem Langenscheidt über den CBS-Texten hing und zwanzig Seiten übersetzte. Ich schrieb um mein Leben. Mein neues Leben. Größere Schwierigkeiten hatte ich nicht. Englisch konnte ich immer schon gut. Nur den Heiligen Abend saß ich mit meiner Familie zusammen, sonst tippte ich. Am zweiten Feiertag fuhr ich mit dem Zeug zur Post und gab es per Eilboten auf. Mein Vater hatte den Fahrlehrer schon informiert. Ja, es könnte schnell gehen, jeden Tag eine Stunde.

Zum Geburtstag schickte mir Ute eine Karte. Die Feier war mal wieder langweilig. Die üblichen Bekannten kamen. Der Apotheker kam diesmal nicht, nur Sabine schneite mal kurz rein und schenkte mir Borns ›Fälschung‹. Rolf war auch da, der mir zu ruhig erschien als angehender Anwalt. Susanne war nicht erschienen. Sie kam nur alle Jubeljahre mal vorbei. Dann war da noch Robert, der Arzt mit seinen beiden Kindern und der Frau. Im Grunde verband mich mit ihm und Rolf nur noch die gemeinsame Schulzeit. Mit Rolf ging ich auch schon mal einen trinken. Aber er hatte abends was vor, als ich ins Rotthaus wollte. So ging ich allein hin. Die andern, die am Tresen rumstanden, kannte ich nur vom Ansehen. Es würde sich kein Gespräch ergeben, und ich ging nach drei Bier nach Hause. Sabine hatte also Streit mit ihrem Mann. Sonst wären beide gekommen.

Ute. Ich dachte jetzt wieder unentwegt an sie, nachdem ich die CBS-Sache erledigt hatte. Ich dachte auch während der ersten Theoriestunden an sie. Ich hörte nicht richtig hin. Die erste Fahrstunde war einfach. Ich brauchte den Automatik-Wagen, einen BMW, nur zu lenken. Es machte mir Spaß, und ich ärgerte mich, daß ich nicht schon früher angefangen hatte. Ich konzentrierte mich. Dennoch kamen mir immer wieder Gedanken an Ute, die noch im Harz war. Würde ich mit ihr ficken, bevor ich nach Frankfurt ging? Würde sie eventuell mit mir mitgehen und da studieren? Was bildete ich mir eigentlich ein? Sie war doch offensichtlich in festen Händen. Was wollte ich dickbäuchiger abgebrochener Student, der quasi als Hilfsarbeiter schuftete, mir für Illusionen machen, ausgerechnet bei Ute, die bis jetzt noch nicht angedeutet hatte, daß ich bei ihr eine Chance besaß?

Als sie wieder da war, gingen wir ab und zu aus, aber es blieb dabei. Sie hatte ihren Macker und erzählte auch viel von ihm. Ich ließ sie offensichtlich kalt. Warum aber ging sie dann mit mir aus, ins U-Bo, ins Rotthaus, ins Appel? Wahrscheinlich aus Langeweile und weil sie an der Uni noch keinen gefunden hatte. Allerdings war da doch noch einer, ein Professor; ein Bekannter Sabines. Bei ihm arbeitete Ute als Putzfrau, und ich hatte sofort den Verdacht, daß zwischen ihnen was ablief. Er kam auch zu ihrem Geburtstag. Ich war nicht besonders gut drauf, weil ich nach vier Wochen immer noch nichts von der CBS gehört hatte.

Der Professor war ein alter Knacker, ein Ungar, aber nicht, wie ich zugeben mußte, ohne Charme. Konnte mir gut vorstellen, daß Ute auf ihn reingefallen war. Er führte das große Wort. Ich wollte nicht mitreden, konnte ich auch nicht. Ich achtete nur auf Ute. Claudia war auch da. Sie hatte ihren Untermieter mitgebracht, einen hübschen Geiger. Er holte Bier, und ich wurde eifersüchtig, als Ute sagte: »Du bist ein Schatz«, als er wiederkam. Er scharwenzelte aber nicht um sie rum. Der hatte wahrscheinlich schon genug zu vögeln. Es war mal wieder ein frustrierender Abend. Ich war keinen Schritt weitergekommen.

Am nächsten Tag kaufte ich mir an Vaters Tankstelle

von dem Inhaber einen Gebrauchtwagen. Außerdem nahm ich einen Kredit auf. Der Lotto-Gewinn reichte gerade für die Karre. Blieben noch laufend die Fahrstunden zu bezahlen, und ich brauchte viele.

Abends lag ein Brief von Rowohlt auf dem Schuhschrank an der Haustür. Was wollten die denn von mir? Woher hatten die meine Adresse? Erst als ich den Brief las, fiel es mir wieder ein. Ein paar Monate vorher hatte ich einen Text fürs Außenseiter-Lexikon in der Buchreihe ›Rock Session‹ eingereicht, über meinen Freund Phillip. Ich hatte mir keine großen Hoffnungen gemacht und die Sache schnell vergessen. Jetzt hieß es, sie würden den Text nehmen. Sie bräuchten noch zwei Zeilen biografische Angaben. Und wenn ich was Neues hätte, sollte ich mich melden. Ich war selig. Zum erstenmal würde ich in einem Buch erscheinen. Am nächsten Tag schickte ich eine Kopie des Briefes an die CBS. Vielleicht würde das noch wirken. An Rowohlt schrieb ich: »Wolfgang Welt lebt als kleiner Angestellter in Bochum. Sonntags Außenverteidiger beim SuS Wilhelmshöhe.« In der kurzen Zeit waren mir noch keine neuen Außenseiter eingefallen, über die ich hätte schreiben können.

In der Zeit kam mal der Christoph Biermann mit ein paar Jungs in den Laden rein. Die waren von der Vorgruppe, die er im Marabo mit ihrer ersten Single gehypt hatte. Sie kamen aus Wanne-Eickel. Nun waren sie gerade mit ihrer ersten LP zugange. Sie war schon im Preßwerk. Er stellte mir Waldi, Volker und Omo vor, von denen ich noch keinen Ton gehört hatte. Ich kannte sie nur aus der Zeitung. Sie alberten rum. Ich wußte gar nicht, was die eigentlich wollten. Omo meinte, er würde auch gerne hier arbeiten, das Studium sei sowieso was für'n Arsch.

»Da muß aber erst mal der Andreas abhauen«, sagte ich. »Dauert nicht mehr lange«, meinte der.

»Wirklich?«

»Ich hab' keine Lust mehr.«

Ich auch nicht. Ich sehnte mich nach was anderem. Und das hieß CBS.

Doch ein paar Tage später erhielt ich eine Absage mit den üblichen Floskeln. ›Konnten wir uns nicht entscheiden.‹ Das bedeutete lebenslänglich Plattenladen. Was hätte ich anderes tun können, mit 28 und ohne abgeschlossene Ausbildung? Es blieben nur Hilfsarbeiterjobs, und selbst an die kam man so leicht nicht mehr ran. Beim Marabo war auch nichts zu machen, etwa als stellvertretender Chefredakteur. Die hatten kein Geld dafür.

Es kam noch schlimmer. So Anfang Februar. Bei Appel kam Ute damit raus, daß sie Bochum verlassen würde, am Ende des Semesters. Wahrscheinlich lief ich blau oder rot an. Jedenfalls schlug mein Herz heftiger als sonst. Blieben mir also nur noch vierzehn Tage, sie rumzukriegen. Aber wie? Wir vertagten uns auf den nächsten Freitag.

Als sie kam, lief Derrick. Wir sahen uns im Wohnzimmer den immer wieder langweiligen Krimi mit meinen Eltern an. Schon die ganze Woche über hatte ich an nichts anderes als an Ute gedacht und wie ich ihr meine Liebe eingestehen sollte. Schließlich drehte es sich nicht nur ums Vögeln. Nur Omo hatte mich einen Moment auf andere Gedanken gebracht. Er schenkte mir eine Vorab-Kassette von der Vorgruppe-LP.

Nachdem wir Horst Tappert zu Ende gesehen hatten, gingen Ute und ich auf meine Bude hoch. Sie erzählte, daß ihre Schwester vermehrt Theater hätte mit ihrem Mann. Das ginge nicht mehr lange gut. Ich legte meine neue Kassette ein. Waldi sang drei Minuten nur ›Veba‹.

»Und du willst also jetzt nach Göttingen gehen?«

»Ja, hier macht das Studieren keinen Spaß, und da bin ich auch näher an zu Hause.«

Ich wußte, an dem Abend müßte es passieren, oder es wär für immer vorbei. Ich trank 'n Schluck, atmete tief

52

durch und wollte ihr sagen, was ich eine Woche geübt hatte, aber ich ging erst mal runter pissen. Als ich wiederkam, lief gerade ›Warum kannst du mich nicht verstehen‹. Sie saß auf meiner Liege. Im Stehen quälte ich's mir dann endlich raus.

»Warum haben wir eigentlich noch nicht zusammen geschlafen?« Sie kippte nach hinten um, drehte sich mit dem Gesicht nach unten und schwieg. Vielleicht hätte ich doch was von Liebe erzählen sollen. Ich wollte es nachholen. Ich streichelte sie.

»Guck mal. Ich liebe dich schon die ganze Zeit, und da wär's doch nur natürlich.«

Sie drehte leicht ihren Kopf. Ich legte mich neben sie.

»Ich hab' unser Verhältnis auch nicht ganz unerotisch gesehen.«

Sie kam mit der Hand hervor, die sie unter ihre Stirn gepreßt hatte. Sie berührte mein Gesicht. Ich drehte sie um und küßte sie. Sie wehrte sich nicht. Leidenschaft schien auch dazusein. Ich fuhr ihr unter den Pullover. Sie hatte nichts dagegen. Ich stand auf und machte das Licht aus, während die Vorgruppe weiterlief. Wir fummelten aneinander rum.

»Ich muß dich erst kennenlernen«, sagte sie. Ich zog mich aus. Es war also soweit. Ich wollte ihr an die Fotze.

»Nee. Laß das mal. Wir haben Zeit. Den letzten Bus verpass' ich. Okay?«

Ich war doof.

»Wieso?«

»Na, verstehst du denn nicht?«

Mein Gott. Sie würde die ganze Nacht bleiben.

»Ich muß noch mal pissen.« Ich zog mich wieder an und ging mit einem Steifen auf die Toilette. Ich hatte Schiß. Als ich wieder hochkam, hatte sie den Pullover aus. Wir knutschten, und mir ging schon fast einer ab. Nach und nach zogen wir uns aus. Sie behielt den Slip an.

53

»Der letzte Rest an Scham bleibt.«

Ich nestelte dran rum. Sie ließ ihn mich aber nicht abstreifen, während sie an meinem Schwanz zog, ihn streichelte. Dann, nach Stunden der Fummelei – ich hatte inzwischen mehrmals die Musik gewechselt, und es lag gerade Justin Haywards ›Night Flight‹ auf – war es endlich soweit. Sie zog den Slip runter. Behutsam legte ich mich über sie – und kam, bevor ich richtig drin war. Sie war sofort ernüchtert.

»Das hätte ich mir denken können. Ich hätte nicht so lange warten sollen.« Ich war fertig. Da hatte ich so lange gebibbert und gebebt und dann das. War wahrscheinlich die mangelnde Übung. Sollte ich ihr gestehen, daß ich es lange nicht mehr gemacht hatte?

»Ich nehme den ersten Bus.«

»Warum denn?«

»Deine Mutter braucht nicht zu wissen, daß ich die Nacht über hier war.«

»Die hätte aber bestimmt nichts dagegen. Die mag dich auch gut leiden.«

»Nee, ich würde mich ein bißchen schämen.«

Ich stellte den Wecker auf sechs, und sie pennte sofort ein.

Ich blieb wach und fragte mich, ob ich je noch mal vernünftig würde ficken können. Ich weckte sie pünktlich und sah sie noch mal nackt an, wahrscheinlich zum letzten Mal. An der Bushaltestelle küßten wir uns oberflächlich.

»Was machen wir denn heute abend?« fragte ich und erwartete, daß sie mir einen Korb gab.

»Laß uns nach Appel gehen. Hol mich um neun Uhr ab.«

Es war also doch noch nicht endgültig Schluß. Aber ob sie mich noch mal ranlassen würde. Ich hatte Angst davor. Wahrscheinlich würde ich wieder versagen.

54

Im Laden war ich, kein Wunder, groggy. Als ich nach Hause kam, fand ich in der Post eine LP aus England. Phillip hatte sie mit Aj Webber, einer Sängerin, produziert. Ich hatte sie mal in Croydon im Vorprogramm von Kraftwerk gesehen. Die Platte gefiel mir gut, besonders ihre Version von Dylans ›Just Like Tom Thumb's Blues‹. Diese Frau wäre was fürs nächste Außenseiter-Lexikon. Inzwischen war mir noch ein Kandidat eingefallen, Sonny Curtis, der in den fünfziger Jahren den vielleicht ersten Punk-Song geschrieben hatte, ›I Fought The Law‹ und nun Country-Sänger war. Ich teilte das Rowohlt mit und setzte hinzu, daß ich einen Artikel übers Ruhrgebiet machen könnte, mit besonderem Hinblick auf die Vorgruppe.

Ich fuhr mit dem Bus zu Auf dem Jäger. Ich klingelte bei Ute, die im dritten Stock wohnte. Sie drückte. Als ich oben reinkam, hörte ich Pink Floyd, ›Wish You Were Here‹, und sie lag apathisch auf ihrem Bett. Offensichtlich hatte sie ein Rauschgift zu sich genommen und war nicht ansprechbar. Nach einer Viertelstunde war sie wieder klar. Ich war erschrocken, weil ich das noch nie bei einer Freundin erlebt hatte. Auch sonst noch nie. Sie tat, als ob nichts gewesen sei. Bei Appel trafen wir Omo.

»Du mußt was für mich tun, damit ich bei ELPI anfangen kann.«

»Was denn?«

»Irgendwas.«

Ich konnte ihm auch nicht helfen.

»Überleg dir genau, was du tust.«

Wir blieben nicht lange. Ich brachte sie nach Hause.

»Kommst du noch mit hoch? Du kannst auch bei mir pennen.«

Ich hoffte wieder. Wir gingen sofort ins Bett und zogen uns aus. Es war eng. Wir fummelten wieder, aber diesmal nicht so lange. Wieder kam ich sofort.

»Du wirst mir nie ein Kind machen!«

Nicht nur dir nicht! Ich war verzweifelt. Was konnte ich dazu? Es kam einfach so. Sie drehte sich um und schlief ein. Ich fror und konnte schlecht pennen. Sie machte Frühstück. Ich trank nur Kaffee, wie gewöhnlich morgens. Das war's dann wohl zwischen uns beiden.

»Sehn wir uns noch mal, bevor du abhaust?«

»Klar.« So klar erschien mir das nach meinem Versagen auch wieder nicht.

»Wann denn?«

»Montag hab' ich Inventur. Wie wär's mit Dienstag. Vielleicht bin ich dann besser drauf.«

Und ich war besser drauf. Ich weiß nicht mehr, wie ich sie dazu brachte, wieder mit mir ins Bett zu gehen, jedenfalls ging sie, und diesmal klappte es, gleich mehrmals. Keine Frage, ich war glücklich. Sie auch. Sie blieb wieder die ganze Nacht und stand mit mir um acht auf. Meine Eltern sagten nichts. Jedenfalls nichts Unhöfliches.

»Kann ich morgen mal dein Auto haben?«

»Sicher. Aber du kommst doch auch heute abend vorbei, oder?«

»Kann ich machen.«

Abends vögelten wir wieder auf Deubel komm raus, und ich fragte mich, wie der Umschwung gekommen war. Vielleicht hatte ich mich erst warmlaufen müssen.

Donnerstag morgen fuhr sie mit meinem Wagen nach Hause.

»Bis heute abend nach der Fahrschule!« rief ich ihr nach. Um halb neun, nach meiner Theorie-Stunde, war sie noch nicht da. Es wurde neun, Viertel nach. Dann ging die Klingel. Heulend stand sie in der Tür. Ich guckte um die Ecke. War was mit dem Wagen? Nein. »Was ist denn?«

»Die Sabine. Der Werner hat sie geschlagen. Die ist jetzt bei mir.«

Im ersten Moment dachte ich, gut, daß nichts mit dem

Wagen ist. Das hatte Sabine nicht verdient. Das hatte keine Frau verdient. Aber das hätte sie voraussehen können. Sie hatte ja diesen Mann gewollt, obwohl sie seine Macken gekannt hatte. Und das am letzten Abend, den Ute und ich zusammen hatten. Am nächsten Tag würde ihr Freund aus Harzburg sie abholen.

Wir fuhren in ihre Wohnung, wo Sabine mit den beiden Kindern war. Unverkennbar hatte sie einen auf die Maske gekriegt. Ich konnte sie nicht trösten, meinte nur, daß ihr Mann ein Schwein sei. Was machte ich mit Ute? Die hatte jetzt bestimmt keine Lust mehr. Doch sie hatte. Sie fragte Sabine, ob sie was dagegen hätte, wenn sie bei mir schlief. Nein, hatte sie nicht. Ohnehin würde sie Utes Bett belegen.

Ich hatte mir morgens einen Krankenschein genommen, und wir vögelten die Nacht durch, ohne daß ich ans Aufstehen denken mußte. Gegen neun am nächsten Morgen fuhr sie zu Sabine und kam mittags wieder. Wir wollten noch mal ins Bett, bevor der Macker kam.

Mein Neffe rief an. Ob ihn jemand von der Schule abholen könnte. Ute bot sich an. Ich fuhr mit. Im Dorf erschrak sie. Sie sah den Wagen von ihrem Freund.

»Ich muß sofort nach Hause.« Ich konnte sie nicht verstehen. Er hatte sie doch gar nicht gesehen. Wir holten Marcus ab. Zu Hause verabschiedete sie sich heulend von meiner Mutter. Knutschend gingen wir zur Bushaltestelle.

»Ich schreib' dir«, sagte ich, »heute noch.«

Ich fuhr in die Innenstadt. Bei ELPI arbeitete jetzt tatsächlich der Omo. Ab dem Ersten offiziell. Nun war er schon mal für mich eingesprungen. Andreas würde bald aufhören. Ich ging um die Ecke. An einem Schuhgeschäft blieb ich stehen. Hier hatte ich meine Roots aus blauem Wildleder gekauft, die Ute so mochte. Ich guckte in mein Portemonnaie. Ich zählte meine Asche. Ich ging rein und wollte ein Paar für Ute kaufen. Blaues Wildleder war aber

57

in ihrer Größe nicht da. Ich nahm weiße. Nebenan kaufte ich Packpapier und ging zurück zu ELPI. Die Jungs halfen mir beim Eindrehen.

»Eigentlich wollte ich noch reinwichsen, aber ich krieg' heute keinen mehr hoch.«

Ich schrieb ein paar Zeilen dazu und gab das Päckchen an der Post auf. Anschließend ging ich ins Kino, ›Mord im Spiegel‹, eine Agatha-Christie-Verfilmung. Zu Hause legte ich mich auf meine Liege und weinte. Es war alles so hopplahopp gegangen. Jetzt erst, auf meiner Bude, kam ich zur Besinnung. So eine wie die Ute kriegte ich so schnell nicht wieder. Endlich hatte ich eine, und dann kam so 'n Arsch aus 'm Harz und nahm sie mir wieder weg. Ich hätte ihn umlegen können. Nach unsern ersten geglückten Nummern hatte sie noch gesagt, wär's doch eher passiert. Ich wäre hiergeblieben. Später sagte sie, sie käme vielleicht zurück und würde doch hier weiterstudieren. Aber zu dem andern hatte sie doch wohl eine stärkere Beziehung, vielleicht war sie ihm hörig, kam nicht von los, und ich war nur eine kleine Abwechslung gewesen. Ich konnte nichts Klares denken, außer daß es aus war. Ich holte mir einen runter und stellte mir vor, wie sie ihn in den Mund nahm.

Montags, nach der dreizehnten oder vierzehnten Fahrstunde, fing ich wieder an zu arbeiten. Andreas hatte also die Schnauze voll. Er wußte noch nicht, was er danach machen sollte. Rumjobben, eventuell in einer Kneipe. Mir tat's leid, daß er ging. Wir hatten uns immer gut verstanden, außer wenn's um Musik ging. Er legte immer die harten Sachen auf. Für mich hatten die den einen Vorteil, daß sie meinen Horizont erweiterten. Ich lernte, die Stranglers von den Sex Pistols zu unterscheiden, die Lurkers von den Germs, die Residents von Tuxedomoon. Wir wechselten immer ab. So war jede zweite Platte nach meinem Geschmack, und die hielt er dann meist für unerträglich,

Dire Straits, Police oder Singer/Songwriter wie Jackson Browne. Bei manchen konnten wir uns einigen, z. B. bei den Pretenders und den Talking Heads.

Während meiner Krankfeierzeit war eine Scheibe von Eno mit David Byrne erschienen, ›My Life In The Bush Of Ghosts‹. Ich hörte sie mir an, aber sie gefiel mir nicht besonders. Eno alleine mit seiner ›ambient music‹ sagte mir mehr zu, und Byrne gehörte einfach in die Talking Heads und nicht in Enos Experimentierstudio. Auf dem Cover las ich: ›Title taken from a novel by Amos Tutuola.‹ Das wiederum fand ich interessant. Ich kannte den Autor nicht, geschweige denn das Buch. Es hatte nie viele Berührungspunkte zwischen Rock-Musik und Literatur gegeben. Einige Bands hatten sich nach Büchern oder Formulierungen von William S. Burroughs benannt, Soft Machine und Steely Dan, aber sonst gab's nicht viel. Ich ging zu Janssen und fragte, ob's vielleicht eine deutsche Ausgabe von ›My Life‹ gäbe. Nein. Überhaupt nichts von dem Autor war in Deutschland auf dem Markt. Ich ließ den Verkäufer im englischen Katalog nachsehen. Da war's drin, für ein Pfund. Das würde ungefähr zehn Mark kosten. Ich bestellte es. Abends ging ich zur Redaktionssitzung beim Marabo. Wie immer sagte ich nicht viel. Plötzlich sagte, zur Überraschung aller, der Christoph, daß er die Musikredaktion abgeben würde. Er hätte keinen Bock mehr. Diesen ganzen Middle-of-the-road-Scheiß sei er leid, er wollte nur noch über die Sachen schreiben, die ihn interessierten. Die Verleger waren zwar überrascht, fingen sich aber wieder schnell.

»Wen nehmen wir denn dann?«

Alle, die über Musik schrieben, wurden gefragt. Schließlich war ich der einzige, der bereit war, obwohl ich wie die anderen kaum Zeit hatte. Ich sollte an meinem freien Nachmittag in die Redaktion kommen und Platten bestellen. Mehr Arbeit fiel praktisch nicht an. Dann noch die Platten verteilen und Artikel gegenlesen. Ich würde dreihundert Mark bekommen plus Zeilengeld. Davon hatte ich immer geträumt, nur schade, daß ich nicht davon leben konnte.

Dienstags kam ein Eilbrief von Ute. Sie würde am Sonntag wiederkommen, um noch was in ihrer alten Wohnung zu erledigen. Sie bedankte sich für die Schuhe. Ihr Vater hätte dumm geguckt. Ihren Macker erwähnte sie nicht. Natürlich freute ich mich. Wir würden wieder vögeln, und vielleicht konnte ich sie breitschlagen, für immer wiederzukommen.

Die Woche ging schnell rum. Sonntag mittag kam sie mit ihrem eitergelben R4 vorgefahren. Ich saß hinter der Gardine. Lange küßten wir uns vor der Haustür. Essen wollte sie nichts. Wir gingen auf meine Bude und zogen uns sofort aus. Aber ich versagte mal wieder. »Die Aufregung«, tröstete sie mich. Anschließend fuhr sie zu ihrer Schwester und erzählte uns nachher – meine Mutter war auch sehr neugierig –, daß Sabine ausziehen würde, erst mal zu Bekannten.

Abends machten wir einen Spaziergang über die Wilhelmshöhe. Wir gingen ins Haus König und tranken wie früher bei Appel Bacardi Cola. In zwei, drei Stunden soffen wir uns einen an. Zu Hause guckten wir noch ein bißchen ›Drei nach neun‹. Eine Sexualwissenschaftlerin – oder war's eine Emanze – stellte fest, wie kurz der Mann nur wartet, bis er kommt. Der statistische Wert lag bei zwei Minuten und noch was. Da war ich ja nun unterm Durchschnitt. Wir gingen hoch und wälzten uns erst mal angezogen. Dann kamen wir zur Sache, und ich war dick da. Ich konnte halten wie noch nie. Ich schob das auf den Alkohol. Es wurde unsere schönste Nacht bis dahin. Montag abends gingen wir noch mal zusammen essen. Dienstag wollte sie wieder fahren.

»Und was wird nun?«

60

»Ich werd' öfter mal runterkommen. Und du kannst mich ja auch öfter besuchen, wenn du den Führerschein hast.«

Es ist aus, dachte ich. Die hat dahinten ihren Macker. Es war alles vorbei, das wußte ich. Wir vögelten die Nacht noch mal durch. Morgens brachte sie mich zur Arbeit. Heulend verabschiedeten wir uns.

»Bis bald.«

Nicht viel später traf ich abends, als ich zur BfG ging, um die Geldbombe einzuwerfen, Barbara. Ich hatte sie auf dem Sportplatz heranwachsen sehn. Sie kam lange Zeit sonntags mit ihrem Vater. Jetzt war sie ein schnuckeliger Teenie, siebzehn, achtzehn.

»Hallo, man sieht dich ja gar nicht mehr. Was machst du denn so?«

»Das Abi.«

Ich hätte sie gerne mal näher kennengelernt, aber ich konnte sie ja nicht einfach auf der Straße einladen. Warum eigentlich nicht? Mehr als nein sagen konnte sie ja nicht. Aber wie so oft traute ich mich nicht. Statt dessen wollte sie was von mir.

»Du arbeitest doch in einem Plattenladen?«

»Ja.«

»Habt ihr die neue BAP schon da?«

»Nee, ich kann dich aber anrufen, wenn sie reingekommen ist.« Scheiße, daß ich noch nicht fahren kann, sonst würde ich sie ihr vorbeibringen.

»Gut, tu das. Ich hol' sie mir dann ab.«

Vielleicht würde sich ja so was entwickeln. Es kam jedoch anders.

Mittlerweile arbeitete Omo fest bei mir. Er war stolz, denn die Vorgruppe-LP war raus, und ihm ging jedesmal einer ab, wenn die Scheibe gekauft wurde, so zweimal die Woche. Er guckte auch bei der Konkurrenz nach, im Alro, wieviel die losgeworden waren. An einem Dienstag wur-

61

de die BAP-Platte geliefert. Ich rief Barbara sofort an, und keine halbe Stunde später stand sie im Laden.

»Kannst du die mal auflegen?«

Normalerweise hörten wir uns freiwillig nichts von BAP an, und sowieso spielten wir Kunden nichts vor, aber natürlich machten wir eine Ausnahme.

»Weil du's bist.«

Die Nadel sprang beim dritten Stück. Ich probierte ein anderes Exemplar. Derselbe Fehler. Wir hörten alle fünf von BAP durch. Immer der Sprung an der gleichen Stelle.

»Da können wir nichts machen. Ich kann nur einen neuen Schwung bestellen.«

Barbara war sauer. Omo, der bis dahin still gewesen war, holte eine Vorgruppe-LP.

»Hier, schenk' ich dir. Da spiel' ich mit.«

»Toll.« Barbara war begeistert.

»Schreibst du mir auch 'ne Widmung drauf?« Omo kritzelte was. Von da an hatte ich keine Chance mehr bei Barbara (ich hatte ja nie eine gehabt). Sie kam nun öfter in den Laden, auch als sie längst eine intakte Scheibe von BAP hatte, und turtelte mit Omo rum. Ich nahm's ihr nicht übel. Ich konnte mir auch schlecht einen BAP-Fan als meine Freundin vorstellen.

Ute schrieb mir ab und zu. Sie hatte sich in einem Kaff in der Nähe von Göttingen eingerichtet, in Nörten-Hardenberg. Ich dachte sofort an den Schnaps, für den bei Fernsehübertragungen an der Bande neben Jägermeister oder Bauhaus Reklame gemacht wird. Es waren nicht unbedingt Liebesbriefe, und ich fühlte mich degradiert zum Brieffreund. Sie beteuerte mir kaum ihre Zuneigung. Statt dessen schickte sie mir eine Urlaubskarte aus Südfrankreich. Darin hieß es ›wir‹. Sie war also mit ihrem Macker da, und ich guckte in die Röhre. Sie machte mir auch keine Aussichten auf einen Besuch oder forderte mich auf zu kommen.

Ich bekam Post von einem Walter Hartmann. Er war Herausgeber des nächsten ›Rock Session‹. Aj Webber und Sonny Curtis gingen klar. Er fand die Vorgruppe gut und fragte, ob ich über die nicht noch zehn bis fünfzehn Seiten machen wollte. Ich schrieb zurück – wie denn? So 'n bißchen Geschichte und 'n Interview. Omo fand das natürlich toll. Ich aber war noch immer in der Fahrschule. Ich mußte noch Theorie pauken. Fahren konnte ich einigermaßen, aber einen Prüfungstermin bekam ich vorläufig nicht.

Von meinem Freund Phillip ließ ich mir die Telefonnummer von Aj Webber geben. Ich rief sie in England an. Meine Eltern hielten mich für bekloppt, aber ich war wie besessen. Sie erzählte mir viel über sich, und ich schrieb mit. Ihre Karriere war am Rande des Rock-Geschäfts verlaufen. Den großen Hit hatte sie nicht landen können. Sie war die typische Einheizerin. So hatte ich sie ja auch erlebt. Ich würde einen Artikel zusammenbekommen. An Informationen über Sonny Curtis war schwerer dranzukommen. Seine Platten wurden von einer Import-Firma vertrieben, die keine Infos hatte. Ich schrieb an seine Company in den Staaten. Die schickten mir ein paar Blatt. Außerdem ließ ich mir was von Manfred Vogel kommen, dem Chefredakteur von Country Corner. Über Curtis' Start las ich in der Biografie über Buddy Holly. Curtis hatte ihm die ersten Griffe beigebracht. Dann kriegte ich es im Kopf. Ich wollte ihn sprechen. Ich ließ mir von der Auslandsauskunft die Nummer von Elektra in Nashville geben. Abends, als meine Eltern Fernsehen guckten, wählte ich dann die lange Nummer. Von da an wurde es teuer, sieben Mark die Minute. Ich kam durch und sagte leise, was ich wollte.

»Hang on.«

Für zwanzig Mark mußte ich warten, bis es hieß: »We can't give out that number.«

Ich sprach mit Omo über den Vorgruppe-Artikel.

»Da müssen wir uns langsam zusammensetzen. Am 20. Mai ist dead-line.« Und am 19. hatte ich endlich Prüfung.

Vorher machten wir eine Überlandfahrt ins Sauerland, mit 150 über die Autobahn. An Kierspe kamen wir auch vorbei. Irgendwie kam mir diese Tour als Durchbruch vor, denn die nächsten Tage fuhr ich lockerer durch die Stadt und machte auch kaum Fehler beim Parken. Noch zwei Wochen.

Die Vorgruppe kam zu mir ins Haus. Wir quatschten fünf Stunden. Ich zeichnete alles mit dem Kassettenrekorder auf. Ich ließ es erst mal liegen. Ich hatte noch Theorie nötig und mußte noch die Sachen über Aj Webber und Sonny Curtis tippen. Am Sonntag vor der Prüfung haute ich rein. Ich ging alle Fragebögen durch. Mein Vater korrigierte. Ich hatte nur wenige Fehler gemacht. Anschließend versuchte ich, auszugsweise das Gespräch mit den Jungs aus Wanne-Eickel zu transkribieren. Ich wußte auch nicht genau, was wichtig war und was nicht. Vor allem hatte ich keine Ahnung, was der Herausgeber erwartete. Die endgültige Fassung wollte ich nach der Prüfung schreiben und dann abends per Eilpost nach Darmstadt schicken. Montags schrieb ich noch ein paar Kritiken fürs Marabo und guckte mir noch mal die Bögen an. Morgens hatte ich meine letzte Stunde, und es klappte alles. (Ich hatte in den Tagen übrigens Urlaub.)

Am nächsten Morgen war es soweit. Als der Prüfer erschien, hielt mein Fahrlehrer die Daumen nach oben, der war also halb so schlimm. Wir bekamen die Fragen vorgelegt. Halbe Stunde Zeit. Ich war ruhig. Ich hatte eine viertel Lexotanil eingenommen und hatte zur Sicherheit noch eine ganze in der Tasche. Ich war schnell fertig. Riskant fand ich nur die neu eingeführten Energiefragen. Eine Viertelstunde Spannung. Ich dachte an die Vorgruppe.

64

Wenn ich jetzt durchfiel, konnte ich den Artikel in Ruhe schreiben. Aber ich hatte null Fehler und atmete auf. Wir fuhren in die Stadt, zum Springerplatz, gingen in die Kneipe, wo sich alle zur Prüfung trafen. Es war Markt, und die Sonne schien. Ich hatte Hunger auf Apfelsinen, bestellte mir aber ein Mineralwasser. Ohne daß es jemand sah, schluckte ich ein Lexotanil-Brötchen, prophylaktisch, denn ich war nicht besonders aufgeregt.

Ich hatte nicht gezählt, wieviel Kandidaten wir waren. Zwei wurden immer aufgerufen, fuhren weg und kamen nach einer halben Stunde wieder. Die Ausfallquote lag bei genau fünfzig Prozent. Von jeder Partie kam einer freude-strahlend zurück und der andere sauer, traurig oder gar heulend. Ich sah auf die Kneipen-Uhr. Es war zwei. Wenn es noch lange dauerte, würde ich den Vorgruppe-Artikel nicht mehr fertigkriegen bis zur letzten Post. Diese zwan-zig Seiten.

Der lange Preuß war zum drittenmal durchgefallen. Jetzt war ich dran mit noch einem. Draußen setzte ich mich als erster in den BMW. Mein Fahrlehrer zeigte mir doof. Ich sollte anscheinend als letzter. Ich wollte es hin-ter mir haben. An der Rottstraße machte ich schon den ersten Fehler. Ich sah spielende Kinder am Straßenrand, hielt an und machte eine Handbewegung. »Das kann aber gefährlich werden«, meinte der Prüfer. »Das haben wir in keiner Stunde gemacht«, schimpfte der Lehrer. Wir fuhren an der Peep-Show vorbei, rauf auf die größte Kreuzung der Innenstadt. Ich mußte links ab. Amerika-nisch. Ich stand und stand. Nur kein Risiko. Allerdings dürfen die auch nicht schon von der Seite kommen. Ich erwischte einen günstigen Moment. Ab in die Viktoria-straße. Ich kannte sie, aber nur zu Fuß, hergefahren wa-ren wir da noch nie. Ich blieb auf der zweiten Spur, weil rechts geparkt wurde. Linkskurve, Westmöbel rechts lie-gen lassen.

»Sie sehen wenigstens ab und zu in den Spiegel.«

Ich hatte also leichte Vorteile. Rein in die Herner Straße. Baustelle. Vor mir ein Radfahrer. Soll ich ihn überholen? Ich fahr defensiv.

»Die nächstmögliche rechts.«

In Richtung Bergbaumuseum. »Stop.« Ich habe keinen Einblick in die übergeordnete Straße. Die Busse stehen bis in die Kurve. Wird wohl doch das meistbesuchte Museum Deutschlands sein. Hatte ich unsern Stadtvätern nie geglaubt. Ich muß mich vortasten, Zentimeter um Zentimeter. Mein Fahrlehrer gibt mir Geheimzeichen mit Fuß und Hand, die ich nicht verstehe. Die Schnauze steht schon halb auf der Fahrbahn, und ich kann immer noch nicht sehen. Schließlich gebe ich mir einen Ruck. Alles glattgegangen. Wir fahren auf den Stadtpark zu. Rechts vor links. Keine Schwierigkeit.

»Da vorne setzen Sie rückwärts um die Ecke.«

Ich komme ins Schwitzen. In welchem Abstand war das noch mal? Ich nehm etwa einen halben Meter und setze fast fehlerfrei zurück.

»Du brauchst nicht bis an den Bordstein!«

»So. Bitte wechseln.« Ich setz' mich nach hinten zu dem Prüfer. Er füllt meine Fleppe aus.

»Da an der Herner Straße war dreißig. Haben Sie das nicht gesehen?«

Ich sagte nichts. Lieber jetzt keinen Fehler mehr machen. Er überreichte mir den Schein.

Zu Hause freute sich die Mutter mit mir. Zur Feier des Tages aß ich Jägerschnitzel. Ich war groggy und legte mich in die Wanne. Was mach' ich mit der Vorgruppe? Ich ging zum Arthur Wagner, kaufte eine Ansichtskarte und schrieb Hartmann, daß ich ihm den Text am nächsten Tag persönlich vorbeibringen würde. Ich ging in den Plus und kaufte zehn Dosen Bier. Ich würde die Nacht durchtippen und dann morgens nach Darmstadt fahren. Ich rief die Auskunft an, 9 Uhr 50. Abends um sieben setzte ich mich auf meine Mansarde und tippte das Zeug. Ich machte alle zehn Granaten leer. Bier hält mich wach. Morgens um sechs war ich fertig.

Im Zug ging ich mit flüssigem Tipp-Ex über das Manuskript. Zwei ältere Herren in meinem Abteil unterhielten sich über das Fußballspiel vom Vorabend, Deutschland–Brasilien. Immel war nicht besonders gewesen. Ich hatte anscheinend nicht viel verpaßt. Mir war auch dieser Text viel wichtiger, mein Einstieg in die überregionale Liga. In Darmstadt guckte ich im Bahnhof auf den Stadtplan, wo die Liebfrauenstraße lag. War zu Fuß nicht zu erreichen. Ich nahm 'ne Taxe. Das Haus war eine Bruchbude, die Eingangstür offen. Hartmann hatte ein kleines Türschild, an einem Draht hing der Klingelknopf. Er öffnete nicht. Ich versuchte es mehrmals. Dann sah ich einen kleinen Streifen, den er irgendwo ausgeschnitten und jetzt aufgeklebt hatte: ›Absolutely no callers.‹ Was für ein Arsch! Ich hatte ihm doch extra geschrieben, daß ich kommen würde. Ich hängte meine Manuskripte in einer Plastiktüte über die Klinke. Hauptsache, ich war pünktlich gewesen. In dem Augenblick war es mir egal, ob er die Texte nehmen würde. Doch dann dachte ich wieder, daß sie der Einstieg zu einer größeren Karriere sein könnten. Einen Tag danach wollte ich Sounds anrufen.

Erst aber drehte ich zu Hause eine Runde mit meinem Wagen. Schon nach zweihundert Metern würgte ich das erstemal ab. Schiß hatte ich nicht. Es war mehr ein Glücksgefühl. Das erstemal alleine. Ich schrieb Ute davon. Dann rief ich bei Sounds an. »Buttler.«

»Guten Tag. Ich bin im nächsten ›Rock Session‹ drin und wollte mal hören, ob ich auch was für euch tun kann.«

»Was denn?«

»Ich hab das Buch ›My Life In The Bush Of Ghosts‹. Die

Platte wirst du kennen. Und da wollt' ich mal fragen, wie das mit 'ner Besprechung wär.«

»Warte, ich geb' dir mal den Diederichsen. Der ist für sowas zuständig.«

Dem schwärmte ich erst mal was von den Lounge Lizards vor, die ich so toll fand wie er. Dann erklärte ich ihm noch mal, was ich wollte. Er war einverstanden. Siebzig Zeilen.

Ich war in Sounds, der bedeutendsten Musikzeitschrift! Ich schrieb Ute gleich noch einen Brief. »Stell dir mal vor!« Vielleicht bin ich da jetzt öfter drin. Diederichsen hatte auch gesagt, er brauchte einen, der mal über Elton John und ähnliche Leute schreibt.

Ich hatte noch zwei Tage Urlaub und las das Buch. Die Kritik kriegte ich schnell zusammen. Das Buch kannte ja doch keiner. Da konnte ich nicht viel verkehrt machen. Freitags rief Omo an.

»Ich soll ab Montag nach Herne. Den Laden übernehmen. Was soll ich machen?«

Ich war sauer. Gerade hatte ich mich an Omo gewöhnt. Wir waren ohne Probleme miteinander ausgekommen.

»Das mußt du wissen. Geschäftsführer in Herne ist Scheiße. Da kannst du auch nichts verdienen.«

»Da brauch' ich aber nicht mehr so weit zu fahren.«

»Omo, ich kann dir dazu nichts sagen. Du mußt das wissen. Ich werd's ja am Montag sehen. Wer bringt mir denn den Schlüssel?«

»Der Andreas. Der ist hier noch mal eingesprungen.«

Montags war ich allein, Omo hatte sich für Herne entschieden. Ich bekam auch keinen zweiten Mann. Andreas hatte was anderes vor. Die Arbeit zu zweit war schon beschissen gewesen. Jetzt kam das Alleinsein dazu. Vorher konnte ich wenigstens nachmittags mit Omo reden, jetzt konnte ich nicht mal in Ruhe pissen gehen. Ich mußte dann den Laden für fünf Minuten schließen.

Ute hatte schon lange nicht mehr geantwortet. Wenigstens bekam ich Post von Hartmann. Er fand die Sachen gut und würde sie nehmen. Er entschuldigte sich, daß er nicht aufgemacht hatte, aber es wären vorher so viele vorbeigekommen, die ihn von ›Rock Session‹ abgehalten hätten.

Meine Eltern fuhren in Urlaub, ausgerechnet in den Harz, wo Ute herkam. Für die Zeit ihrer Abwesenheit zog der Freund meiner Schwester ein, den ich nicht leiden konnte, ein ungehobelter Gast, der noch nicht mal abwusch, während meine Schwester und ich auf der Arbeit waren.

Von Ute hatte ich wochenlang schon nichts mehr gehört, und ich dachte, sie hätte wenigstens auf meine bestandene Führerscheinprüfung reagiert, zumal ich ihr eine Fotokopie meiner Fleppe geschickt hatte. Im Laden kramte ich ein unbenutztes Preisschild für 5,95 vor. Ich schrieb auf die Rückseite: ›Soviel bist du mir wert‹ und schickte es ihr. Ich wußte, das könnte das Ende sein, aber ich hatte so einen Braß auf sie und ihre Schreibfaulheit, daß ich nicht anders konnte, einen Braß auch auf meinen Arbeitgeber, den sogenannten, der mich alleine im Geschäft malochen ließ. Ich rief in der Zentrale an. Ersatz war nicht abzusehen. Warum wurde keine Anzeige aufgegeben? Von allein kam ja doch keiner.

Am nächsten Tag dasselbe wie schon zwei Wochen. Platten wurden angeliefert, die ich nach dem Auspacken zählen und dann, tack tack, mit Preisen versehen mußte. Der Verkauf an dem Donnerstag war schleppend. Trotzdem, so konnte es nicht weitergehen. Da kriegt man's ja im Kopf, wenn man so alleine rumsteht.

Auf einmal, am späten Nachmittag, hielt mir von hinten jemand die Hände über die Augen. Ich stand hinter der Ladenkasse und kam absolut nicht drauf, wer es sein konnte. Ich faßte die Hände, zog sie ab, drehte mich um und sah Ute. Wir umarmten und küßten uns.

»Du mußt entschuldigen, aber ich hatte so einen Streß mit Bernd. Wir haben uns getrennt.«

Gut so, jetzt war ich wieder die Nummer eins.

»Ich hab' dich verdammt vermißt«, sagte ich und wartete vergeblich auf ein »ich dich auch«.

»Was machst du denn heute abend? Pennst du bei deiner Schwester oder bei mir?« (Ihre Schwester hatte mittlerweile ein Haus in Witten.)

»Ich komm' mit zu dir.«

Nach Feierabend aßen wir erst mal einen Hamburger mit Pommes. Zu Hause sprachen wir nicht viel miteinander. Ich erzählte ihr noch mal von meinen letzten Erfolgen. Sie aber sagte nichts über das Ende mit Bernd. War vielleicht zu schmerzhaft nach drei Jahren. Ich dachte natürlich die ganze Zeit ans Ficken und hoffte, daß ich nicht wieder versagen würde.

»Komm, wir gehen hoch.«

Wir ließen Wim Thoelke Wim Thoelke sein und gingen auf meine Bude. Getränke nahm ich mit.

»Ich hab' leider keinen Bacardi, nur Bier und Vitaminsaft.«

Vielleicht brachte uns der auf Touren. Wir legten uns hin. Ich fing sofort an, bei ihr rumzunesteln. Sie ließ sich auch ausziehen, aber dann sagte sie plötzlich: »Nich'! Ich will das heute nich'!« Sie hatte den Slip noch an, und ich versuchte ihn abzustreifen, aber sie wehrte sich.

»Es hat keinen Zweck. Ich kann einfach nich'!«

Ich ließ es sein. Und was machte ich mit meinem Steifen? »So, dann geh' ich jetzt runter und pell mir einen.«

»Ja, tu das.« Ich hätte ja auch vor ihren Augen, aber das wollte ich dann doch nicht. Auf dem Scheißhaus kloppte ich mir dann einen. Wieder oben, legte ich die Lounge Lizards auf.

»Oh, die sind toll«, meinte sie, und ich drehte lauter

70

auf. Ich versuchte es noch mal, strich ihr übern Oberschenkel, aber sie sagte nur: »Nein.«

»Warum denn nich'? Warum bist du denn eigentlich gekommen?«

»Mußt du denn immer nur ans Ficken denken? Ich dachte, ich könnte mich mit dir unterhalten. Über mich und Bernd.«

Was ging mich dieser scheiß Bernd an. Ich wollte vögeln und nicht über ihn reden. Wir schliefen dann bald unverrichteter Dinge ein. Am nächsten Morgen stand sie mit mir auf. Ich holte Brötchen von Wohlhaupt und eine Zahnbürste für sie. Sie hatte nichts bei, auch kein Gepäck.

»Was hast du heute vor?«

»Ich fahr' gleich zu meiner Schwester.«

»Und heute abend?«

»Nichts.«

»Da spielen Fehlfarben in der Werkstatt. Kennst du doch ›Es geht voran‹. Da wollte ich eigentlich hin. Kommst du mit?«

»Ja klar.«

»Ich hol' dich dann bei deiner Schwester ab, so um halb acht.«

Im Laden rief mich Barbara an.

»Fährst du heute abend in die Werkstatt zu Fehlfarben?«

»Ja. Warum?«

»Ich wollte da hin. Omo kommt auch. Kannst du mich vielleicht mitnehmen?«

»Ja sicher. Komm um halb sieben hierhin.«

Ich fragte mich, ob die beiden schon zusammen vögelten. Ich telefonierte fast jeden Tag mit Omo in Herne, er verriet aber nichts. Ich hätte gerne mal gewußt, wie die kleine Barbara so im Bett war, doch Omo ließ mich dumm sterben. Als sie kam, gingen wir erst noch zur BfG und warfen die Geldbombe ein. Dann fuhren wir in Richtung Witten.

71

»Ich muß erst noch 'ne Bekannte abholen.«

Schade, daß du den Omo hast, dachte ich im stillen. Wir unterhielten uns nicht über ihn, sondern über ihr Abi, ihren Führerschein und ihre Familie. Wie stand sie zu Omo? Es war nicht rauszukriegen. An einer Ampel überkam es mich. Ich legte den Arm über ihre Schulter und küßte sie auf die Wange. Ich konnte nichts dagegen machen und sagte nur: »Ach Barbara.« Sie war keineswegs abweisend. Vielleicht verstand sie den Kuß als Zeichen für ihre Attraktivität. Sie sagte nichts.

Wir holten Ute ab und fuhren zur Werkstatt. Sie war voll. Es dauerte eine Zeit, bis wir Omo fanden. Sofort ging die Schnäbelei mit Barbara los. Wer so küßt, der vögelt auch. Aber was ging's mich eigentlich an, ich hatte ja meine Ute. Wir knutschten auch und achteten nicht aufs Konzert. »Keine Atempause. Geschichte wird gemacht.«

Ich wollte Barbara nach Hause fahren, und Ute würde wieder bei mir pennen. Aber der Wagen sprang nicht an. Ich hatte keine Ahnung von Autos. Der Kadett machte keinen Muck.

»Guck mal vorne nach.«

Ich kriegte noch nicht mal die Haube auf. Ute mußte mir helfen. »Das ist der Anlasser. Fahr mal im zweiten Gang an.«

Hatte ich natürlich noch nie gemacht, und so was lernt man auch nicht in der Fahrschule. Es gelang mir auf Anhieb, der Wagen rührte sich. Ich fuhr den weiten Umweg, um Barbara abzusetzen, und dann zu mir nach Hause.

Oben ließ Ute mich wieder nicht ran. Ich konnte mich nicht in sie reindenken. Warum übernachtete sie dann nicht bei ihrer Schwester? Aber ich wußte im Grunde nicht viel über die weibliche Psyche. Männer denken immer irgendwie ans Vögeln. Ich auch. Welchen Stellenwert es für Frauen hatte, davon hatte ich keine Ahnung. Ich war verzweifelt, lag neben meiner großen Liebe, meiner

72

bis dahin größten, und sie wollte nicht. Sie sagte aber auch nichts, nur immer »ich kann nicht«, »ich will nicht«.

Samstag. Ich ließ sie liegen. War mir egal, wie sie sich verhielt, ob sie abhaute oder nicht. Als ich von der Schicht kam, war sie noch da, und wir fuhren zu ihrer Schwester.

»Sag mal, Wolfgang«, fragte Sabine, »willst du hier nicht einziehen? Ich hab' noch ein Apartment frei.«

Ich sah's mir an, etwa dreißig Quadratmeter mit Toilette und Küchennische.

»Und wieviel willst du dafür haben?«

»Dreihundert Mark.«

»Ich werd's mir überlegen.«

Ich tat's sofort. Tausend Mark netto minus zweihundertfünfzig Mark für Zigaretten, zweihundertzwanzig für den Kredit, Versicherung, Sprit an die hundertfuffzig Mark, da blieben keine hundert Mark zum Leben. Und auf das Geld vom Marabo konnte ich mich auch nicht verlassen. Die zahlten sehr unregelmäßig

»Geht nicht, oder ich muß mit dem Rauchen aufhören.«

»Dann tu das doch.«

Ich lachte.

»Dann hab' ich ja gar kein Vergnügen mehr.«

Gegen vier kam ein Bekannter von Sabine mit einem Sportwagen vorgefahren, während wir auf der Terrasse saßen, die zur Straße hin lag. Er war ein öliger Typ. Ich konnte ihn nicht ab. Er war so scheißfreundlich und lud Ute zu einer Spazierfahrt ein. Sie war auch sofort dazu bereit. Ich ärgerte mich. Die schiere Eifersucht. Die bringt das fertig und fängt mit dem was an. Sie kamen und kamen nicht wieder. Ich wurde ösig. Zeit, um mich mit Sabine zu unterhalten. Sie hatte nun die Scheidung eingereicht. Aber ihr Mann wollte, daß sie zurückkommt. Er war großzügig bei den Unterhaltszahlungen. Warum nicht die Schwester? Wie wär's, wenn ich doch hierhin zöge? Hätte ich, mit einiger Verspätung, doch eine Chance bei Sabine? Ich glaubte nicht dran. Ute kam wieder. Sie war gesprächiger geworden. Natürlich war die Fahrerei »toll« gewesen. Ja, mit dem Schlitten kam ich nicht mit.

Abends tranken wir zusammen Bier und grillten was. Sabine schlug vor, daß ich mit Ute in dem leeren Apartment schlief. Sie legte zwei Matratzen hin. Ich startete einen letzten Angriff. Am nächsten Tag würde sie fahren. Doch wieder wehrte sie mich ab. Ich schlief die ganze Nacht nicht. Morgens kamen die Blagen ins Zimmer gelaufen. Schweigend frühstückte ich. Mittags fuhr ich sie zum Bochumer Hauptbahnhof. Wir küßten uns. »Und was jetzt?« wollte ich wissen. »Isses aus?« »Ach was. Laß mir nur Zeit. Schreib erst mal wieder. Ich hoffe, ich werd' bald über Bernd hinweg sein.« Irgendwie ahnte ich, als sie einstieg, daß ich sie nicht mehr wiedersehen würde.

Ich war noch immer alleine im Laden, konnte auch keinen freien Nachmittag nehmen, um meine Aufgaben als Musikredakteur wahrzunehmen. So telefonierte ich von der Arbeit aus mit Hamburg, Köln und München. Ich sprach auch mit der WEA. Am kommenden Wochenende würde Helen Schneider in Essen auftreten, ich fragte, ob ich ein Interview kriegen könnte. Nein, ging nicht. Da hatten sich zu viele gemeldet. Es würde eine Pressekonferenz geben. Ich sollte mich nach dem Konzert an einer bestimmten Stelle einfinden. Seit ihrem Auftritt bei Biolek hatte ich ein Faible für Helen Schneider, keineswegs wegen ihrer Musik, sondern wegen ihres Aussehens. Ich hatte sogar ein Plakat von ihr über meiner Liege auf der Mansarde hängen. Allerdings habe ich es nie als Wichsvorlage benutzt.

Das Konzert war von vorne bis hinten beschissen. Sie sah zwar wieder klasse aus, aber sie machte nur Krach. Der Applaus im Publikum war größtenteils zurückhaltend, während ein harter Kern von Fans sich vor der Büh-

74

ne breitgemacht hatte und stürmisch nach jeder Nummer jubelte. Ich wollte was trinken gehen, es gab aber keinen Ausschank in dem Saalbau. Ich ging wieder rein. Besonders schrecklich fand ich ihre Cover-Versionen. Am schlimmsten war ›You Really Got Me‹, das von den Kinks stammt und in dem schönen Pop-Sommer von '64 eine meiner Lieblingsnummern gewesen war. Ich war damals elf und fing an, mich intensiv für Musik zu interessieren. Niemand hatte mich großartig beeinflußt. Ich hatte nur immer mitgehört, wenn mein Bruder was vom Radio mitschnitt. Wir schliefen da noch in einem Bett im Parterre, während die Mansarde für fuffzig Mark an einen Kostgänger vermietet war. Jürgen und ich hörten samstags immer die Top Twenty, nachts von elf bis zwölf, das Kofferradio unterm Kopfkissen. Obwohl unsere Eltern nichts gegen Pop-Musik hatten, jedenfalls nicht, wenn sie ungestört blieben, hatte das Ganze doch was Subversives. Pop war eine neue Welt für mich. Ich schnippelte Bilder aus der Bravo und der Musikparade und klebte sie in ein dikkes Buch, das mir mein Vater vom Lohnbüro mitgebracht hatte, von der Zeche Germania, auf die er nach der Schließung der Zeche Bruchstraße verlegt worden war. Ich frage mich, wie er damals nach Dortmund-Marten hinkam, denn er hatte seinen 17 M noch nicht. Fuhr er mit dem Zechen-Bus, oder nahm ihn ein Kollege mit? Mein Bruder hatte auch auf dem Pütt angefangen, als Praktikant nach der Mittleren Reife. Er wollte Steiger werden.

Ich schnitt auch Hitparaden aus, natürlich nur die angelsächsischen, und trug in mein Englischbuch die Spitzenreiter an der Lektion ein, die wir gerade durchnahmen. Natürlich waren die Beatles meine Favoriten, sie waren einfach die besten. Die Stones gut und schön, aber die Beatles waren nun mal die ersten gewesen, die Aufruhr gemacht hatten. Außerdem gefielen mir ihre Nummern besser, die immer innerhalb einer Woche Nummer eins wurden. Keine Frage, daß ich in jenem Sommer in ›A Hard Day's Night‹ reinging, in die Lichtburg, wo jetzt Plus ist.

Ich war nie ein leidenschaftlicher Kinogänger. Ich war vielmehr fernsehsüchtig. Ich durfte seit frühester Kindheit gucken, nicht nur nachmittags, also nicht nur Lassie und Fury, Wyatt Earp mit Hugh O'Brian, der später mal ein Techtelmechtel mit der Soraya hatte, und ›Sport, Spiel, Spannung‹, auch die Vorabendserien wie Mike Nelson, dargestellt von Lloyd Bridges. Ich war noch keine zehn, als ich schon aufbleiben durfte, um ›Das Halstuch‹ zu sehen. Geschadet hat's mir nicht. In der Schule war ich immer unter den ersten fünf. Ins Kino ging ich also so gut wie nie. Ich hatte auch kein Moos dafür. Meine Eltern gaben mir kein Taschengeld. Ich verlangte auch keins. Ich ging so alle vierzehn Tage zu den Murskis, unsern ehemaligen Nachbarn, die im Oberdorf gebaut hatten, ältere Leute, und die Frau gab mir immer fünf Mark, später mehr. Damit kam ich hin. Ich brauchte ja nichts, höchstens mal was für die mickrige Kirmes.

Comics kaufte ich mir nie. Haben mich nie interessiert. Ich las aber schon mit elf den Spiegel, den sich der Heinz Murski hielt. Seit '67 kaufte ich ihn mir dann jeden Montag, bei Arthur Wagner, der ihn mir noch heute immer zurücklegt. Arthur Wagner war auch mein erster Arbeitgeber. Ich weiß es noch ganz genau: Es war am Buß- und Bettag '68, als ich dem Harald Wagner, der zwei Jahre jünger war als ich, Nachhilfe in Englisch gab. Ich kriegte fünf Mark die Stunde. Dazu gab es Sahneteilchen und Hohes C. Von da an war das ein Dauerjob. Nach Harald kam sein Bruder Bernd, der Alfons Czech, der Sohn von Fitzek Rostek und viele andere. Die sind mittlerweile fast alle was geworden. Uwe Neemann, kann ich nicht sagen. Er war mein Lieblingsschüler. Sein Vater, der Gerd, war damals Vereinswirt, und ich bekam fuffzig Mark Pauschale im

Monat plus frei Saufen in der Kneipe. Da war jeder Tag, an dem ich nicht bei ihm reinging, rausgeschmissenes Geld. Da war ich schon älter.

'64 wußte ich noch nicht, wie ein Glas Bier schmeckt. Ich wußte nur, Bier und Schnaps machen blau. Mein Vater trank sich schon mal ab und zu einen. Heute ist er solide, geht ja auch schon lange nicht mehr zum Pütt. Und mit dem Vereinsleben hat er auch nichts mehr am Hut. '64 war er Hauptkassierer, und der Boß war Erwin Hüllen, der über uns wohnte. Im Sommer fuhr er immer mit einigen Dutzend Jugendlichen weg. Erst '62 ins nahegelegene Ennepetal. Da war ich auch mit, aber nicht lange, weil ich ins Bett machte. Das Jahr drauf war ich kein Bettpisser mehr, als wir nach Bennekom in Holland fuhren. '64 ging's nach Südtirol. Meine Eltern fragten mich, ob ich auch wollte. Sonst würden sie mir ein Fahrrad schenken. Beides war nicht drin. Ich entschied mich für das Rad.

Ich fuhr öfters mit Dirk Heine raus. Sein Vater war ein hohes Tier, Bergwerksdirektor. Ich verkehrte da auch in der Villa. Die Familie ließ mich nie spüren, daß mein Vater nur ein kleiner Kacker war. Dirk war in der Schule nicht gerade eine Leuchte. Ich möchte sagen, er war so doof wie Schifferscheiße. Heute ist er Zahnarzt. Im Herbst '64 kam eine Engländerin als Au-pair-Girl zu den Heines. Sie sollte auch Dirk helfen. Ich kann mich noch genau an ihre Netzstrümpfe erinnern. Ich glaub', sie war die erste, in die ich mich verliebt habe. Kann man sich mit elf schon verlieben? Besonders beeindruckte mich, daß sie immer neue Scheiben aus England geschickt kriegte. Fantastisch fand ich ›Go Now‹ von den Moody Blues und ›Tired Of Waiting For You‹ von den Kinks.

Helen Schneider vergriff sich an ›You Really Got Me‹. Sie kreischte auch Little Richards ›Rip It Up‹ und Wanda Jacksons ›Let's Have A Party‹. Ich fand's zum Kotzen. Nach dem Gig hatten wir Journalisten uns vor dem Kel-

77

lereingang einzufinden. Wir wurden in einen großen Raum gebeten. Nichts war vorbereitet. Tische wurden zu einem großen Viereck zusammengestellt. Zu essen und zu trinken gab's auch nichts. Die etwa zwanzig Leute setzten sich. Ich wartete, bis nur noch zwei Plätze nebeneinander frei waren, einer für mich, daneben der für Helen Schneider.

Es dauerte etwas, bis sie reinkam. Sie hatte das T-Shirt gewechselt und ihre schwarze Lederhose angelassen. Die andern klatschten alle. Ich sah keinen Grund dafür. Ich wollte auch nichts fragen. Ich wollte erst mal sehen, wie das ablief. Schließlich hatte ich noch keine Erfahrungen mit Pressekonferenzen. Sie setzte sich also vor Kopf neben mich. Ich konnte erkennen, daß sie sich nach dem Konzert noch mal geschminkt hatte. Zwischen ihr und mir an der Tischecke saß ein alter Opa. Einer, der hinter der Schneider stand, machte die Honneurs, bla bla und forderte auf, Fragen zu stellen. Keiner rührte sich.

Die Schneider ging erst mal um die Tische rum und gab jedem die Hand. Danach meldete sich immer noch keiner. Der eine zeigte dann auf mich. Na gut, dachte ich mir, wenn schon, denn schon. Ich entschuldigte mich für mein schlechtes Englisch, das gar nicht so übel war, und legte dann los: »You killed six of my favourite songs.«

Sie tobte.

»What a fucking stupid question!«

Ich machte weiter: »You killed …« und nannte die Titel. Der Opa schaltete sich ein. Er wollte wissen, wie ich hieß und für wen ich schrieb. (Erst später fand ich raus, daß er der ständige Begleiter der Sängerin war). Ein Wort gab das andere. Wir sprangen auf, und schließlich polterte er: »Get outta here!«

»Dann leck mich doch am Arsch!«

Ich ging. Das erste, was ich zu Hause machte, war, das Schneider-Poster abzureißen.

78

Ich hatte immer noch keinen Ersatzmann. Ich beschwerte mich in der Zentrale. Es würde schon einer kommen, irgendwann. Ich schrieb Ute. Es hat ja doch keinen Zweck mehr, wenn du nicht mit mir ficken willst.

Ein paar Tage später wachte ich morgens mit einer Idee auf. Auch wenn mich das meinen Job kosten würde, ich würde ein Rundschreiben an alle ELPI-Filialen loslassen. Ich schrieb tatsächlich sofort nach dem Aufstehen und fotokopierte den Schrieb in der Mittagspause. Die Zentrale kriegte den offenen Brief auch. Ich dachte, am nächsten Tag würde der Chef anrufen. Er rührte sich aber nicht. Nur Omo rief an.

»Du bist am Ende.«

War ich auch. Ich konnte in diesem Scheißladen nicht mehr arbeiten. Ich hatte noch nicht mal zum Arzt gehen können, um mir Lexotanil verschreiben zu lassen. Den ganzen Tag wartete ich auf eine Reaktion aus der Zentrale in Witten. Ich sah schon, wie der Saueracker mich achtkantig rauswarf. War ja auch ein starkes Stück, das ich da geschrieben hatte. Ich sah mich auf dem Arbeitsamt. Im stillen dachte ich, ich würde jetzt jeden Monat was in Sounds drin haben. Vor allen Dingen wollte ich aber erst mal raus. Oder doch nicht, falls ich erheblich mehr Geld kriegen würde.

Gegen fünf erschien der Boß im Laden. Er war ein Jungunternehmer. Er hatte mit einem Tapeziertisch an der Uni angefangen, mit Import-Platten. Als Mitte der siebziger Jahre die Preisbindung für Tonträger aufgehoben wurde, machte er seine Kette auf, wie etliche andere. Der Boom begann. Saueracker war nur zwei, drei Jahre älter als ich.

»Ich glaub', wir müssen miteinander reden.«

Was? Kein Rausschmiß?

»Ich hab' schon mit Möppi gesprochen.« Das war der Prokurist. »Wieviel willst du denn mehr haben?«

79

Ich fühlte mich wie ein Wallraff, dem Springer mehr Geld anbietet. »Ich dachte an zweifünf im Monat.«

Das war natürlich zuviel, fast das Doppelte.

»Laß uns nach dem Wochenende drüber reden.«

Wir hatten den Laden dichtgemacht. Draußen warteten Kunden. »Ist gut, Richard.« Erstmals duzte ich ihn. Er war ja auch nur ein Schnösel.

»Wir telefonieren am Montag zusammen.«

Als er weg war, beschloß ich, doch weiter im Laden zu bleiben, so mit vielleicht dreihundert Mark mehr. Ich schlief unruhig, mußte mehrmals aufstehen und pissen. Am nächsten Morgen, es war Freitag, fuhr ich nicht in den Laden, sondern zum Arzt, um mir Pillen verschreiben zu lassen. Ich stöhnte ein bißchen und kriegte einen Krankenschein für 'ne Woche. Ich fuhr weiter in die Zentrale.

»Hier Richard, hast du den Schlüssel. Ich kann nicht mehr.«

Ich war wirklich oppe.

»Gib mal ein Glas Wasser.«

Seine Lebensgefährtin saß auch da. Ich wußte nicht genau, was sie eigentlich in dem Betrieb machte. Hauptsächlich kontrollierte sie wohl Rechnungen und war für die Inventuren zuständig. Sie rief immer an, wenn zuviel fehlte und tat so, als wär unsereins schuld an dem Schwund. Sie sagte nichts.

»Ja, dann geh mal nach Hause.«

»Ich hab' mit meinem Arzt gesprochen. Ich fahr' lieber ein paar Tage in den Harz, zu meinen Eltern. Wenn du willst, komme ich am Mittwoch wieder hierhin.«

Der Postbote hatte einen Brief von Ute gebracht. Sie schrieb, daß sie ohne mich nicht mehr leben wollte. So verstand ich es jedenfalls. Würde sie sich tatsächlich was antun? Ich frühstückte ausgiebig und überlegte mir, was zu tun war. Ich würde nach Nörten-Hardenberg düsen und von da aus meine Eltern in Walkenried besuchen. Bei Arthur Wagner kaufte ich mir eine Stange Benson.

»Kannze mir meinen Spiegel bis Mittwoch verwahren?« Kein Problem. Fast vergaß ich, Lotto abzugeben.

Zum erstenmal fuhr ich allein auf einer Autobahn, auf der B 1. In Dortmund kam ich an einer Baustelle in einen Stau. Die Karre ging mir aus. Ach du Scheiße! Ich dachte an den noch immer defekten Anlasser. Wenn die Kiste jetzt nicht anspringt! Sie tat's aber doch. Nicht auszudenken, wenn ich in dem Chaos steckengeblieben wäre.

Ich wußte ungefähr, wie ich fahren mußte. In Kassel auf die Autobahn Hannover. Irgendwas knatterte. Ich hatte ja keine Ahnung von Autos. Vermutlich war's der Auspuff. Ich konnte nicht mehr hören, was aus dem Radio kam. Ich hielt aber nicht an. Ich hätte ja doch nichts reparieren können. Der Autoatlas lag geöffnet auf dem Beifahrersitz. Es war nicht mehr weit, noch drei Abfahrten, als Bullen mich überholten und die Kelle raushielten.

»Haben Sie nicht gemerkt, daß Ihr Auspuff kaputt ist?« »Das schon, aber ich muß unbedingt nach Nörten-Hardenberg. Meine Freundin tut sich sonst was an. Sie können den Brief lesen.«

»Schon gut. Ist ja nicht mehr weit. Da lassen Sie dann aber den Wagen fertigmachen.«

Den Deibel werd' ich tun, aber ich versprach's den freundlichen Schakkos. Die hätten mich ja auch stillegen können. Ich kam in dem Kaff an. Zur Göttinger Straße mußte ich hin. Ich hatte die Skizze, die Ute mir mal geschickt hatte, ungefähr im Kopf.

Auf einmal war ich schon auf der Göttinger, war da wohl die Hauptstraße. Ich hielt vorm Plus an, ging rein und kaufte eine Flasche Metaxa, weil Ute ihn gerne trank. Als ich weiterfahren wollte, zur Nummer 75, sprang der Kadett mal wieder nicht an. Ich ging zu Fuß zu dem ehemaligen Kloster, in dem Ute ihr Zimmer hatte.

Sie sah mich vom Fenster aus und kam mir entgegen gestratzt. Auf der Treppe umarmten und küßten wir uns. Wir gingen rein und wälzten uns auf dem Strohteppich.

»Ich hatte Schiß um dich.«

Viel mehr sagte ich nicht. Wir knutschten mindestens eine Viertelstunde so auf der Erde.

»Mir geht gleich einer ab«, stöhnte ich. »Komm, wir ziehen uns aus.«

»Jetzt nicht. Hol dir lieber einen runter.«

»Na gut.«

Ich ließ sie los.

»Dann geh' ich in die Wanne. Guckst du mir zu? Oder willst du Hand anlegen?«

»Nee laß mal. Ich guck zu.« Nachdem ich fertig war, fuhren wir nach Göttingen rein, was einkaufen, weil Ute am Samstag eine Fete geben würde. Ihre Bekannten aus Bad Harzburg würden kommen. So deprimiert war sie also doch nicht, als daß sie keine Feiern veranstalten konnte. Abends gingen wir spazieren. Wir kamen auch an der Schnapsfabrik vom Fürst Hardenberg vorbei. Sah gar nicht so groß aus, dafür, daß der soviel Reklame machte. War eher 'ne Klitsche.

Im Bett zierte sie sich nicht, wir legten sofort mit der Vögelei los. Gegen zwei pennten wir ein. Morgens machten wir weiter. Der irre Trip hatte sich also gelohnt.

Utes Freunde waren langweilig, zum Teil noch Schüler. Sie ließ mich an dem Abend links liegen und unterhielt sich nur mit ihren Bekannten. Auf einmal fing sie zu heulen an, als sie vom Ende ihrer Beziehung mit Bernd redete. Alle blieben über Nacht da, ein gutes Dutzend, und schliefen auf dem Fußboden, ich auch.

Am nächsten Tag wollte ich zu meinen Eltern fahren, aber die Karre stand da ja nun mit dem defekten Anlasser und dem kaputten Auspuff. Einer von Utes ehemaligen

82

Mitschülern behauptete, er sei Experte. Tatsächlich. Er klopfte mit einer Zange gegen was, und der Wagen sprang an. Dafür fuhr ich mit dem Burschen erst mal nach Braunlage und setzte ihn da ab, bevor ich weiter nach Walkenried fuhr.

Meine Eltern erschraken, als ich sie mit der donnernden Kiste aus dem Mittagsschlaf holte. Ich erzählte ihnen von meinem Theater mit ELPI.

»Das ist deine Sache.«

Nachmittags fuhren wir nach Bad Sachsa. Nichts für mich. Lauter alte Leute.

»Ich fahr' morgen zur Ute zurück und anschließend nach Hamburg. Ich will mal bei Sounds vorbeigucken.«

»Ist das nicht 'n bißchen viel auf einmal? Ruh dich doch lieber aus.«

»Ach nee, laß mal. Ich bin okay.«

Ich ging früh schlafen. Morgens fuhr ich zurück nach Nörten-Hardenberg. Es war Pfingstmontag. Die Karre ließ ich in Walkenried zurück. Mein Vater würde sie reparieren lassen.

Bei Ute waren noch zwei ihrer Freundinnen da. Wir gingen spanisch essen. Die drei Mädchen besoffen sich. Ich war wütend. Es würde vorläufig mein letzter Tag mit Ute sein, und sie beschlauchte sich. Wieder in ihrer Bude machte ich Krach.

»Du versoffene Sau!«

Ich nahm mir eins von ihren Büchern, von Jayne Anne Phillips, und verpißte mich. Hinter der Fuselfabrik stand auf einer Wiese ein großer Baum, an dessen Fuß ich mich setzte und las. Nach zwei Stunden ging ich zurück. Die beiden andern waren verschwunden. Ute schlief. Ich las weiter. Als sie aufwachte, schrie sie mich an.

»Du Schwein! Ihr Männer seid doch alle gleich! Du und der Bernd!« Ich wurde sanft.

»Aber Ute, guck ma. Heute ist doch unser letzter Tag

zusammen. Und du haust dir die Klotschen voll. Ich wollte doch wenigstens noch mal mit dir schlafen.«

Sie beruhigte sich, und wir streichelten uns. Es war noch hell, als wir mit dem Ficken anfingen. Nach dem Aufstehen machten wir noch 'ne Nummer. Dann mußte ich zum Zug. Sie fuhr mich mit ihrem R 4 zum Göttinger Bahnhof. Wir hatten noch ein bißchen Zeit und knutschten. Als ich eingestiegen war, fing sie an zu heulen. Dem abfahrenden Zug lief sie ein Stück hinterher und winkte mir nach.

In Hamburg kaufte ich mir eine Ansichtskarte und schrieb dem Saueracker, daß ich am nächsten Tag nicht kommen würde. Ich käme am Freitag. Ich holte mir einen Stadtplan und guckte nach, wo der Steindamm war. Konnte ich zu Fuß hingehen. Beim Pförtner und Telefonisten von Sounds mußte ich mich anmelden. Diederichsen ließ mich hochkommen. Er saß an der Schreibmaschine in einem Zimmer voll Müll, das schiere Chaos. In Ordnung waren nur die beiden Poster von Désirée Nosbusch und Doris Day. Der Schreibtisch war übersät mit alten Zeitschriften, darauf das Telefon und 'ne Schachtel Gauloise ohne Filter. Auf einem Regal lagen ein paar Bücher. Mir fiel sofort Sepp Maiers ›Ich bin doch kein Tor‹ ins Auge, das ich mal besprochen hatte.

Für einen Chefredakteur, besonders für den der bedeutendsten deutschen Musik-Zeitschrift, war Diederichsen noch erstaunlich jung, 23. Ich sagte, wer ich war.

»Wer ist denn da auf deinem T-Shirt«, wollte er wissen.

»Rimbaud, gemalt von Picasso. Hab' ich mir mal für zehn Dollar aus den Staaten kommen lassen.«

»Paß mal auf. Ich hab' jetzt keine Zeit. Ich sitz' hier gerade an einer Iggy-Pop-Kritik. Komm doch heute abend in die Marktstube. Ich bin da ab halb eins. Das ist in der Marktstraße.«

»Ich hab' 'n Stadtplan bei.«

84

Ich breitete ihn aus. Diederichsen kreiste die Stelle ein, wo die Kneipe lag.

»Und wo kann ich hier wohnen?«

Ich hoffte, er würde sagen: bei mir.

»Da vorne in der Bremer Reihe sind 'n paar Hotels, nicht zu teuer.«

»Bis diese Nacht dann. Noch was, kommt mein Text in der nächsten Nummer?«

»Ist schon gesetzt. Ich zeig' 'n dir eben.«

Ich bekam Herzklopfen, als ich ihn im Layout-Room sah. Er war schon geklebt.

Ich hatte kaum noch Asche bei und tauschte erst mal einen Euro-Scheck ein, bevor ich in die Bremer Reihe ging. Ich nahm das erste Hotel, das ich sah, Piroschka. Der Portier sah aus wie ein Schläger. Er hatte Ähnlichkeit mit Norbert Grupe (Prinz von Homburg). 54 Mark, das ging. »Eine Nacht.« Das Zimmer war klein, aber sauber, die Toilette auf dem Flur. Ich hatte kein Gepäck. Ist so was nicht verdächtig? Aber der Portier sah nicht so aus, als würde er Fragen stellen.

»Kann ich mal 'ne Flasche Bier haben?«

»Zwei Mark.«

Ich setzte mich mit dem Patz-Pils von Schultheiß in den Frühstücksraum. An einer Wand hingen Bilder von u. a. Harald Juhnke und Hans Rosenthal, mit Autogrammen.

»Haben die hier schon mal gewohnt?«

Konnte ich mir nicht vorstellen.

»Hier nich', aber in einem andern Hotel des Besitzers.«

»Lohnt es sich, 'ne Hafenrundfahrt zu machen?«

»Immer.«

Ich fuhr nach St. Pauli und machte die Tour. Gefielen mir, diese riesigen Pötte. Anschließend ging ich zur Reeperbahn hoch. Am hellichten Tag war nichts los. Ich ging einmal hin und her, trank auch einen in einer schmierigen Kaschemme, bevor ich ins Piroschka mit der U-Bahn zurückfuhr. Ich legte mich aufs Ohr. Um zehn fragte ich den Portier, ob es weit wäre bis zur Marktstraße, man konnte die Distanzen auf dem Stadtplan schlecht schätzen.

»Da müssen Sie mit der U-Bahn hin, bis Messehallen.«

Die Marktstube hatte anscheinend gerade erst aufgemacht. Jedenfalls war ich der einzige Gast. Eigentlich eine normale Kneipe. Ich ging ein bißchen rum. Hinten waren punkige Krakeleien an der Wand. Auch der Pott war voller Graffiti. Ein paar Tische, ein paar Stühle und der Tresen, das war alles. Ich hatte gedacht, Diederichsen würde in was Mondänem verkehren. Mir war's recht, weil die Getränke erschwinglich waren. Allmählich kamen mehr Gäste rein, von jedem etwas, Punks und Zivilisierte. Offensichtlich gab's hier keine einheitliche Szene in dem Lokal.

Ich war schon ziemlich dick, als Diederichsen endlich gegen eins reinkam. Ich ging auf ihn zu. Er machte einen leicht überdrehten Eindruck. Er quasselte in einer Tour, mal mit dem, mal mit dem. Er war anscheinend eine bekannte Größe hier. Ich kann mich nur noch erinnern, daß wir uns über Thomas Bernhard unterhielten und daß er meinte, ich sollte ein Interview mit ihm machen. (Ich hab' dann später versucht, eins zu kriegen, war aber nichts zu machen). Sonst aber wurde ich mit Diederichsen nicht richtig warm. Ich blieb nicht mehr lange, ließ mir 'ne Taxe kommen und fuhr zurück ins Piroschka. Ich nahm 'ne Flasche Bier mit ins Bett und trank sie halb aus. Den Rest kippte ich am Morgen runter, statt Zähneputzen. Nach dem Frühstück nahm ich einen Zug nach Walkenried.

Mein Wagen war noch in Reparatur. Ich ruhte mich in der Ferienwohnung meiner Eltern aus. Die meiste Zeit dachte ich an ELPI. Ich war sicher, die würden mich behalten, mit dreihundert Mark mehr. Ich ging früh ins Bett. Am nächsten Morgen brachte mich mein Vater zu einer Tankstelle. Der Kadett war fertig. Ich drückte hundertfuffzig Mark ab, tankte und fuhr Richtung Ruhrgebiet.

Auf der B 1 kam ich auf die Idee, bei Sabine vorbeizufahren. Ich würde das Apartment nehmen. Ich würde ja die Gehaltserhöhung kriegen. Sabine freute sich. Sie wollte unbedingt jemanden haben, den sie kannte und der vielleicht mal auf die beiden Kinder aufpassen würde. Ich sagte, daß ich nichts dagegen hätte. Einen Vertrag machten wir nicht.

Freitags. In der ELPI-Zentrale ist der Chef nicht da. Möppi gibt mir ein Schreiben. Fristlose Kündigung. Ersatzweise. Usw.

»Dann geh' ich vor Gericht.«

Möppi hatte sowieso nichts zu sagen, und ich haute ab. Ich ließ mich weiter krankschreiben. Vom Arzt aus fuhr ich zur Gewerkschaft. Ich hatte die Papiere bei. Der Funktionär von der HBV schmunzelte. Er las auch die Kündigung. Ein paar Tage später reichte ich Klage ein. Ich war noch zu einem letzten Gespräch beim Saueracker gewesen, aber er war zu keinem Kompromiß bereit und meinte: »Erich Eisel hat auch gesagt ...« Erich Eisel, der Anwalt. Aber der konnte doch nicht Vertreter eines Erzkapitalisten sein! Der war doch linksradikal und gab mit andern das Stattblatt raus! Vielleicht meinte Saueracker auch den gleichnamigen Vater. Aber das konnte ich mir nicht denken. Der war doch schon scheintot.

Ich ging jetzt öfters zur Gewerkschaft, zur Rechtsabteilung. Ich blieb dabei umzuziehen, auch wenn ich nicht wußte, wie ich das Apartment finanzieren sollte. Ich mußte zum Arbeitsamt, mich erwerblos melden. Ich würde etwas über sechshundert Mark kriegen. Dazu kamen vierhundert Mark ungefähr vom Marabo. Das müßte reichen. Vielleicht würde ich auch öfters noch was in Sounds unterbringen.

Am Ersten kam Willi Schmalz mit seinem Mercedes und Anhänger, auf dem wir meine paar Sachen nach Witten transportierten, fünf Regale und meine Liege. Die Bü-

87

cher würde ich nachliefern. Der Schreibtisch, Gelsen-
kirchner Barock, vom Otto Versand gekauft, war zu
schwer und zu sperrig.

»In sechs Wochen bist du wieder zu Hause«, meinte
der Willi. Sabine bot mir einen alten Tisch als Schreibun-
terlage an.

»An die kannze drangehen«, sagte Willi. »Nee, lieber
nich'. Ich kenn' ihren Mann zu gut. Außerdem hab' ich
was mit ihrer Schwester.«

Mit Ute schrieb ich mich jetzt wieder. Abends wollte
ich lesen, stellte aber fest, daß in der Bude noch gar kein
Strom war. Ich nahm eine Verlängerungsschnur und holte durch die Verbindungstür aus Sabines Wohnung Saft.

Ich beantragte ein rotes Tastentelefon. Auf dem For-
mular hatte ich drei Zeilen frei für einen kostenlosen Ein-
trag. Seit längerem schwirrte mir der Begriff ›Universaldilettant‹ im Kopf rum. Ich schrieb ihn hin und bekam
drei Tage später Bescheid, daß er genehmigt war. Ich bewarb mich dann als Universaldilettant bei Robert Lemb-
ke, aber die ›Was bin ich?‹-Redaktion lehnte ab.

Es war Freitag. Ich rief Karl-Heinz an, der auch mal bei
ELPI gearbeitet hatte, als Springer. Er war auch öfters in
Dortmund mein Kollege gewesen, wenn einer einen
Krankenschein genommen hatte. Er war schon gut ein
Jahr raus aus dem Geschäft und kriegte keine Stütze, weil
er auf dem Papier noch Student war. Ich wußte nicht, wovon er lebte. Angeblich hatte er während seiner ELPI-Zeit
genug gespart, aber das nahm ich ihm nicht ab. Er wohnte
noch bei seinen Eltern. Ich fragte ihn, ob er abends mit in
die Stadt kommen wollte. Er hatte Lust.

Gegen neun holte ich ihn in Harpen ab. Er war immer
ein ängstlicher Typ gewesen und schnallte sich im Gegensatz zu mir an. Während der Fahrt bremste er gelegentlich
mit, wenn ich zu nah auffuhr. Ich hatte vor, zunächst mit
ihm ins Spektrum zu gehen, wo ich lange nicht mehr ge-

88

wesen war. Wir kurvten 'ne gute Viertelstunde durch die City auf der Suche nach einem Parkplatz. In Rathausnähe bog ich in die Brückstraße ein, wo der VFL-Vorsitzende Ottokar Wüst seinen Herrenausstattungsladen hat.

Auf einmal hörte ich hinter mir eine Scheibe klirren. Ich drehte mich um und sah aus Richtung Polizeipräsidium eine Meute junger Leute wetzen, schwer zu schätzen wieviel, ein paar hundert. Weitere Schaufenster zerbarsten. Mir lief was über den Rücken. In natura hatte ich so ein Geräusch noch nie gehört. Dann rannten knüppelschwingende Bullen hinterher. War auch neu für mich. Ich hatte mich noch nie an einer Demo beteiligt. Ich ließ den Wagen in der zweiten Reihe stehen und stieg aus.

Ich ging zu einem Krankenwagen, wo ein junger Bursche mit blutendem Gesicht verarztet wurde.

»Was ist denn los?« fragte ich.

Ich wußte, da war irgendwo eine Fabrik besetzt gewesen und von der Polizei geräumt worden. Wahrscheinlich hatte es was damit zu tun. Der Verletzte antwortete nicht. Ich ging zurück zum Auto. Karl-Heinz hatte sich nicht rausgetraut.

»Das ist 'ne Story fürs nächste Marabo. Ma sehen, ob morgen früh was in der Zeitung steht. Laß uns rumfahrn. Mal gucken, ob wir den Trupp noch irgendwo erwischen.«

Es hatte sich aber alles verlaufen. Karl-Heinz wollte nach Hause.

Wie üblich am Freitag fuhr ich zum Appel, das mittlerweile die meistbesuchte Bochumer Discothek geworden war, wahrscheinlich weil sich rumgesprochen hatte, daß hier die beste Musik lief. An den Nummernschildern draußen konnte man erkennen, daß auch etliche Auswärtige hierher kamen. Ich blieb erst unten in der Kneipe. Norbert, mit dem ich mich im Laufe der vergangenen Wochen angefreundet hatte, stellte mir ein Alt hin.

»Die Bullen haben mal wieder zugeschlagen«, sagte ich.

»Hab schon gehört.«

»Weißt du, was da los war?« Er mußte erst weiterzapfen.

»Die Fabrikbesetzer wollten welche aus dem Präsidium holen, aber friedlich. Die haben nur dagesessen. Und dann muß ohne Warnung das Kommando ›Haut drauf‹ gekommen sein. Mehr weiß ich auch nich'.«

Ich ging rauf in die Disco. Bramma, der Kartenverkäufer, kannte mich gut. Er war mal in userm Verein gewesen. Er ließ mich umsonst rein. Ich ließ mir trotzdem den Stempel draufdrücken.

»Damit ich morgen weiß, wo ich gewesen bin.«

Zonte saß auf seinem Dee-Jay-Thron, schon leicht schicker. Es waren noch jede Menge Teenies im Laden. Zonte spielte die Hits der Stunde: ›In The Air Tonight‹. Omo hing auch rum, mit einem Bier in der Hand und stierte auf die Tanzfläche.

»Was machst du jetzt?« fragte er.

»Nix. Ich leb' von sechshundert Pfeifen im Monat. Ich schätze, wenn der Arbeitsgerichtsprozeß kommt, krieg' ich 'ne Abfindung. Vom Marabo krieg' ich auch noch tausend Mark.«

Ja, die Herren Verleger waren mal wieder seit einigen Monaten im Rückstand, nicht das erstemal. »Ich geh' mal zu der Blonden hin.« Ich kannte sie aus dem Plattengeschäft. Hin und wieder war sie nachmittags, wahrscheinlich nach Feierabend, reingekommen und hatte in dem Fach für Italiener gestöbert, ohne je was zu kaufen, aber jedesmal beim Rausgehen hatte sie mich angelächelt. Sie sah geil aus in ihrer schwarzen Lederhose und dem verschwitzten weißen T-Shirt mit einer Mickymaus drauf. Ich stieß sie von der Seite an.

»Hallo, kennst du mich noch?«

Es war so laut, ich mußte ihr ins Ohr schreien.

»Ja sicher.«

90

»Ich arbeite nicht mehr bei ELPI.«

»Hab' ich schon gemerkt.«

Ideal lief. Blaue Augen.

»Tanzt du mit?«

»Nee, laß mal«, antwortete ich, »ich guck dir lieber zu.« Mit ihren Titten kam sie für das Faltblatt im Playboy in Frage, nur hatte sie eine riesige Hakennase. Am Ende des Songs kam sie wieder zurück und sagte, sie müsse gehen.

»Ich wollte mich eigentlich noch 'n bißchen mit dir unterhalten.« Aber sie hatte keine Zeit mehr.

»Du kannst mich ja mal anrufen. Ich heiße Christiane Völz. Wenn du das bis morgen vergessen hast, guck mal im Impressum der WAZ nach. Mein Vater steht da an letzter Stelle.« Ich holte mir noch ein Alt und ging wieder zu Omo.

»Na, hast du dich an die de Gaulle rangemacht?« Ich mußte lachen. Irgendwie paßte das: die de Gaulle.

»Die ist ganz in Ordnung. Ich werd' morgen mit ihr telefonieren. Was macht denn eigentlich die Barbara?«

»Es ist aus.«

Ich wollte nicht weiterfragen und haute ab. Ich ging noch am Wittener Bahnhof ins Monopol rein, eine Kneipe, die ich nur von außen kannte. Für'n Freitagabend war nichts los. Um den viereckigen Tresen saß ein knappes Dutzend Durchschnittsmenschen, Typen um die vierzig. Von den beiden Damen, die bedienten, war der Lack ab. Ich bestellte einen Kaffee. Das Monopol würde nicht meine Stammkneipe werden, aber ich würde öfters reingehen, nahm ich mir vor, weil der Schuppen bis vier Uhr morgens auf hatte. In meinem Apartment nahm ich zum Einschlafen eine ganze Lexotanil ein und war sofort weg.

Morgens wachte ich früh auf und fuhr zu meinen Eltern.

»Ich will nur mal in die Zeitung sehen.«

Ich schlug den Bochumer Lokalteil auf. Es war nur eine

kurze Meldung über die Schlägerei drin. Wer angefangen hatte, stand nicht fest. Ich blätterte zurück zum Impressum. Tatsächlich, da stand ein Völz (Bericht und Hintergrund). Ich suchte im Telefonbuch die Nummer raus und wählte sie. Der Alte war selbst am Apparat. »Hier ist Wolfgang Welt. Guten Morgen, Herr Kollege. Kann ich mal Ihre Tochter sprechen?«

»Welche denn?«

»Die Christiane.«

»Mal sehen, ob die schon vernehmungsfähig ist.«

Sie schlief noch. Ich sagte, ich würde am Nachmittag noch mal anrufen. In der Post war ein Brief für mich. Von einer Zewa Moll. Neugierig machte ich mit einem Schälmesser das Kuvert auf. Sie schrieb, sie wohnte mit einem ELPI-Mitarbeiter aus Wuppertal zusammen und hätte mein Rundschreiben gelesen. Ich hätte wahrscheinlich in vielem recht. Sie wollte mich mal kennenlernen. Ich sollte ihr meine Telefonnummer geben. Sie hatte auch ein Bild von mir im Marabo gesehen. Ich sei sowieso nicht ihr Typ, aber die Rotzbremse müsse ab. Zewa Moll hieß sie erst neuerdings, seit sie in meinem Schreiben was von Omo gelesen hatte. Ich schickte ihr meine Nummer in Witten und rasierte meinen Schnäuzer zehn Jahre nach seiner Gründung ab. Ich gefiel mir danach nicht schlechter.

Ich verabredete mich für abends mit Christiane ins U-BO. Bevor ich losfuhr, sah ich ›Hier und heute‹. Ein Reporter hatte am Vortag Aufnahmen am Bochumer Präsidium gemacht. Er berichtete, daß ganz klar die Polizei angefangen hatte. Christiane war eher in der Pinte unterm Schauspielhaus als ich. Sie erzählte mir, daß sie in einem großen Hotel arbeitete und da sogenannte Residenzen vermietete. Sie hatte noch zwei Schwestern. Ihr Vater hatte sich beschwert, daß ich ihn Kollege genannt hatte. Ich sollte erst mal ein Staatsexamen oder ein dreijähriges Volontariat machen. Sie war wieder so

92

scharf angezogen wie am Vortag. Bei der Figur hatte sie bestimmt allerhand hinter sich.

»Komm, laß uns nach Appel fahren«, schlug ich vor.

»Ja gut, wer zuerst da ist.«

Dann fuhren wir ein Rennen. Auf der Uni-Straße, wo siebzig erlaubt sind, fuhren wir hundertzwanzig, mehr war bei uns nicht drin. (Sie hatte einen Käfer). An der letzten Ampel hängte sie mich ab. Ich gab ihr ein Bier aus.

Oben in der Disco versuchte ich, Händchen zu halten. Sie hatte nichts dagegen, aber küssen wollte sie nicht. Um zwölf sagte sie tschüß. Ich glaubte nicht, daß sie, wie sie sagte, nach Hause wollte. Wahrscheinlich war sie noch irgendwo zum Ficken verabredet. Ich sollte sie in der kommenden Woche anrufen. Ich blieb bei Appel, bis die Disco um vier zumachte. Nebenan gab's bei der Bäckerei Scharnowski schon Baguettes zu kaufen. Ich holte mir eins und ein halbes Pfund Butter. Für viele Appel-Besucher war das freitags so üblich. Ich weiß nicht, wie ich auf den Gedanken kam, jedenfalls wollte ich noch zum Puff hinfahren, wo ich zehn Jahre nicht mehr gewesen war. Ich wollte nur mal gucken, nichts anlegen. Aber auf halber Strecke überlegte ich es mir anders. Ich wendete auf der Uni-Straße und nahm dann die Autobahn Richtung Wuppertal. Ich würde Zewa Moll besuchen. Ihren richtigen Namen wußte ich, auch die Straße, in der sie wohnte, nur die Nummer nicht. Natürlich hatte ich keinen Stadtplan von Wuppertal, aber der war zu kriegen. Ich fuhr erst mal an Wuppertal vorbei zur Raststätte Remscheid. Da gab's einen. Nächste Ausfahrt runter, zurück in Richtung Wuppertal. Die Osterfelder Straße war offensichtlich klein. Mit der Karte auf dem Beifahrersitz kurvte ich durch die Bergische Hauptstadt. Ich überlegte, ob ich schon mal dagewesen war. Nicht daß ich wußte. Es war längst hell, als ich mich durch das Gewirr von Einbahnstraßen zurechtgefunden hatte und in die Osterfelder einbog. An der Ecke war ein Nightclub. Die letzten Bardamen machten Feierabend, kamen aus einem Seitenausgang. Ich stieg aus. Haustür für Haustür nahm ich mir vor. Auf der Suche nach Saul. Etwa hundert Meter. Wie würde sie reagieren, wenn ich sie aus dem Bett schmeißen und zum Frühstück einladen würde? Es war irrwitzig, aber ich hatte es mir in den Kopf gesetzt. Doch als ich alle Türen durch hatte, hatte ich sie nicht gefunden. War's vielleicht doch 'ne andere Straße gewesen? Oder lief die Wohnung nur unter dem Namen ihres Freundes? Ich bretterte nach Hause und legte mich mit dem Arsch ins Bett. Sonntags ging ich zum Sportplatz. Turnier auf SG Werne. Ich sagte meinem Bruder, der Trainer war, daß ich in der nächsten Saison nicht mehr in der Ersten spielen wollte, so ganz ohne Training. Höchstens in der Zweiten. Er hatte Verständnis. Ich war sowieso keine Eiche in seiner Mannschaft.

Montags beim Marabo war keiner da außer Günther. Christian war in Urlaub, Peter der Chefredakteur lag mit einer Grippe im Bett. Ich erzählte Günther, daß ich was von dem Aufruhr am Freitag mitgekriegt hatte. Er hielt sich sonst als Anzeigenleiter weitgehend aus dem redaktionellen Teil raus. Jetzt aber war er auch dafür verantwortlich, solange die beiden andern fehlten. Er sagte, ich sollte 'ne Story drüber schreiben.

»Ich hab' so was noch nich' gemacht. Ich kenn' mich auch gar nich' aus in dieser Szene. Ich hab' doch noch nie 'n besetztes Haus betreten. Außerdem will ich morgen nach Hamburg.«

»Warum das denn?«

»Nur so eigentlich. Und außerdem wolltet ihr doch, daß der Musikredakteur engen Kontakt zu den Plattenfirmen hält. Jetzt hab' ich Zeit und kann mich da vorstellen. Heute steht in der Zeitung, daß die Chaoten oder watt auch immer die sind, am Mittwoch 'ne Pressekonferenz machen. Da bin ich wieder da.«

94

Ich fuhr in eine andere Fabrik in der Innenstadt, wo jetzt die Besetzer ihr Hauptquartier hatten. Aber es war nichts los. Nur ein paar Leute lungerten auf Sperrmüll rum, 'ne Flasche Bier in der Hand.

Zu Hause lag 'ne Platte aus England. Phillip Goodhand-Tait hatte sie mir geschickt. Sie war von Waterfall. Ich legte sie auf, Folkmusik, nicht gerade mein Fall. Sie war auf Phillips eigenem Gundog Label erschienen, und er hatte dabeigeschrieben, daß das Trio in Kürze auf Deutschland-Tournee kommen würde. Falls ich sie sprechen wollte, sollte ich mich mit ihrer Managerin Ann Dex in London in Verbindung setzen. Sofort rief ich da an. Ann war sehr nett. Waterfall würden eine Tour durch englische Garnisonsstädte machen. Die nächstliegende war Hamm. Ich sagte ihr, ich würde hinfahren.

Ich war gegen elf in Hamburg, Diederichsen war noch nicht im Büro. Ich fuhr zur Phonogram, in die Presse-Abteilung. Karin freute sich. Sie war etwas jünger als ich, schätzte ich.

»Lernt man euch wenigstens mal kennen.«

Sie gab mir die neusten Scheiben. Dann fragte sie mich, ob ich nicht ein Interview mit Carolyne Mas machen wollte.

»Wann denn?«

»Sie ist am Freitag bei ›Rockpop‹ in München.«

»Wie soll ich denn nach München hinkommen? Das ist 700 Kilometer von Bochum weg.«

»Was ist denn der nächste Flugplatz?«

»Düsseldorf.«

»Gut. Dann fliegst du von da. Ich ruf' dich Donnerstag noch mal an.«

München. Ich war seit meiner Kindheit nicht mehr dagewesen. '66 hatten meine Mutter, mein Bruder und ich vom Schliersee aus, wo wir den Urlaub verbracht hatten, einen Ausflug dahin gemacht. Jetzt bin ich also anerkannter Journalist, dachte ich. Ich dachte auch, das würde so weitergehen. Wir werden sehen.

Ich fuhr an dem Nachmittag auch noch zur Metronome. Auch die gaben mir jede Menge Platten mit. Für Sounds hatte ich nun keine Zeit mehr, tankte voll und fuhr Richtung Heimat. Bleifuß. Hinter Münster sah ich erstmals auf die Spritanzeige. Offensichtlich wurde er alle. Hin war ich noch mit einer Tankfüllung ausgekommen. Wo sollte ich jetzt Benzin herkriegen? Ich wußte, bis zum Ruhrgebiet würde keine Raststätte mehr kommen. Ich drosselte das Tempo. Ersatzkanister hatte ich nicht. Sollte ich auf einen Parkplatz fahren und jemand anhauen? Vielleicht schaffte ich es doch bis zu Hause. Ich bog auf die Autobahn Oberhausen–Hannover. Noch gut fünfzig, sechzig Kilometer. Ich überlegte mir, runterzufahren und 'ne Tankstelle zu suchen. Aber die waren wahrscheinlich schon alle zu. Ich kriegte das kalte Grausen, als ich auf einmal auf eine Strecke kam, die keinen Seitenstreifen hatte, nur die vier Spuren und dann sofort die Leitplanken. Wenn ich jetzt hier stehenbleib, gibt's 'n Unglück, dachte ich. Aber es ging noch mal gut.

Dann war nichts mehr zu machen. Ich rollte aus. Es war die Ecke Brambauer. Hier war ich vor Jahren mit meinem Vater abgefahren, als ich in den Ferien mal bei ihm im Archiv gearbeitet hatte. Ich schaltete die Warnblinkanlage ein. Ich sah in einiger Entfernung ein alleinstehendes Haus. Wenn ich keine Telefonzelle finde, von wo aus ich meine Eltern anrufen kann, geh' ich dahin. Ich kletterte über die Leitplanke. Ich kam an die Straße, wo das Haus lag. Telefonzelle nicht zu sehen. Ich klingelte und erklärte, was ich wollte. Mein Vater regte sich auf, aber er würde mit Sprit kommen. Ich bot der Frau in dem Haus zwei Mark an, und sie nahm sie auch. Ich ging zur Abfahrt, wo mich nach 'ner halben Stunde mein Vater aufgabelte. Am nächsten Tag kaufte ich mir einen Kanister und füllte ihn sofort.

96

Die Fabrik Seiffert war gerammelt voll zur Pressekonferenz. Claudia, die auch im Rotthaus bediente, führte das Wort. Die Pressefritzen mußten sich vorstellen. Ich auch. War das erstemal, daß ich vor so 'ner großen Menge was sagte. Es wurde eine Bilanz des vergangenen Freitag aus der Sicht der Besetzer gezogen. Man wollte jetzt in diesem Bau bleiben und ein autonomes Kulturzentrum draus machen mit Kindergarten, Sportstätten usw. Wahrscheinlich würde aber wieder geräumt werden, weil an dieser Stelle das neue Arbeitsamt hochgezogen werden sollte. Arbeitsamt. Am nächsten Tag müßte ich da hin. Die Besetzer hatten eine Frist von vierzehn Tagen zur Räumung bekommen. (Wer mehr über diese Angelegenheit lesen will, bestelle sich den Krimi ›Zora Zobel‹ von Corinna Kawaters, erschienen bei zweitausendeins.) Ich hatte mit diesen Besetzern im Grunde nichts am Hut, aber es freute mich, daß endlich mal was los war in Bochum.

Morgens im Arbeitsamt mußte ich mich bei einer Frau Meier vorstellen. Alte Jungfer. Jedenfalls trug sie mit ihren schätzungsweise sechzig Jahren keinen Ring. Sie hatte schwarze Klamotten an.

Wird wohl die Mutti tot sein, vermutete ich. Sie ging meine Karteikarte durch. Sie war so gefaltet, wie die Dinger bei meinem Hausarzt auch.

»Sie sind schwer vermittelbar als ungelernter Verkäufer. Wahrscheinlich werden wir sie umschulen müssen.«

»Als was denn?«

»In einen technischen Beruf.«

»Hab' ich keine Ahnung von. Ich kann noch nicht mal tapezieren.«

»Hier steht, Sie haben Ihr Studium nach 14 Semestern abgebrochen. Warum haben Sie denn nicht zu Ende studiert?«

Warum hast du nich' geheiratet?

»Ist 'ne lange Geschichte.«

97

»Sie bekommen dann Bescheid.«

Ist schon lächerlich, dachte ich, da bin ich vielleicht der führende Musikjournalist im Ruhrgebiet, und diese Oma will 'n Dreher aus mir machen. Aber ihr konnte ich ja schlecht sagen, daß ich quasi als Schwarzarbeiter schrieb.

Karin hatte schon ein paarmal versucht, mich zu erreichen. Es ging klar, ich würde am nächsten Tag nach München fliegen.

Um zehn Uhr würde ich die Amerikanerin im Bayerischen Hof treffen. Um fünf würde eine Maschine zurückfliegen. Scheiße, dachte ich. Ich hatte gehofft, die Phonogram würde mir auch noch 'ne Übernachtung spendieren.

Ich schlief bei meinen Eltern. Von Bochum aus konnte ich schneller nach D'dorf kommen. Ich stand um halb sechs auf. Ich ließ mir ein paar Butters von meiner Mutter für unterwegs machen, weil ich nicht wußte, ob's auf dem kurzen Flug ein Frühstück gab. Am Flughafen holte ich mir die reservierte Karte ab und landete keine Stunde später in München. Mit 'ner Taxe fuhr ich in die Innenstadt. Im Hotel sollte ich einen Jörn Reinshagen kontaktieren. Das tat ich auch um punkt zehn. Von der Halle aus rief ich ihn im Zimmer an. Offensichtlich weckte ich ihn. Er erzählte mir, sie seien bis sechs im Hilton gewesen. Carolyne hätte da Queen untern Tisch gesoffen. Die würde jetzt noch pennen. Außerdem hätten die noch einen Termin beim AFN. Ich sollte um zwölf noch mal wiederkommen.

Auch nicht schlimm, dachte ich, kann ich mir die Stadt 'n bißchen angucken. Oder Hermann Lenz besuchen. Ich rief bei ihm an. Die Frau war am Apparat. Es tat ihr leid, aber ihr Mann würde den ganzen Tag im Bayerischen Rundfunk sein. Ich ging nach draußen. Bald war ich an der Frauenkirche. Ich schlenderte durch die Gegend. Wie immer, wenn ich nicht weiß, was ich in einer fremden Stadt tun soll, geh' ich in Buchläden. In einem Geschäft fand ich im Antiquariat zwei Bücher von Alfred Paul Schmidt. Ich kannte nichts von ihm. Ich hatte nur mal einen Artikel von Jörg Drews über ihn gelesen. Ich kaufte mir die beiden Originalausgaben. Anschließend fraß ich bei McDonald's ein Big Mac.

Wie verabredet, war ich um zwölf wieder im Hotel und meldete mich. Jörn sagte, sie wollten jetzt erst mal essen gehen. Eine Viertelstunde später kam er mit ihr runter. Sie war zierlich. Ich hatte sie noch nie im Fernsehen gesehen.

Sie wollte unbedingt Erbsensuppe probieren. Brinsley Schwartz, der sie mal begleitet hatte auf 'ner Platte, hatte ihr davon vorgeschwärmt. Und anscheinend gab's keine in New York. Wir liefen also durch die Gegend und studierten die Speisekarten neben den Restaurant-Eingängen. Aber niemand bot Erbsensuppe an. Wir liefen rum wie'n paar Doofe. Auf die Idee, es mal in einem Kaufhaus zu versuchen, kamen wir nicht. Nachdem wir so zwanzig Lokale abgegrast hatten, war Miß Mas der Appetit vergangen. Wir setzten uns irgendwo rein, um was zu trinken. Ich bestellte ein großes Bier. Sie wollte einen Eiskaffee haben. Die Kellnerin brachte einen Kaffee mit einem Stück Eis drin. Carolyne ärgerte sich. »Das ist doch kein Eiskaffee!« Sie ließ ihn zurückgehen. Sie wollte normalen Kaffee haben. Brachte die Bedienung auch. Carolyne trank. »Das ist kein Kaffee. Das ist Coke.« Sie ließ uns probieren. Sie hatte recht. Jörn holte wieder die Kellnerin. Sie entschuldigte sich.

Zurück im Hotel, ging ich mit Carolyne auf ihr Zimmer. Ich wußte nicht, was ich sie fragen sollte. Als ich noch im Plattenladen gearbeitet hatte, waren ihre beiden LPs nicht gerade meine Lieblingsscheiben gewesen. Sie machte durchschnittliche Rockmusik, nicht viel anders als Helen Schneider. Ich gab ihr ein paar Stichworte, und zum Glück antwortete sie ausführlich, als ich was von ihrer Familie, ihrer Jugend, ihrem Freund wissen wollte. Sie packte dabei schon ihren Koffer. Als meine Kassette nach 'ner halben Stunde voll war, sagte ich, ich müsse gehen. Ich ließ mir noch ihre Adresse in den Staaten geben. Ich wollte ihr meinen Artikel schicken.

Ich hatte noch Zeit. Ich nahm mir 'ne Taxe zur Ariola. Auch da in der Presse-Abteilung wurde ich freundlich empfangen und durfte mich bei den Neuerscheinungen, die in einem Regal standen, bedienen. Ich schnappte mir, was ich eben tragen konnte, auch noch ein paar ältere Sachen. Platten sind ja auf dem Flohmarkt Bargeld. Irgendwann vielleicht würde ich Moos aus dem Vinyl machen müssen.

»Bochum ist doch nicht weit von Köln«, sagte Renée.

»Eine Stunde mit dem Auto«, antwortete ich. »Dann kannst du nächste Woche Hazel O'Connor interviewen. Die tritt in ›Bananas‹ auf.«

Hazel O'Connor. War zwar auch nichts besonderes, aber warum nicht. War 'ne Gelegenheit, mal ein Fernsehstudio von innen zu sehen. Renée gab mir den Termin.

Gegen zehn war ich wieder in Witten. Ute hatte mir einen Brief geschickt. Es stand drin, daß sie jetzt wieder mit Bernd zusammen war. Sie konnte es sich und mir nicht genau erklären, warum. Vermutlich, meinte sie, sei es eine Art Hörigkeit. Ich schrieb ihr sofort zurück. Sie könne mich nun endgültig am Arsch lecken.

Ihre Schwester Sabine sah ich selten. Morgens, wenn ich aufstand, arbeitete sie in der Schule, und eine bezahlte Frau aus der Nachbarschaft paßte auf die Blagen auf. Sie hatte noch keinen neuen Macker. Der Gedanke, den ich lange gehegt hatte, mal mit ihr zu pennen, kam mir nun kaum noch. Ich hätte auch gar nicht gewußt, wie ich mich ihr nähern sollte.

Ich guckte jeden Tag mal in der Fabrik rein, um zu hören, ob's was Neues gab. Konzerte wurden organisiert.

100

Einstürzende Neubauten sollten auftreten. Ich hatte noch nie einen Ton von denen gehört. Aber der Name war mir ein Begriff. Ich wußte nicht, wie ich meine Story über die Besetzer zusammenkriegen sollte. Recherchieren hatte ich nicht gelernt. Beim Marabo sagte ich Günther das. Dann hatte ich eine gute Idee. »Lassen wir die Chaoten doch selber schreiben.«

Ich fuhr zurück in die Fabrik. Von der Pressekonferenz her wußte ich, daß die Besetzer eine Gruppe gewählt hatten, die das Heft in der Hand hielt. Einer von denen war da, und ich sagte ihm, was ich vorhatte. Er hielt die Idee für gut. Wir einigten uns auf drei Seiten bzw. 800 Zeilen, in denen die sich unzensiert äußern konnten, solange sie nicht gegen irgendwelche Gesetze verstießen. Wir verabredeten uns für den Sonntag vor Redaktionsschluß. Wir wollten uns bei mir treffen und den Text durchgehen.

Ich rief Christiane an. Am Wochenende hatte sie schon was vor. Ich fragte sie, ob sie nicht mit nach Hamm kommen wollte, um Waterfall zu sehen.

»Na gut, wenn du meinst, das lohnt sich.«

»Ist mal was anderes als die ewige Rock- und Punk-Musik. Aber zieh dich gesittet an. Da kommen hauptsächlich englische Soldaten hin. Man weiß ja, wie geil die sind.«

Und abends wieder Appel.

»Oben sind die Bullen«, sagte Norbert.

»Dann bleib' ich lieber unten.«

Ich trank Kaffee. Moritz war da. Ein Stammgast. Er wohnte hier um die Ecke, am alten Bahnhof, so hieß die Gegend. Auch er hatte mal bei uns im Verein gespielt. Ich merkte, daß er blau war, und stellte mich woanders hin. Die uniformierten Bullen kamen die Treppe runter. Sie hatten einen Köter bei. Anscheinend hatten sie niemanden verhaftet.

»Wie isset«, sagte Norbert. »Willst du hier nich' als

101

Diskjockey einspringen. Im August geht der Klaus in Urlaub, danach der Zonte und dann der Ulf.«

Ich brauchte nicht lange zu überlegen. Diskjockey hatte ich immer werden wollen.

»Klar«, antwortete ich. »Und was kommt dabei rum?«

»Dreizehn Mark die Stunde und frei Saufen, versteht sich.«

Ich konnte die Asche verdammt gut gebrauchen. Ich hatte nur noch zwei Euro-Schecks und ca. 2000 Miese. Von der BfG kriegte ich also nichts mehr. Die Stütze behielten sie ein.

Montags der erste Termin beim Arbeitsgericht. Die Parteien sollten sich in Güte einigen. Saueracker erschien ohne seinen Anwalt. Mein Rechtsvertreter verspätete sich, und der Vorsitzende, ein Dr. Kill, fing an, mein Rundschreiben laut vorzulesen.

»Wir sind die Türken von morgen. Was soll das heißen?« fragte er mich.

»Das ist eine Zeile aus einem Song, mit dem auch Herr Saueracker viel Geld verdient hat.«

Jochen vom DGB tauchte endlich auf. Der Richter überflog mein Ding weiter und zitierte ein paar Stellen. Dann ging's um die Wurst. Er fragte Saueracker, ob er mich weiterbeschäftigen wollte. Der sagte, nuschelnd wie immer, nein. Ich wollte. Also mußte man sich auf eine Abfindung einigen. Jochen hatte ausgerechnet, daß zwei Mille angemessen seien. Saueracker wollte nur tausend zahlen. Also Feierabend. Ein richtiger Prozeß würde folgen.

Tags darauf fuhr ich zu den WDR-Studios nach Köln. Ich traf die Frau von der Ariola in der Kantine. Sie stellte mir Hazel O'Connor vor. Ich hatte nur ein paar Basisinformationen. Sie war mal durch den Nahen Osten getingelt, hatte auch mal als Stripteuse gearbeitet. Jetzt hatte sie mit Erfolg ihren ersten Film gedreht, ›Breaking Glass‹, den ich nicht gesehen hatte. Außerdem war sie in den Charts pla-

102

ziert. Auch ihr brauchte ich nur ein paar Stichworte zu geben, und sie laberte los. Als ich für uns einen Tee holen wollte, sagte ich, sie sollte ruhig weiter ins Mikrofon sprechen. Das tat sie auch.

Schon kamen die nächsten Frager, ich glaub' vom Fachblatt. Ein Fotograf war auch dabei. Ich bat ihn, mich mit Hazel zu knipsen, und gab ihm meine Adresse. Bevor die andern dran kamen, mußte sie ins Studio und ›D-Day‹ singen. Sie stand vor einer dieser typischen ›Bananas‹-Dekorationen mit viel Nebel. Der Clou diesmal war, daß fünf junge Mädchen mit Bikinis in mit Wasser gefüllten Röhren standen. Ich hatte keinen Schimmer, was das mit dem Song zu tun haben sollte. Hazel mußte die Nummer ein halbes dutzendmal singen. Als sie fertig war, verabschiedete ich mich.

Wenn ich schon einmal hier bin, dachte ich, kann ich auch zum Rüchel gehen, dem Redakteur vom Rockpalast. Den wollte ich immer schon mal kennenlernen. In der Vergangenheit hatte ich wiederholt seine Arbeit kritisiert, besonders die Auswahl der Gruppen, die er in seinen Sendungen auftreten ließ. Ich wollte mal sehen, wie man sich mit dem unterhalten konnte. Am Empfang in dem WDR-Hochhaus am Appellhofplatz erklärte ich, was ich wollte. Man verwies mich auf einen Hausapparat und gab mir die Nummer von Rüchels Büro. Die Sekretärin verband mich. Ich sagte ihm, ich sei vom Marabo und ob ich ihn kurz sprechen könnte. »Zehn Minuten.«

Allgemein, jedenfalls unter meinen Bekannten, galt er als Arsch, als viel zu alt für seinen Job. Er kümmerte sich einen Scheiß um den Geschmack von jungen Leuten, und man hatte das Gefühl, er benutzte seine Sendungen, besonders die Rockpalastnächte, zur Selbstbefriedigung. Schlimm war immer die Zusammenfassung der Nacht am darauffolgenden Abend im Dritten, wenn er mit salbungsvollen Worten erzählte, wie schön doch alles gewe-

103

sen sei, mit den Opas von Grateful Dead oder Paul Butterfield. »Diese magischen Momente.«

Auf seinem Tisch lag ein hoher Stapel Platten, obendrauf eine von S.Y.P.H. »Die hat dir bestimmt die Karola Radau geschickt.« Sie vertrieb die LP. Er lachte und konnte sich kaum einkriegen über ihren Namen. »… und das bei der Musik«, die natürlich nichts für ihn war. Er stand am meisten auf Springsteen und erzählte mir, daß er ihn schon ein dutzendmal gesehen hatte in den Staaten. Ich nahm an, auf WDR-Kosten. Vergeblich hatte er in den vergangenen Jahren versucht, ihn zu engagieren. Mir ging's wie wahrscheinlich vielen mit Springsteen, der ja ein überdurchschnittlicher Rocker ist. Wenn sein Name fiel, wenn ich im Radio einen Song von ihm hörte, mußte ich sofort an Rüchel denken, und prompt war's vorbei mit der Begeisterung.

Ich sagte ihm, daß ich im Melody Maker gelesen hatte, daß er in London zusammen mit Link Wray Buddy Hollys ›Rave On‹ gespielt hatte. »Besorg mir ein Video davon. Zeig' ich sofort.« Ich nannte ihm ein paar Namen von Leuten, die ich gerne im Rockpalast sehen würde, Cure, Alan Vega, Bruce Cockburn, T-Bone Burnett. Ich hatte den Eindruck, daß er damals mit den Namen nicht viel anfangen konnte. Die zehn Minuten waren rum.

»Ich muß noch was tun. Wir machen ja diese Woche noch Aufzeichnungen im Sartory.«

»Kannst du mir Freikarten geben?«

Kein Problem. Er holte mir für jeden der vier Tage zwei Tickets.

Abends fuhr ich wieder in die Fabrik. Es war aber wieder nichts los. Bei Appel trank ich zwei Alt, anschließend einen Kaffee im Monopol. Es war ungefähr elf, als ich meine Bude aufschloß. Schon von draußen hörte ich das Telefon klingeln. Ich nahm noch rechtzeitig ab. Zewa Moll war dran.

»Das ist ja 'ne Überraschung.«

»Ich wollte mal hören, wann wir uns treffen.«

»Gute Idee. Ich war heute beim Rüchel.«

»Ieeeh.«

»Egal. Ich kann den auch nich' ab. Auf jeden Fall hat er mir Karten für den nächsten Rockpalast in Köln gegeben. Willst du mit?«

»Ich kann nur am Wochenende. Wer kommt denn da?«

»Samstag ist Ulla Meinecke. Da willst du bestimmt nicht hin. Am Sonntag kommen Siouxsie and the Banshees.«

»Au ja, die wollte ich immer schon mal sehen.«

»Was machst du denn so?« wollte ich wissen und dachte, sie würde mir was über ihren Beruf erzählen.

»Ich sitz' auf dem Pott.« Ich war platt.

»Das glaub' ich dir nich'.«

»Doch.« In Zeit von nichts hörte ich die Klospülung.

»Dann kann ich mich ja auch freimachen.«

Ich zog die Hose runter und spielte mir am Schwanz rum.

»Hast du was dagegen?«

»Ach wo.«

Ich mußte ihr erzählen, was ich die letzten Tage gemacht hatte. Ich sagte ihr auch, daß ich bei Appel anfangen würde.

»Dann werd' ich öfter kommen. Ich kenn' den Laden.«

»Arbeitest du?« Sie hatte bei einem Rechtsanwalt gelernt und war jetzt in einer Musikalienhandlung beschäftigt, im Büro.

»Weisse was, ich geh' jetzt unter die Dusche. Ich war noch nie drunter. Ich weih' sie ein, indem ich mir einen runterhol.«

»Dann viel Spaß. Wir sehn uns am Sonntag.«

Sie drückte noch mal auf die Spülung und legte auf.

Christiane kam am nächsten Tag wie abgemacht gegen

fünf zu meinen Eltern. Sie trug 'ne Levis und eine blaue Bluse. Natürlich konnte sie auch damit nicht ihre atemberaubende Brust verstecken. Andreas Böttcher kam auch mit seiner Freundin. Er sollte Aufnahmen machen. Christiane und ich fuhren in ihrem VW. Andreas fuhr vor.

Bis Hamm kamen wir ohne Schwierigkeiten. Dann mußten wir uns an einer Tankstelle nach der Kaserne durchfragen. 'ne Viertelstunde später kamen wir an.

Ich erklärte der Frau an der Kasse auf englisch, daß wir Journalisten sind. Für zwei mußte ich zahlen. Im Saal mit der kleinen Bühne hatten ungefähr hundert Leute an Tischen Platz. Ich fragte, ob Waterfall schon da seien. Die Kassiererin zeigte auf zwei Männer und eine Frau, die in einer Ecke was aßen. Ich ging hin und stellte mich vor. »We've been warned by Phillip.« Wir einigten uns darauf, daß ich sie in der Pause interviewen würde, die sie nach der Hälfte ihres Sets einlegen würden.

Wir setzten uns. Ich deutete auf eine Art Kiosk, wo sich die Besucher Getränke kauften. »Was wollt ihr denn trinken. Ich geb' einen aus«, sagte ich leichtfertig. Andreas und seine Freundin wollten Gin Tonic, Christiane Bier. Ich ging hin bestellen und ärgerte mich. Auch noch das teure Beck's. Ich rechnete mit zehn Mark für die Runde. Die Verkäuferin sagte dann was von zwei Mark. »Each?« Das ging. Aber nein. Alles zusammen kostete zwei Mark. Jedes Getränk fünfzig Pfennig. »Das wird ein heiterer Abend«, meinte ich zu den andern, als ich wieder an den Tisch kam. Ich soff dann auch, was eben in mich reinging. Nach 'ner knappen Stunde war ich blau.

Die Musiker hatten den ersten Teil ihres Auftritts absolviert. Mit dem Recorder ging ich zu ihnen hin. Schon leicht lallend stellte ich einige Standardfragen, wo sie jetzt herkamen, seit wann sie zusammen waren, wie es allgemein mit der Folkmusik in England aussähe. Jim, der Geiger, zeigte auf meinen Apparat. Die Kassette lief nicht. Ich

106

drückte auf sämtliche Knöpfe. Er ging nicht. Ich machte ihn auf. Bandsalat. Ich riß die Kassette raus und legte 'ne neue rein. Aber es lohnte sich nicht. Die Band mußte weitermachen. Es war vergnüglich. Sie sangen nicht nur. Sie rissen auch Späßchen, von denen ich nicht alle verstand. Eigentlich kam ich nur bei einem mit. Als Maurice Chevalier gestorben war, spielte ein schottischer Radio-Sender zu seinen Ehren ›I'm In Heaven‹. Am Ende des Konzerts war ich sturztrunken. Christiane war auch angeheitert. Trotzdem würde sie fahren.

Wir hatten einige Schwierigkeiten, aus Hamm rauszukommen. Sie nahm dann nach einiger Zeit einfach die nächste Autobahn. Obwohl ich so dick war, merkte ich, daß wir offensichtlich in die verkehrte Richtung fuhren. »Ich glaub', wir müssen auf die andere Seite«, sagte ich, als wir nicht weit vor Hannover waren.

Es muß so halb drei gewesen sein, als mich die de Gaulle vor meiner Bude absetzte.

»Kommst du noch mit rein?«

Sie zögerte. »Na gut. Aber nur 'ne Viertelstunde.«

»Ich will dir nur mal zeigen, wie ich wohn'.« Weil ich keinen Schrank hatte, lagen meine Klamotten auf der Erde verstreut. An Sitzmöbeln hatte ich nur einen Sperrmüll-Stuhl, den ich ihr aber nicht anbot. »Setz dich auf die Liege.«

Ich legte Bruce Cockburn auf, den ich damals sehr mochte.

»Willst du nicht hier schlafen?« fragte ich, durch den Alkohol mutig geworden.

»Mit dir schlaf' ich nich'«, sagte sie.

»Aha«, ich setzte mich neben sie und umarmte sie.

»Mit wem machst du's denn? Du lebst doch bestimmt nich' wie 'ne Nonne.«

»Mit dem Herbie Noll. Kennst du den?«

Klar, kannte ich schon jahrelang, war Stammkunde in

unserm Plattenladen und war auch sonst ein bekanntes Gesicht in der Szene. »Und wie ist der so?«

»Der kommt immer viel zu schnell.«

Ich kippte sie um und legte mich auf sie. Ich hatte einen Steifen und fing an auf ihr rumzurutschen. Ich versuchte, sie zu küssen, aber sie wehrte sich.

»Ich muß abhauen.«

Ich bewegte mich stärker, und sie ließ es über sich ergehen, bis mein Schuß kam.

»So was hab' ich ja noch nie erlebt«, meinte sie.

»Du hättest ja mitmachen können.«

»Wann sehen wir uns?«

»Ich flieg' Freitag in Urlaub nach Spanien. Ich melde mich vielleicht, wenn ich zurück bin.«

Ich ging nicht mehr mit raus zu ihrem Wagen. Sie schrieb mir dann noch nicht mal 'ne Karte und rief mich nicht an, als sie zurück war. Nach Appel kam sie auch nicht mehr.

Wenn ich gesoffen habe, schlafe ich schlecht ein und wache früh auf. So war ich schon wieder um neun wach. Das einzige, was ich im Haus hatte, war Nescafé. Nach drei Pötten war ich wieder auf dem Damm. Ich nahm 'ne Straßenbahn bis zum Marienhospital und stieg um in den 78er, mit dem ich bis vor die Haustür meiner Eltern fuhr.

»Du siehst schlecht aus«, sagte meine Mutter, nicht zum erstenmal. Tatsächlich hatte ich in den vergangenen Wochen lausig abgenommen. Außerdem hatte ich einen ein paar Tage alten Bart.

»Bleibst du zum Mittag?«

»Nee, ich wollte nur meinen Wagen abholen. Ich ess' in Witten 'ne Currywurst. Im Moment hab' ich noch keinen Appetit.«

Ich gab dann bei Wagner den Lotto-Schein ab, kaufte drei Benson und fuhr zurück nach Witten. Wahrscheinlich hatte ich immer noch zuviel Alkohol im Blut.

108

Ich wollte die Carolyne-Mas-Story schreiben. Wenigstens einmal müßte ich mir ihre drei Platten anhören, aber von der neuesten ihrer LPs war ein Stück abgebrochen. Ich rief sofort in Hamburg an. Karin war am Apparat. Sie würde sie per Eilpost schicken. Ich fragte sie, ob irgend jemand von ihrer Firma beim Rockpalast in Köln auftreten würde, den ich interviewen könnte.

»Fährst du heute dahin?«

»Warum?«

»Dann kannst du dem Alan Bangs Bescheid sagen, daß er am Samstag um drei den Peter Hammill im Interconti treffen kann. Er will mit ihm 'ne Sendung machen. Ich hab' heute morgen schon ein paarmal versucht, ihn zu erreichen, aber anscheinend ist er nich' zu Hause.«

»Ich kenn' den nich' persönlich, aber ich werd' versuchen, an ihn ranzukommen.«

Ich weiß nicht, was Alan Bangs für mich war, Vorbild, Star oder jemand, mit dem ich gerne befreundet sein würde. Jahrelang hatte ich nachts auf dem BFBS seinen ›Night Flight‹ gehört. Dabei konnte ich meinen musikalischen Horizont erweitern. Er spielte Sachen, die man woanders, schon gar nicht im WDR, nicht zu hören bekam. Und in seinen Sendungen gelang es ihm immer wieder, seine Stimmungen rüberzubringen. Er ist nicht einfach nur, wie die WDR-Fritzen, Plattenaufleger, Ansager. Er macht die Alan-Bangs-Shows, ohne aufdringlich zu sein, sehr laid back. Ich hatte ihm mal ein paar Artikel von mir geschickt mit der Bitte, er möge sie beurteilen. Hatte er aber nicht getan. Die Woche vorher noch, in Karolas Laden, hatte sie mir stolz – wie jedem – einen Brief gezeigt, den er ihr nach einer Begegnung bei einem Konzert geschickt hatte.

Ich war frühzeitig im Sartory-Saal. Die deutsche Pee Wee Blues Gang und die Stray Cats würden spielen. Ich haute an der Bühne jemanden mit einem WDR-Ausweis an. Ich erklärte ihm, was ich wollte.

109

»Ich werd' mal sehen, ob ich ihn kriegen kann«, sagte der freundlich. Und dann kam er. Er konnte sich noch an meinen Brief erinnern.

»Ich hab' nicht geantwortet, weil ich andere Leute nicht gerne kritisiere.« Ich bestellte ihm, was mir die Frau von der Phonogram gesagt hatte. Er entschuldigte sich, er hatte noch was zu tun. »Vielleicht bis gleich mal.«

Die Pee Wees spielten für deutsche Verhältnisse einen annehmbaren Blues. Aber die meisten Leuten waren natürlich wegen der drei Stray Cats gekommen, die ein Rockabilly-Revival eingeläutet hatten. Sie bewiesen, daß man noch immer nur Baß, Schlagzeug, Gitarre und Gesang braucht, um fetzige Musik zu machen. Bevor sie anfingen, kam Alan zurück. Wir sprachen von Karola. Ich sagte ihm, daß ich über deren Vorgruppe einen Artikel im ›Rock Session‹ drin hatte. Und ich fragte ihn, ob er vielleicht den Walter Hartmann kennen würde. »Ich hab' ihn nur einmal gesehen. Ist ein harter Typ. Seine Freundin kenn ich besser, die Pociao.« Die war mir auch ein Begriff mit ihrer Buchhandlung und ihrer Expanded Media Edition.

Die Stray Cats hatten ihre eigene Dekoration aufbauen lassen, Pappwände mit Graffiti drauf. Einen verstand ich nicht. Ich fragte Alan, was ›Have a wank‹ heißt. Er druckste ein bißchen rum. ›Befriedige dich selbst.‹ Also: ›Hol dir einen runter.‹ Wahrscheinlich kannte sich Alan im deutschen Sex-Welsch nicht aus.

Mir als altem Rock-'n'-Roll-Fan gefiel natürlich, was die Stray Cats da spielten. Es hatte nicht unbedingt was mit Buddy Holly zu tun und erinnerte mehr an den jungen Elvis oder an Johnny Burnette. Es handelte sich also um rauhen, harten Rock 'n' Roll mit ein wenig Punkeinschlag. Aber Elvis hatte ja auch was von einem Punk an sich gehabt in seinen frühen Jahren, in seinen Sun-Years.

Zufrieden fuhr ich nach Haus, nicht nach Haus, dafür

110

war's noch zu früh. Ich landete im Rotthaus, wo's voll war.

Nach meinem dritten Kaffee sprach mich einer an, der älter war als ich, vielleicht ein Jahrgang mit meinem Bruder.

»Ich hab' gehört, du bist beim Marabo.« Solche Anreden hatte ich mir immer gewünscht. Ich war wer geworden.

»Ja. Und?«

»Ich hätte da 'ne Story für euch. Bei Time Out wird gestreikt. Das ist doch sicher auch 'n Thema für euch.«

»Von mir aus können wir das gerne machen. Aber ich bin nur für die Musik zuständig. Am besten ist, du fährst mal bei der Redaktion vorbei.«

Dann erzählte er mir (er hieß Claus), daß er seinen Job als Lehrer aufgegeben hatte und in der folgenden Woche für mindestens ein Jahr nach England ziehen würde.

»Ich hoffe, da komm' ich auch bald wieder hin.«

Ich fragte ihn, ob er am nächsten Tag schon was vorhatte. Er war mir sympathisch. Eigentlich nicht. Er wollte nur nachmittags in Düsseldorf eine Bekannte besuchen.

»Ich hab' da noch 'ne Karte. Morgen spielen in Köln Ideal und die Pretenders. Willst du da hin?«

»Gerne. Ideal interessieren mich.«

»Dann sehen wir uns in dem Saal. Du fährst ja bestimmt von Düsseldorf aus dahin.«

»Klar.«

Ab nach Appel, vorbei an dem Polizeirevier, das ich nie mit weniger als 70 passierte. Risiko. Am Alten Bahnhof gurkte ich mal wieder rum, bis ich 'ne bequeme Parklücke fand. Ehe ich mir einen abbrach beim Rangieren, stellte ich die Karre lieber ein bißchen weiter weg. Ich ging sofort hoch. Mittlerweile war ›Bette Davis Eyes‹ der große Sommerhit geworden. Er lief gerade, als ich zu Zonte stieg, der hinter seinem Pult die nächsten Scheiben zurechtlegte.

111

»Weisse schon, daß ich hier anfang?« schrie ich.

»Hat mir der Norbert erzählt.«

»Ich will ma gucken, was ihr alles hierhabt.«

Die meisten LPs waren Neuerscheinungen, geordnet nach New Wave (mittwochs war immer New-Wave-Abend) und Rock. Dann gab's auf dem Regal noch eine Abteilung Jazz-Rock. Da würde ich nicht drangehen. Ich haßte diese Musik. Es war nun so um ein Uhr rum. Um diese Zeit war's immer am vollsten (wenn man das steigern kann). Der Diskjockey hatte den besten Überblick. Die Tanzfläche breitete sich links von ihm aus, Spiegelboden, circa fünf mal fünf Meter groß. Rechts standen ein paar Tische mit Bänken, die aber kaum besetzt waren. Die meisten Leute versammelten sich auf oder an der Tanzfläche. Gegenüber von dem DJ-Kabuff, am andern Ende, lag der Tresen. Drei Mann bedienten. Außerdem liefen noch zwei Mädchen mit Tabletts durch die Gegend, mit Alt und Pils drauf. Mir gefiel's hier, und ich freute mich auf die Arbeit. Schwierigkeiten sah ich nicht. Die beiden Plattenspieler waren einfach zu handhaben, und Ahnung von Musik hatte ich ja genug.

Morgens um sieben bullerte jemand an meiner Tür. Ich kriegte die Klüsen kaum auf. Ein Paketbote brachte per Eilpost die Carolyne-Mas-LP. Der Nescafé ging zur Neige. Für zwei Tassen würde es reichen, aber ich brauchte mehr, wenn ich die Story schreiben wollte. Ich ging hoch zu Sabine. Sie regte sich auf. Ich solle doch außen rumkommen und schellen.

»Ja, ja, ich werd's mir merken. Ich wollte nur fragen, ob ich mir bei dir 'ne Kanne Kaffee machen kann.«

»Von mir aus.«

Sie mußte gleich gehen, und die Kinderfrau kam. Ich fragte sie, ob sie vielleicht Kleingeld hätte. Ich brauchte Zigaretten. Wenn ich schreibe, sagte ich ihr, geht sie nicht aus, und ich hab' nur noch 'ne halbe Packung. Sie guckte

112

in ihrem Portemonnaie nach. Vier Mark konnte sie mir geben.

»Mit einer Schachtel komm' ich hin, bis die Geschäfte aufmachen.« Was mich damals wie heute ärgert, ist, daß es Benson & Hedges kaum in Automaten zu ziehen gibt, auf keinen Fall in denen, die draußen hängen. Ich zog mir Marlboro, die mir erträglicher erschienen als die andern.

Ich hörte die Kassette ab von dem Marabo-Rekorder und ließ gleichzeitig die Platten von der Mas laufen. Dann setzte ich mich an die Maschine und tippte. Ich hätte schreiben können, daß Carolyne Mas nicht besonders ist und daß eigentlich der Platz im Heft verschenkt sei. Aber ich wollte natürlich weitere Reisen von der Phonogram geschenkt kriegen und schrieb irgendeinen Schmuh. Mit dem Manuskript fuhr ich am frühen Nachmittag in die Redaktion.

»Wie iss mit Asche?« fragte ich Günther.

»Da mußt du den Christian fragen, der kommt Montag wieder.«

»Wenn ich dann nix kriege, könnt ihr euch selber die Besetzer-Story schreiben.«

Sie brauchten die Geschichte, weil Günther sie mangels anderer Themen als Titelstory vorgesehen hatte. Diesmal hatte auch keine Platten- oder Filmfirma, wie sonst schon mal üblich, das Cover gekauft. Lohnte sich nicht im verkaufsarmen Sommer.

Ideal waren schon dran im ausverkauften Sartory-Saal, als ich reinkam. Ich mochte sie nicht besonders, aber das Publikum jubelte. Es war die Zeit, in der die Neue Deutsche Welle größere Kreise zog. Ideal waren von einer kleinen Firma zur WEA gewechselt. In jenem Sommer waren sie zweifelsohne die beliebteste deutsche Gruppe neben Fehlfarben, die mir persönlich mehr zusagten. Ich fand Claus, aber bei dem Krach konnten wir

113

uns nicht verständigen. Ich stellte mich woanders hin. Schräg neben der Bühne stand ich dann, auf einer Höhe mit der Gruppe.

Nach einer Pause traten die Pretenders auf. Die erste Seite ihrer ersten LP fand ich gut. Die hatte ich auch öfters im Laden aufgelegt. Aber live jetzt war ich bitter enttäuscht. Da schallte ein viel zu lauter Geräuschebrei herüber. Die Sängerin Chrissie Hynde war kaum zu hören. Ihre Begleitmusiker sahen kaputt aus. Zwei sind wenig später draufgegangen, dem Vernehmen nach an zuviel Heroin. Es schien, daß alles nur auf ›Stop Your Sobbing‹ gewartet hatte. Als die Pretenders auch diesen Hit gemeuchelt hatten, drehte ich mich um und sah, daß der Saal halbleer war. Ich hielt bis zum Schluß durch. Wenn ich schon einmal da war.

Und anschließend wieder Rotthaus, Appel, Monopol. Keine besonderen Vorkommnisse.

Samstagmittag ließ ich mir die Erbsensuppe meiner Mutter, meine Leibspeise, nicht entgehen. Ich aß drei Teller. »Ich glaub’, ich muß mal an die frische Luft«, sagte ich. Natürlich gibt’s im Ruhrgebiet keine ›frische Luft‹. Die hatte ich zuletzt an der Nordsee eingeatmet. Im Ruhrgebiet kann man nur Gestank inhalieren. Wegen meiner defekten Nasenscheidewand spürte ich ihn nicht so. »Ich werde mir die Alten Herren angucken.« Ich ging die zweihundert Meter bis zu Arthur Wagners Eckgeschäft und kaufte mir meine Wochenendration Benson, fünf von den goldenen Schachteln. Auf dem Aushang in seinem Schaufenster stand, daß die Alten Herren ein Heimspiel gegen 07 hatten.

Um fünf fuhr ich zum Platz, auf dem ich seit meinem 18. Lebensjahr jeden zweiten Sonntagnachmittag gepöhlt hatte.

»Lange nich’ gesehn«, meinte Berni Manske, als er in Kluft aus der Kabine kam.

114

»Ich wohn' jetzt in Witten, und saufen tu' ich auch nich' mehr. Was soll ich also bei dem Dellmann in der Kneipe? Bald sehn wir uns wieder öfters, wenn ich das Alter für euch hab'.«

Noch zweieinhalb Jahre. Dann wär die Jugend, meine Jugend endgültig vorbei. Ich würde auch graue Haare kriegen, so wie die andern, die jetzt aufliefen und mit denen ich als junger Spund so manche Schlacht geschlagen hatte. Einmal hatte ich mir das Bein gebrochen, gegen Huckarde, genaugenommen den Außenknöchel. Mir wurde eine kleine Scheibe eingesetzt. Ich durfte danach ein Jahr nicht spielen. Als sie wieder rausoperiert wurde, durfte ich sie behalten. Sie hängt noch heute als Talisman an meinem Schlüsselbund. In jenem Jahr Zwangspause bin ich dick und fett geworden und kriegte das Gewicht nicht mehr runter. Erst jetzt, ein halbes Jahrzehnt später, bewegte ich mich wieder auf mein Normalgewicht zu, mit FDH und SED.

In der Halbzeit haute ich ab, um Sportschau zu gucken.

Sonntag morgens, pünktlich um zehn, warf mich die Abordnung der Besetzer aus dem Schlaf. Sie brachten ihren eigenen Kaffee in einer Thermoskanne mit. Es waren drei Mann. Ich machte mir Nescafé und schluckte 'ne Pille. Ich wußte nicht, wie die drei hießen. Sie stellten sich nicht vor, und ich fragte sie auch nicht nach ihren Namen. Sie holten ihren Text raus. Viel zu lang, sah ich auf den ersten Blick. Ich war noch zu keiner Konzentration fähig. Ich überflog ihn. Und sagte: »Geht in Ordnung.«

»Kriegen wir auch Honorar?«

»Von mir aus gerne. Das muß ich aber erst mit den Verlegern klären. Pro Zeile 25 Pfennig. Das würde dann 200 Mark machen.«

Die Jungs waren mir nicht ganz geheuer. Ich hatte ja nie was mit derlei Chaoten zu tun gehabt. Aber es gefiel mir, daß sie Zutrauen zu mir hatten. Doch vielleicht war ich auch nur ihr nützlicher Idiot. Sie hielten sich nicht lange auf, und ich legte mich wieder hin.

Ich war für fünf Uhr mit Zewa Moll verabredet. Diesmal wußte ich die Hausnummer 14. Kein Wunder, daß ich sie letztens im Morgengrauen nicht gefunden hatte. Der Eingang war durch ein Tor versperrt, an dem ich damals nicht gerüttelt hatte. Sie wohnte unterm Dach und kam mir auf der Treppe entgegen. Als ich sie sah, konnte ich mich nicht mehr daran erinnern, wie ich sie mir vorgestellt hatte. Zuerst fiel mir ihre relativ flache Nase auf. Bis auf eine lange Strähne, die auf ihren Schultern lag, trug sie kurze Haare. Sie war nicht mein Typ, jedenfalls nicht so auf den ersten Blick wie damals Ute oder die de Gaulle mit ihren dicken Titten.

Ihr Freund Thomas war auch da. Er erzählte mir, daß der Saueracker nach meinem Rundschreiben alle ELPI-Filialen abgefahren war und Schönwetter gemacht hatte. Fast alle kriegten jetzt mehr Geld. Für die hatte ich also was erreicht, während ich vorm Ruin stand. Bedankt hatte sich keiner bei mir. Thomas wollte bald im Plattenladen aufhören und studieren.

Zewa und ich unterhielten uns kaum auf der Fahrt nach Köln. Sie erzählte was von Fehlfarben. In Wuppertal wohnten ein paar von denen. Ich forderte sie auf, was über die fürs Marabo zu schreiben. So was hatte sie noch nie gemacht. Ach, das schaffst du schon. Du bist doch nich' doof.«

Der Sartory-Saal war gerammelt voll. Siouxsie war ein weiblicher Pionier des Punk gewesen und eine Kultfigur geworden. Dementsprechend war der Aufmarsch der Punks und Post-Punks. Ich kam mir mit meinem Buddy-Holly-T-Shirt verdammt alt vor. Ich war auch sicher einer der ältesten im Publikum. Eigentlich konnte man mich mit der Musik von Siouxsie jagen, aber als Musikredakteur, dachte ich, mußte ich einen Überblick über die wich-

116

tigsten Strömungen haben. Ich hatte ein Bedürfnis nach Ruhe, und ein Konzert mit den Everly Brothers wär mir lieber gewesen.

Zewa und ich trennten uns. Ich sah, wie sie sich zu der Musik bewegte und dabei nach unten sah.

Sie machte Schlittschuh-Schritte oder so was ähnliches, während ich nicht mal mit dem Fuß wippte.

Nach dem Gig gingen wir noch 'ne Pizza in Köln essen. Jeder zahlte für sich. Zewa fing an, mir zu gefallen. Ich erzählte ihr einige Stories, wie ich in Hamburg war und in München, und sie fand das ›toll‹, was ich da schlabberte. Dabei bekam ich eine Erektion. Kurz vor Wuppertal fuhr ich auf einen Parkplatz. Ich zog die Levis ein Stück runter, und als Zewa meine Latte sah, meinte sie: »Das ist Punk!« Aber sie half mir nicht, während ich sie umarmte. Da machte ich's mir selber, wischte mir den Schleim mit meiner Rotzfahne ab und schmiß ihn aus dem Fenster. Zewa war eher amüsiert als geschockt. Sie erzählte mir, daß sie in Italien mal einem Carabiniere einen runterholen mußte, damit ein Freund aus dem Knast kam, der wegen Dope verhaftet worden war. Wir verabschiedeten uns vor ihrer Haustür mit einem leidenschaftslosen Kuß und vertagten uns.

Ich gab Christian die Besetzer-Geschichte.

»Ist eigentlich ganz locker geschrieben. Das nehmen wir. Nur müßten wir auch von uns aus was reinbringen. Du hast die Sache doch verfolgt.«

»Kann man sagen.«

»Dann mach 'ne Seite.«

»Gib mir erst mal Kohle. Wenn's geht, tausend Mark.«

»Soviel geht nich'. Fünfhundert. Okay?«

Ich war sauer. Morgens hatte ich einen Schrieb von der BfG gekriegt. Ich sollte bis dann und dann mein Konto ausgleichen, andernfalls sollte ich vorsprechen. Ich nahm Christians Barscheck. Damit würde ich gut vierzehn Tage hinkommen, aber ich wußte noch nicht, wovon ich die nächste Miete bezahlen sollte.

Abends tippte ich meinen Kommentar zur Besetzung. Es war das erstemal, daß ich mich politisch zu äußern hatte. Ich bekundete meine Sympathie mit den Chaoten und wetterte gegen die halsstarrigen Stadtväter. In der Nacht hörte ich mir dann noch ungefähr dreißig Singles an, die im Laufe des Monats in der Redaktion eingegangen waren, und schrieb zu jeder ein, zwei Sätze. Doch am nächsten Tag lehnten Christian und Günther die Rezensionen ab. Sie hatten keinen Platz mehr. Der andere Artikel war gebongt. »Du solltest dich jetzt mal ausruhen«, sagten sie. Ja, das würde ich machen. Erst mal ging ich einkaufen, Obst und Würstchen, die ich kalt aus dem Glas runterschlang.

Es gelang mir aber nicht, mich auszuspannen. Zu sehr quälten mich die Geldsorgen. Ich rief Frau Raphael an und erklärte ihr, in welcher Bredouille ich war. Sie sagte mir tausend Mark zu. Am nächsten Tag fuhr ich nach Dortmund und holte sie mir ab. Sie waren ein Geschenk. Ich küßte sie auf die Wange.

Ich erinnerte mich, daß ein Siebzehnjähriger aus Oer-Erkenschwick einen Artikel über Peter Hammill im ›Rock Session‹ drin hatte. Ludger Frank. Oer-Erkenschwick war nicht weit. Er könnte was fürs Marabo schreiben. Ich hätte Rowohlt um seine Adresse bitten können, aber das würde zu lange dauern.

Ich rief die Auskunft an und ließ mir die Nummern von allen Franks in Oer geben. Der Dritte, den ich an der Strippe hatte, kannte Ludger, war verwandt mit ihm und gab mir die Nummer. Er konnte mit meinem Namen nichts anfangen. Ich sagte ihm, was ich wollte. Er war baff. Wir verabredeten uns für den nächsten Tag im U-BO. Er brachte Frank mit, einen dicken Freund. Ich brachte ihnen zur Probe ein paar LPs mit, die sie besprechen sollten.

118

Zwei Tage später hatte ich die Rezensionen im Briefkasten. Sie waren in Ordnung.

Das August-Heft kam raus, und ich fuhr mit einem Packen Exemplare zur Fabrik. Die Besetzer sollten sie verkaufen, aber niemand fühlte sich zuständig. Ein paar Tage später wurde der Bau von unbekannter Seite in Brand gesetzt. Damit war für mich dieses Kapitel beendet.

Nachdem ich die Miete bezahlt hatte, blieben mir noch einige hundert Mark. Bald käm mehr, von Appel. Ich lud Karl-Heinz ein, mit mir nach Hamburg zu fahren. Wir mieteten uns wieder im Piroschka ein. Norbert Grupe erkannte mich wieder. Es gab keinen Grund, in Hamburg zu sein, außer meine Kontakte zu Diederichsen aufzufrischen. Vielleicht hatte er mal wieder was für mich, was Middle-of-the-road-mäßiges wie Elton John. Für die neuen Wellen hatte er andere Experten. Es war Samstag. Ich wollte mit Karl-Heinz nach St. Pauli fahren. In der U-Bahn-Station am Hauptbahnhof sah ich ein Plakat vom ›Onkel Pö‹. An den nächsten beiden Abenden würden die Conditors da spielen. Ich war platt. Die waren außerhalb des Ruhrgebiets kaum bekannt und jetzt schon in dem renommierten Club. Ich hatte sie zu Hause ein paarmal gesehen. Sie gefielen mir. Während überall die NDW zu schwappen anfing, sangen sie weiter beharrlich englisch, Cover-Versionen. Mit dem Bassisten von ihnen hatte ich mich mal unterhalten. Ein netter Kerl, in meinem Alter.

Wir fuhren hin. Das Pö war noch leer, eine größere Kneipe mit flacher Bühne. Die Kapelle stand am Tresen. Peter, der Bassist, begrüßte mich erstaunt.

»Was suchst du denn hier?«

»Bin extra wegen euch hier. Iss natürlich Quatsch. Ich wollt nur ma' wieder in Hamburg gucken. Aber wie kommt ihr denn hier hoch?«

»Wir haben einen guten Booker. Der hat so überall seine Connections. Viel verdienen können wir nich'. Wir spielen auf Eintritt.«

Langsam füllte sich der Saal, aber mehr als achtzig, hundert Leute würden nicht kommen. Die Conditors waren schon eher mein Fall als so Leute wie Siouxsie. Sie waren handwerklich versiert, das sah und hörte man. Sie spielten sich durch einen Haufen Stile, vom Beat bis zum Reggae über Soul. Sie kamen denn auch gut an bei den paar Zuschauern und mußten drei Zugaben geben.

Karl-Heinz hatte keine Lust, mit in die Marktstube zu kommen, und ich fuhr ihn zum Piroschka. Ich wartete lange in der Kneipe auf Diederichsen, aber er kam nicht. Um vier streifte ich über die Reeperbahn, ohne daß ich das Bedürfnis hatte, irgendwo reinzugehen. Anschließend ging ich runter zum Fischmarkt. Es war am Pissen, und ich ging in die Gaststätte, die wirklich ›Fick‹ heißt, wo einer mit Schifferklavier einen auf Hans Albers machte. Ich trank einen Kaffee und kehrte ins Hotel zurück.

Nachmittags machte ich Karl-Heinz den Vorschlag, nach Lübeck zu fahren. Es goß immer noch, und auf der Autobahn dachte ich, er würde sich vor Angst in die Hose scheißen, als ich hundertdreißig fuhr. Am Rande von Lübeck gingen wir in eine Pizzeria. Ich kam auf die Idee, Travemünde heimzusuchen. Von weitem sah ich das Maritim und dachte natürlich sofort an die Christiane. Ich steuerte den Wagen da hin. Wir gingen rein ins Hotel. »Wir fahren hoch«, schlug ich vor. »Von oben hat man bestimmt 'ne gute Aussicht.« Im Lift hing die Speisekarte. Ich nahm sie ab. Wieder unten schrieb ich auf der Rückseite der de Gaulle was Wirres. Ich würde da wohnen.

Abends gingen wir wieder ins Pö. Die Conditors spielten dasselbe wie am Vorabend. Ich für meinen Teil konnte mir sie öfter anhören, auch mit denselben Nummern. Diesmal kam Karl-Heinz mit in die Marktstube, hielt es

120

aber nicht lange aus und bestellte sich ein Taxi. Es würde meine letzte Tour mit ihm sein, beschloß ich.

Diederichsen erschien. Es dauerte eine Zeit, bis ich mich bemerkbar machte.

»Ich hab' was für dich«, sagte er. »Ein Buch. Ich bin da befangen. Kannst du dir morgen in der Redaktion abholen.«

»Von wem denn?«

»Kennst du nicht. Ist von einer, die schon mal hier verkehrt. Die steht auch auf ältere Musik.«

Ich war froh. Endlich wieder einen Auftrag von Sounds. War mir mehr wert als fünf Titelstories fürs Marabo. Damit war der Abend für mich gelaufen. Ich trank noch zwei Bier, verabschiedete mich von Diederichsen und fuhr ins Hotel.

Karl-Heinz würde am nächsten Tag mit dem Zug zurückfahren, sagte er mir vom Bett aus. Er gestand nicht offen ein, daß er Schiß vor meiner Fahrerei hatte.

Morgens besuchte ich ein paar Plattenfirmen und heimste jede Menge Scheiben ein. Als ich bei Diederichsen reinkam, zeigte er auf ein Buch, das auf der Erde lag.

»Das isses. Ich find's ein bißchen pathetisch.« Es hieß ›… und ein verlorenes Land‹, geschrieben von der mir tatsächlich unbekannten Kerstin Eitner. Gedichte. »Hat Zeit«, meinte Diederichsen. Ich haute ab.

Mein erster Auftritt als Diskjockey am Wochenende drauf begann katastrophal. Ich fing um acht damit an, ein paar der Singles zu spielen, die ich aus Hamburg mitgebracht hatte, wie ein Dee-Jay im Radio, der Neuerscheinungen vorstellt. Schon nach der dritten Nummer kamen die Kids angelaufen. »Du bist wohl bescheuert! Was spielst du für einen Scheiß! Wir holen dich gleich da runter! Spiel mal Ideal! Spiel mal D. A. F.! Spiel mal Kim Wilde!« Ich hatte ja keine Ahnung, wie der Job ablief. Ich würde gehorchen müssen, wenn ich meine Ruhe haben wollte. Und ich hatte gedacht, ich könnte eine Show abziehen, so wie Alan Bangs mit seinem Night Flight. Dauernd kamen also die Blagen und verlangten dies, verlangten das. Ich versuchte zu folgen. Da gab's dann welche, die kamen gerade rein und wollten einen bestimmten Titel hören, der kurz vorher gelaufen war. Denen mußte ich, lauthals bei dem Krach, erst mal klarmachen, daß sie ihr Lieblingslied gerade verpaßt hatten. Das half aber nichts, die Nummer mußte noch mal kommen, im Laufe des Abends. Ich war mit dem Wagen gekommen und hatte gut fünfhundert Platten mitgebracht. Aber die brauchte ich nicht. Verlangt wurden die Hits. Ich trank Kaffee. Um zwölf beschloß ich, mit dem Saufen anzufangen und den Karren stehen zu lassen. Anja brachte mir Bratkartoffeln mit Spiegelei. Eine von der Bedienung, Lotte, wollte George Benson hören, die Maxi-Single ›On Broadway‹. Da sie lange dauerte, konnte ich erstmals pissen gehn.

Ab halb drei wurde der Saal leerer, und ich konnte ein paar Sachen auflegen ohne Rücksicht auf Publikumsgeschmack. Einige Bekiffte turnten ungelenk auf der Tanzfläche rum. Kurz vor vier gab mir Lotte meinen Lohn für die vergangenen acht Stunden.

Ich hielt mich noch ein bißchen unten in der Kneipe auf und trank noch bis zur Polizeistunde um fünf zwei, drei Alt. Ich war mit mir zufrieden und freute mich schon auf meinen nächsten Arbeitstag. Nur kurz kam mir der Gedanke, doch mit dem Auto zu fahren. Ich hatte mir geschworen, nie blau in die Karre zu steigen, dafür hatte mich der Führerschein zuviel Geld gekostet. Ich ging zu Fuß eine halbe Stunde bis zur elterlichen Wohnung und schlief da sofort ein, auch ohne Tablette. Die nächsten Gigs verliefen ähnlich. Einmal kam Zewa mit zwei Freundinnen. Wir konnten uns aber wegen der Lautstärke nicht unterhalten. Wenigstens konnte ich ihr einen Plattenwunsch erfüllen, ›The Forest‹ von Cure. Ein paar der gewünschten Scheiben hörte ich auch gerne, ›Jukebox Baby‹ von Alan Vega, ›Tainted Love/Where Did Our Love Go‹ und ›Bette Davis Eyes‹. Im Laufe eines solchen Abends mußte ich auch in der Regel sämtliche Stücke der Fehlfarben-LP spielen. Hatte ich auch nichts gegen.

Ludger und Frank kamen nun auch öfter nach Appel. Wir trafen uns auch, wenn ich nicht zu arbeiten hatte. Kerstin Eitners Gedichte gefielen mir nicht. Sie hatte Songtitel oder Zeilen aus Liedern genommen und dazu assoziiert. Der Titel des Buches ›… und ein verlorenes Land‹ bezog sich z. B. auf Minas Hit aus ’62 ›Heißer Sand‹. Die übrigen Gedichte bezogen sich unter anderem auf D. A. F. und den mir unbekannten Bernard Lavilliers. Ich machte weiter in meinem finanziellen Harakiri und kaufte mir Platten von diesen Leuten. Um Minas Ballade zu kriegen, mußte ich an die sechzig Mark anlegen, weil sie nur in einer Kassette mit 10 LPs zu kriegen war. Aber all die Songs brachten mir die Gedichte auch nicht näher. Ich schob die Rezension vor mir her.

Antreten bei der BfG. Natürlich hatte ich mein Konto nicht ausgleichen können. Ich weiß nicht mehr genau, wieviel Miese ich hatte, aber nehmen wir mal an 2000. Ich zeigte am Tresen das Schreiben, das sie mir geschickt hatten. Die Angestellte fühlte sich nicht zuständig und holte eine andere. Die nahm mich mit an einen separat stehenden Tisch. Sie fragte mich, was ich vorhatte, um aus den roten Zahlen rauszukommen. 250 Mark wurden pro Monat für meinen Kredit abgebucht, blieben ungefähr vierhundert von meiner Arbeitslosenunterstützung.

»Ich heb’ nichts mehr ab«, sagte ich.

»Und wovon wollen Sie leben?«

»Das lassen Sie mal meine Sorge sein. In fünf Monaten ist dann das Konto ausgeglichen. Geht das?«

»Das dauert zu lange.«

Scheiße, was mach’ ich denn jetzt, dachte ich.

Ich ging auch nach Appel, wenn ich keinen Dienst hatte. Ich stand spät mit Ludger und Frank zusammen. Karl-Heinz kam rein. Ich stellte Ludger als Peter-Hammill-Experten vor. In Hörweite stand der wieder mal besoffene Herbert mit seiner Freundin, die ich vom Ansehen kannte und die mir immer schon gefallen hatte seit der Zeit, als Herbert bei uns gespielt hatte und sie an der Bande saß. »Peter Hammill?« sagte sie. »Ich bin sein größter Fan.« Das fand ich erstaunlich. Ich konnte mir nicht vorstellen, daß eine offensichtlich ganz normale Frau auf diese sperrige Musik stand.

»Hast du schon die neue LP von dem?« fragte ich sie. Hatte sie noch nich'.

»Ich hab' sie bestellt«, sagte ich. »Wenn du willst, kannst du sie bei mir anhören, wenn die kommt.« Und bei der Gelegenheit werd' ich sehn, ob was mit der zu machen ist, dachte ich.

»Du bist ja öfter hier«, sagte ich. »Oder kann ich dich anrufen?«

»Nee. Telefon haben wir abgemeldet.«

Ich fuhr nach Witten und dachte eigentlich die Woche nur darüber nach, wie ich diese junge Dame, von der ich nicht wußte, wie sie hieß, ficken würde, courtesy of Peter Hammill. Wurde auch mal wieder Zeit, daß ich zum Vögeln kam. Die letzte Nummer mit Ute, die lag ja schon ein Vierteljahr zurück.

Beppo rief an, der Betreuer unserer 1 b-Mannschaft. Ob ich nich' am Sonntag einspringen könnte. Es waren noch Leute in Urlaub. Ich sagte, okay Beppo, für dich immer. Er hatte mich schon als Schüler trainiert.

Ich quälte mir fünfzig Zeilen Gedicht-Rezension ab. Im Buch stand kein Preis drin. Wo kriegte ich den her? Diederichsen würde ihn nicht wissen. Das Billigste wäre gewesen, ich hätte mich in einer Buchhandlung erkundigt. Aber auf den Gedanken kam ich erst gar nicht. Ich hatte noch einen alten Katalog von der Buchmesse '76, wo die Adressen von vielen Verlagen drinstanden. Ich fand die Nummer von diesem Kübler Verlag. Der Mann am andern Ende sagte, er hätte sich aus den Geschäften zurückgezogen, wüßte aber noch Bescheid. Ich fragte ihn, ob er Sounds und Diederichsen kenne. Selbstverständlich, sagte er, Diederichsen würde ein Buch in dem Verlag rausbringen.

»Wenn Sie wollen, können Sie ja auch was beisteuern. Da müßten Sie sich mal mit Diederichsen unterhalten.« »Und wie teuer ist das Buch von der Eitner?« Zwölf Mark.

Ich setzte mich sofort mit Diederichsen in Verbindung. Ja, ich könnte was machen. »Du schreibst ja schnell. Mach zwanzig oder dreißig Seiten in vierzehn Tagen. Es muß über Musik sein und subjektiv.« Heraus kam ›Buddy Holly auf der Wilhelmshöhe‹.

Buddy Holly auf der Wilhelmshöhe

12. September, 14.00 Uhr
Ende der Buddy-Holly-Woche 1981. Hätte ich Geld gehabt, wäre ich in London gewesen. Hab keine Ahnung, was dieses Jahr im Clarendon Hotel in Hammersmith los war. Am siebten wäre Buddy 45 geworden. Sah er nicht schon zu seinen Lebzeiten so alt aus? Heute ist Samstag, sein Geburtstag war am Montag, Kicker-Tag. Ich entnehme einer Rubrik, daß am selben Tag Erich Juskowiak 55 wird. 1958 Schweden: Er fliegt vom Platz. Da war's aus mit seiner Karriere, obwohl jeder wußte, daß es ein Allerweltsfoul gewesen war. Da kannte hier noch keiner Buddy Holly, der damals auf dem Höhepunkt seiner Karriere war, if you knew ›Peggy Sue‹. Ich komme von Hölzken auf Stöcksken, nennt man das assoziieren? Ich habe Abitur, bin nicht gebildet: kein Widerspruch. Aber ich weiß viel über Rock 'n' Roll und Fußball. Ich weiß nicht, wie man ein Musikinstrument bedient, aber mit dem Leder kann ich seit zwanzig Jahren gut umgehn. Gestern bekam ich einen Brief von Willy Hagara. Nein, er ging in die Redaktion des Marabo-Magazins ein. Der Chefredakteur weckte mich um halb zwölf: »Da ist ein Brief von Willy Hagara für dich gekommen.« »Mach auf, lies vor.«

Willi Hagara, Am Hendlberg 4, 6227 Hallgarten/Rheingau,
9. September 1981

Lieber Herr Welt!
Ihr Artikel, betreffend meinen Auftritt in Dortmund am 2. 8.
hat mir sehr große Freude gemacht.
Ihre Kritik ist objektiv ohne jede Abwertung und somit eine
der besten, die ich je gehabt habe.

126

*Damit will ich nicht sagen, daß ich an schlechte Kritiken ge-
wöhnt bin, aber immer auch in die besten schleicht sich für gewöhnlich etwas Mißgunst ein.*

*Meine Freude war, als ich das Blatt erhielt, um so größer, da
es sich um eine Jugendzeitschrift handelt und die Kritik von einem jungen Menschen stammt. Ich gehöre zu denen, die Gene-
rationsprobleme wälzen. Als ich jung war, bekrittelte man die
›Die heutige Jugend‹, und da ich mit 19 Jahren zu singen anfing, hatte ich es schwer, weil mir mein ›zu jung sein‹ im Wege
war. Es ist eine Tatsache, daß man eine geraume Zeit scheel an-
gesehen wird, weil man jung ist und andere Vorstellungen hat
als die Älteren; und mit einem Male wird man zu alt befunden,
um vertrauenswürdig zu sein, obwohl man selbst die eigene Jugend noch empfindet, als lägen nicht 25 oder 30 Jahre dazwischen. Ihr Artikel hat mir bewiesen, daß es nicht daran gelegen
ist, ob ein Mensch 20 oder 80 Jahre zählt, sondern ob er An-
stand, Mut und Herz hat. Ich bedanke mich.*

Herzlichst Willy Hagara

7. September 1981, 0 Uhr 01
Ich sitze mit einem Freund und drei Bekannten in einer
Kneipe nahe der Ruhr-Uni. Das Clochard ist nicht voll,
trotzdem hapert es wie immer an der Bedienung. Besau-
fen kann man sich hier nicht. »Wißt ihr, wen ich gerade im
U-BO stinkbesoffen getroffen habe? Ferdinand Perwersi.
Kennt ihr nich'? Schiri in der zweiten Bundesliga. Wir hat-
ten uns lange nicht gesehn, zuletzt wohl, als er uns gegen
TuS Harpen pfiff. Wir gewannen 1:0 am Buß- und Bettag.
Wir waren damals Tabellenletzter und Harpen Spitzenreiter. Ich war Spielführer, da der Dödel verletzt war. Mit
uns ging's danach bergauf, Harpen wurde kein Meister.
Ferdinand Perwersi ist der beste Schiri, den ich kenne. Er
hatte letztes Jahr Schlagzeilen in Berlin gemacht. War im
Fernsehen zu beobachten. Er drückte zwei Streithähne
handgreiflich auseinander. Es stellte sich raus, daß er

127

nachts zuvor, laut Bild Zeitung, mit den Jacobs-Sisters rumgemacht hatte. Die erste Liga hatte er verpaßt. Die anonymen Gutachter hatten ihm 66 Punkte gegeben, drei mehr hätte er zum Aufstieg gebraucht. Aber wißt ihr, wer heute vor 45 Jahren geboren wurde?« »Ein Filmstar?« »Nee.« »Sänger?« »Ja.« Ich verberge meinen Buddy-Holly-Button. Ich trage einen Kordel-Schlips, wie ihn T-Bone Burnett auf dem Cover von ›Truth Decay‹ umhat, die Platte, auf die ich jahrelang gewartet hatte. Noch mal vierundzwanzig Stunden zurück: Buddy Hollys Geburtstag ist keine 24 Stunden mehr weg. Ich höre jetzt ›Brown-Eyed Handsome Man‹, die Platte, die ja alles ausgelöst hat, damals auf der Wilhelmshöhe. Endlich bin ich bei meinem Thema. 1963. Ich unterbreche hier:

Ich will einigen Leuten ein Denkmal setzen, die sonst nicht mal einen Grabstein kriegen würden. Ich stell' mich hinten an. Von jetzt an Fußball, Rock 'n' Roll und vor allem der Buddy Holly Club auf der Wilhelmshöhe. Ohne ihn gäb's mich so nich'.

Durch die sechs Leute kam ich als Zehnjähriger auf Buddy Holly, auf Rock-Musik, ich habe ihnen alles zu verdanken, gleichzeitig waren sie meine Vorbilder als Fußballer. Ich war in den Knaben, spielte samstags. Sonntags morgens bewunderte ich die A-Jugend. Die Aufstellung in der Saison 1963/64:

Goggo

Schobbi   Erich Schmidt

Nobsche Weber   Klöhse Gießler   Mummu

Hippi Rosenkranz   Örle Welt

Walla Jordan

Wolfgang Oberlies

Wolfgang Schulz

Reservisten: Bodo Baginski, Günna Kruska (auch Emil genannt)

128

Siggi Geisler, der jüngste und begabteste von allen. Er starb am Morgen vor der Weihnachtsfeier '63. Er war Nichtschwimmer, mußte aber von der Berufsschule aus mit ins Hallenbad und sich eine Badehose anziehen. Er ging nie ins Wasser, er scheute es. Er stand am Beckenrand. Jemand stieß in rein. Er war auf der Stelle tot, fünfzehn wurde er. Sein Mörder wurde nie verurteilt. Wir hätten heute einen Nachfolger von Helmut Rahn und Stan Libuda. Begleiter und Mäzen der Mannschaft war der olle Hippi Rosenkranz. Hippi war eine Abkürzung für Hippenstert, hochdeutsch wohl: Ziegenschwanz.

Der Buddy Holly Club (harter Kern):
Schobbi (Rainer Schoob)   Mummu (Günther Musall)
Walla (Walter Jordan)   Örle (Heinz-Jürgen Welt)
Erich Schmidt Der lange Brinkmann.

Örle, Mummu und Schobbi haben mir allerhand erzählt. Mein Bruder Jürgen (Örle) kannte sich am besten in Musik aus, war auch im übrigen der beste Fußballer von den dreien, Mummu, da hab' ich den Fehler gemacht und eine befreundete Schriftstellerin mit in den Gröppersweg geschleift, sie lenkte unfreiwillig ab. Mummu sorgte sich darum, wie er gut ein halbes Jahr nach seinem Führerscheinentzug (1,74 Promille) nach angeblicher Unfallflucht die Fleppe wiederbekam. Er hatte auch nicht ein so gutes Gedächtnis wie sein Schwipp-Schwager Schobbi. Mein Bruder über Schobbi: »Frag den mal, der weiß alles ganz genau, der sagt mir heute noch: Und an dem Tag hattest du nämlich keine Zigaretten bei, als wir gegen Eisenbahn am 4. Oktober '63 nach einem Null-zu-zwei-Rückstand noch gewonnen haben.« Tatsächlich, ich war gestern abend noch beim Rainer, der in der Unterstraße wohnt, also im Gegensatz zu meinem Bruder und dem Mummu, nicht mehr auf der Wilhelmshöhe. Ich war nicht gut gelaunt, last

129

night. Erst um halb elf hatte Schobbi Zeit. Er ist Obmann der Altherren-Abteilung des SuS Wilhelmshöhe und mußte das heutige Kinderfest vorbereiten. Zuerst sahen wir uns die Niederlage des VfL in Bremen an. Er ist Fan von Bochum, wurde aber getröstet, weil er bei Spielbeginn in unserer Vereinskneipe ›Haus Schulte‹ (Inhaber: Dieter Dellmann, apropos, du bist ein guter Wirt, nur deine Alte schräpt so, Skat spielen kannst du auch, Dieter, aber die Ilse, mein Gott) zwei Mark gesetzt, das exakte Ergebnis vorausgesagt und somit zwanzig Mark gewonnen hatte. Er hatte das Geld nicht nötig, lieber als die Piepen wär ihm ein Punkt für die Bochumer gewesen. »Also, Schobbi. Ich hab' ja schon mit meinem Bruder gekürt und mit Mummu. '63, da wart ihr so fuffzehn, sechzehn, aber alle schon in der A-Jugend, B-Jugend war nicht gemeldet. Aber wieso kamt ihr da gerade auf Buddy Holly?«

»Och, wir war'n auf der Raupe, und da hörten wir auf einmal ›Brown-Eyed Handsome Man‹. D. h. also: nicht unsere ganze Mannschaft, einige interessierten sich nicht für Musik, da waren eben wir sechs, dann gab's so Leute wie den Hippi, der kam ab und zu mit, und der Wolfgang Oberlies; auch welche, die nicht im Verein waren, aber wir sechs, wir waren immer zusammen. Der Örle war ja noch auf der Oberschule, wir andern gingen in die Lehre. Wir wohnten ja zusammen auf der Wilhelmshöhe, und ich möchte sagen, als wir ›Brown-Eyed Handsome Man‹ hörten, in dem Moment, auf der Raupe, auf der Kirmes an der Dördelstraße, durch dieses Lied wurden wir musikbewußt. Wir wollten wissen, wer der Sänger ist. Ich mein', wir kannten den ja gar nicht. Buddy Holly, wir wußten weder, wie der aussah, noch, daß er tot war. Wir waren einfach hingerissen von der Musik. Wir gingen dann in den Plattenladen von der Mausi, wo heute die Pommesbude drin ist, und bestellten die Platte. Und irgendwie muß damals überall die Nachfrage nach Buddy Holly gestiegen sein, denn nach und nach kamen immer mehr Singles in den Katalog. Wir hatten überhaupt keine Ahnung, wer das war, daß der schon '59 abgestürzt war. Für uns zählte die Musik. Und ich mein', vom Elvis kam ja damals nix mehr. Den Rock 'n' Roll hatten wir ja nicht mehr so mitgekriegt. Klar, wir kannten ›Tutti Frutti‹. Sicher, wir hörten auch so andere Sachen wie ›Sheila‹ von Tommy Roe, viel Cliff Richard und die Shadows. Aber wir hätten da nie 'n Club gegründet. Aber irgendwann kam uns die Idee: So jetzt gründen wir 'n Buddy Holly Club, ohne Ausweise und so.

Nach und nach besorgten wir uns die Singles von Buddy Holly. Entweder über die Mausi oder vom Mäckie. Der lief ja damals mit Mummus Schwester, war schon älter, arbeitete oft auf der Kirmes, hinterließ große Zechen in Kneipen und hatte überall seine Finger drin. Ja, dann hörten wir so Sachen wie ›Peggy Sue‹, ›Rave On‹, ›Oh Boy‹, ›Wishing‹ und so weiter. Schließlich hatte der Mummu 32 Singles von Buddy Holly zusammen. Ja, und der Örle, der hatte ja damals dieses Tonbandgerät von Phillips. Ich mein, so 'n Ding hab' ich seitdem nicht mehr gesehen. Ich muß das mal aufzeichnen. Das war ja irgendwie in Form eines Kofferradios und oben drauf war'n dann die Bänder, viel kleiner als heute, und noch die Tastatur. Später hat der Örle dann so rumgebastelt, daß er auch noch UKW und den Polizeifunk abhör'n konnte.«

Mein Bruder war schon immer begabt auf technischem Gebiet, der konnte aus 'ner Waschmaschine 'n Staubsauger machen.

»Jedenfalls trafen wir uns jeden Tag, meistens beim Mummu, weil der mit fuffzehn schon zu Hause rauchen durfte. Und wir pafften dann auch, aber wir haben doch vorher immer anstandshalber seinen Vater, den Artur, um Erlaubnis gebeten. Später wurde dann bei euch die Mansarde frei unterm Dach. Wir waren dann öfter bei euch oben, um zu pärzen. Aber nicht offen. Wir standen am Fenster und rauchten immer ganz schnell, denn das Blöde war ja: Ihr wohntet zwar parterre, und eure Eltern störten uns auch nicht, aber zwischen eurer Wohnung und der Mansarde wohnte ausgerechnet der Erwin Hüllen. Der war ja der Vorsitzende vom Sportverein und hatte den Polizeiposten, er war der Sheriff von der Wilhelmshöhe, und der war meistens auch zu Hause, eben wie im Wilden Westen, das gab's ja damals noch, und der kam schon mal öfters rangeschissen, und dann war natürlich der Deubel im Busch, wenn der uns beim Paffen erwischt hat. Ab und zu luden uns eure Eltern ins Wohnzimmer ein. Das machten wir auch mit. Da stand auch die Musik-Truhe von Loewe-Opta, und da konnten wir auch unsere Scheiben hören.« Ich lass' jetzt mal meinen Bruder ein wenig erzählen. »Also, so siebenfuffzig, achtundfuffzig, da wohnten wir ja noch nich' auf der Wilhelmshöhe, sondern am Eschweg, und der Heinz Murski, der ja über uns wohnte und schon so siebzehn war, hatte schon einige Rock-'n'-Roll-Singles. ›Diana‹ von Paul Anka und vor allem ›All Shook Up‹, ich nannte das damals ›Emohrschuckab‹, ich mein', ich war ja erst zehn. Und die Mutti hörte gerne ›Yes Tonight Josephine‹ von Johnnie Ray. ›Tutti Frutti‹ hat er, glaube ich, auch gehabt. Aber am meisten beeindruckte mich ›All Shook Up‹. Das war'n noch Zeiten. '58. Wir hatten ja den einzigen Fernseher in der Straße, und wenn dann irgendwas Tolles kam, war das Wohnzimmer voll von Nachbarn, dreißig Leute. Der Papa kam vom Pütt bei ›Mainz, wie es singt und lacht‹, angeheitert, weil ja Karneval war, mit Onkel Helmut, der ja auch mit ihm auf dem Lohnbüro von der Zeche Bruchstraße war und bei uns wohnte, zu Fuß natürlich, Auto hatte man damals kaum, da konnten wir ja auch noch auf der Gerichtsstraße Fußball spielen. Und einmal die Stunde fuhr dann irgendwie 'n Pkw her. Der Gerdi Lange pfiff dann, einer schnappte sich den Ball, wir gingen auf den

132

Bürgersteig. Nach zehn Sekunden war alles wieder vorbei, und wir konnten 'ne Stunde weiter unbehelligt spielen. Eigentlich interessierte ich mich da noch nich' für Musik. Klar, Elvis Presley, den kannte jeder. Aber aus dem Radio kam nur deutsche Musik. Watt fällt mir gerade ein? Conny Froboess: ›Auch du hast dein Schicksal in der Hand‹. Heute würde man das wohl irgendwie für unterschwellig obszön halten, aber damals machte man sich keine Gedanken, was wohl mit ›dein Schicksal‹ gemeint sein könnte. Dann natürlich Fred Bertelmann: ›Der lachende Vagabund‹, Peter Kraus, ach, da war'n ja so viele, Freddy, der frühe Peter Alexander, Bully Buhlan, Lolita, Ivo Robic, Melitta Berg: ›Nur du, du allein‹. Natürlich hatten wir keinen Schimmer, daß zum Beispiel dieses Lied ursprünglich von den Teddybears, Phil Spectors erster Gruppe, im Original war, ›To Know Him Is To Love Him‹. Wir war'n ja vom Ausland irgendwie abgeschnitten. Im Fernsehen trat vielleicht mal Bill Ramsey auf oder Gus Backus, die irgendwie nach ihrer Armeezeit hiergeblieben waren.« Übrigens war der Gus Backus ja vor seiner Einberufung Mitglied einer der wenigen, oder sogar der ersten gemischt-rassigen Vocal-Gruppen, der Del-Vikings, fällt mir gerade heiß ein. Einen Moment, ich schlag' mal eben in Norm N. Nites ›Rock On‹ nach … Members: Norman Wright-lead-Philadelphia, Corinthian ›Kripp‹ Johnson first tenor, Cambridge; Donald ›Gus‹ Backus second tenor, Southampton, Long Island; David Lerchey baritone, New Albany; Clarence E. Quick bass, Brooklyn. »Die einzige Möglichkeit, ausländische Musik zu hören, war ja damals der BFN auf UKW. Als ich anfing, mich für Musik zu interessieren, war das aber so, daß die Mutter nur deutsche Sachen hören wollte. Wie alt war sie damals? So Mitte Dreißig, die Gabi war gerade unterwegs.« Ich erinnere mich genau. Meine Schwester wurde am 29. Oktober 1960 geboren. Ich war im 2. Schuljahr. Ich war furchtbar enttäuscht, daß meine Mutter Elfi eine Tochter zur Welt gebracht hatte, mit Jungs konnte man Fußball spielen, mit weiblichen Wesen nicht. Ich bestehe heute noch darauf: Fußball ist reine Männersache. Jedenfalls wollte ich meiner Mutter zur Entbindung etwas schenken, und zwar eine Schallplatte, die damals wie alle Tonträger noch preisgebunden war und für die Zeit horrende vier Mark kostete. Eigentlich wollte ich ihr Elvis, seine Version von ›O Sole Mio‹ schenken, ›It's Now Or Never‹. Ich ging dann zu Vieting & Laux und kaufte doch lieber ›Seemann‹ von Lolita. Heulend überreichte ich sie meiner Mutter im Knappschaftskrankenhaus und sah meine Schwester zum erstenmal. Sie hatte einen ungewöhnlich schwarzen Hahnenkamm – hat nichts mit Toni Sailer zu tun. Jedenfalls beeindruckte mich das. Heute ist Gabi zwanzig, blond, geht wie ich jeden Tag ins ›Rotthaus‹. Leider hört sie am liebsten Peter Maffay und meinen Erzfeind Marius Müller-Westernhagen. Verpiß dich, du Arschloch! Anerkennen muß ich ihre Klasse beim Doppelkopf und ihre Fähigkeit, die Familientradition des Saufens nicht untergehen zu lassen. Ich mein', wenn sie schon keinen Fußball spielt, soll sie wenigstens so saufen wie wir alle vom SuS Wilhelmshöhe. (Heute ist sie solide.)

Das ist natürlich ein Thema für sich: Fußball und Bier, jedenfalls im Ruhrgebiet. Wer in der dritten Halbzeit versagt, wird genauso aufgezogen wie einer, der ein Selbsttor schießt, das war zumindest in kleinen Vereinen immer so und wird hoffentlich auch so bleiben: Nach dem Spiel, noch im Trikot 'ne halbe Schachtel Zigaretten rauchen und zwei, drei Kästen Bier leermachen, ja und anschließend beim Dieter Dellmann das Gezapfte saufen, bis man umkippt. Das ist Scheiße, wenn man Morgenschicht hat und um fünf aufsteh'n muß, um bei OPEL, was weiß ich, Radkappen dranzumachen. Besser haben's die, die Spätschicht machen und sich ausspannen können.

134

Aber die saufen dann zum Hellwerden, ob gewonnen oder verloren, und haben dann mittags auch noch 'n Kopp wie 'n Rathaus. Jetzt würde ich eigentlich gerne was über den Niedergang der Vorortkneipe im Ruhrgebiet schreiben, und mir fällt gerade mein Lieblingsaufsatz ein: George Orwells ›The Decline Of The English Murder‹. Nein, lassen wir's im Moment. Ich möchte aber eben doch noch erwähnen, daß – wie fast alle Fußballer – auch jeder Bergmann zu saufen pflegt(e). Bevor die großen Zechenschließungen begannen, lagen die Pütts ja vor der Tür, und man brauchte kein Auto, um zur Arbeit zu kommen, man konnte sich sowieso keins leisten, höchstens vom Steiger an aufwärts. Man wohnte auch in nahegelegenen Zechensiedlungen, wie z. B. der Wilhelmshöhe, und ging nach der Arbeit natürlich nicht sofort nach Hause, sondern – Alkohol und Rauchen waren unter Tage strikt verboten – nach acht Stunden harter Maloche hatte man Durst und ging von der Bruchstraße erst mal runter zum Bannoff, wo fünf, sechs Kneipen war'n, die man alle mitnahm, nicht immer, aber bestimmt dann, wenn es einen Abschlag gegeben hatte. Die Bahnhofsgaststätte war noch eingeteilt in Erste und Zweite Klasse. Ja, und wer besaß die in Bochum-Langendreer? Kennt noch einer Franz Buthe-Pieper? Er war bis zu seinem Tod, vor ein paar Jahren, Deutschlands renommiertester Starter. Das ging ja damals alles noch nicht automatisch, sondern da mußte man noch mit einem Ballermann umgehen können. Also, der Buthe-Pieper war damals genauso bekannt in der Leichtathletik wie Armin Hary, Manfred Germar, Martin Lauer und Heinz Fütterer, der allerdings so um 1960 rum seine große Zeit schon hinter sich hatte. Aber ich mein', '58 wär er noch Europameister über 200 Meter geworden. Ach, da fällt mir jetzt auch noch der Schade ein und Emil Zatopek, Hans Günther Winkler auf Halla und Fritz Thiedemann auf Meteor. Stockholm '56. Die Reiterspiele mußten wegen einer Seuche in Schweden statt in Australien stattfinden. Aber nee, das hab' ich nicht mitbekommen. Sechsundfuffzig war ich drei. Live aus Schweden? Ging das schon, beim NWDR? Saß ich im Wohnzimmer auf der Fußbank, als Halla den Winkler zur Goldmedaille trug? Bubi Scholz, Erich Schöppner, Mann, was fällt mir da alles wieder ein, echt keine Mache, mein Gedächtnis ist beängstigend. Soll lieber der Jürgen weiterreden.

»Wo war'n wir denn stehengeblieben? Egal. Also, ich hatte damals Tutti Frutti, noch am Eschweg, von Little Richard. Aber die Mutti war sie leid, weil sie auf englisch war und sie kein Wort verstand. Ich tauschte sie dann mit dem Ötz Müller aus der Allmende gegen die deutsche Version von Peter Kraus. Den BFN, den hatte man irgendwie mal zufällig beim Kurbeln am Radio entdeckt, aber die Mutti wollte lieber WDR eins, oder wie das damals hieß, hören und ließ mich gar nicht an den Apparat dran. Wohl gab's damals schon im Radio Chris Howland. Die Sendung hieß ›Studio 8‹, nicht ›Studio B‹, das war später im Fernsehen. Ich weiß noch: Er kam jeden Donnerstag abend, nannte sich damals schon Mr. Pumpernickel. Ja, da hörte ich dann schon regelmäßig englische und amerikanische Sachen. Aber da waren wir ja schon auf der Wilhelmshöhe.« Das stimmt, ich hörte da auch schon in der Kochküche mit. Nach der Geburt meiner Schwester zogen wir dann aus räumlichen Gründen innerhalb der Wilhelmshöhe noch mal um, von der Sombornerstraße auf die Hauptstraße, die B 235, wo meine Eltern jetzt noch wohnen und auch noch Erwin Hüllen mit der Otti, er ist mittlerweile wie mein Vater Frührentner, beide noch keine sechzig. (Aber Herr Hüllen, ich verstehe das echt nicht: Bundesliga zwei – Schalke ist dabei und Sie und die Otti auch, wollen Sie wirklich jetzt statt ins Volksparkstadion den Schalkern nach Fürth oder Bayreuth nachfahren?) Zurück zu Buddy Holly? Noch nicht. »Also, wir hörten

136

damals schon Musik, aber noch ging Fußball vor. Ich spielte ja zunächst noch bei Langendreer 04, wo ja der Papa zweiter Kassierer war neben dem Schwapptich, frag mich nich', wie der wirklich hieß. Ja, und da war ja im April '60 der SuS Wilhelmshöhe gegründet worden. Der Schobbi, ich und noch ein paar andere wechselten dann den Verein. Aber bevor es soweit war, müssen wir noch unbedingt auf den Oppa Jung zu sprechen kommen.«

Lassen wir das mal den Schobbi erzählen: »Der war damals schon an die siebzig, ein Feldwebel. Wie du weißt, war ich ja nie ein guter Fußballer, aber der Oppa Jung, der zwar bei 04 Jugendleiter war, doch auf der Wilhelmshöhe wohnte, in der Dreerhöh, war mit meinem Oppa befreundet, und obwohl ich viel schlechter war als viele andere, die damals spielen wollten, kam ich auf Grund dieser Machenschaften in die Mannschaft.

Der Oppa Jung leitete seine unantastbare Autorität daher ab, daß er bei dem einzigen Länderspiel, das bis jetzt in Bochum stattgefunden hat, 1921, Deutschland gegen Ungarn, Linienrichter gewesen war. Von da an, über vierzig Jahre, wagte es keiner, auch nur einen Muck gegen ihn zu sagen, geschweige denn ein Widerwort zu geben. Aber jedenfalls: Wir hauten mit 'n paar Mann von 04 ab und gingen zum SuS Wilhelmshöhe. Weil unser Sportplatz damals noch auf dem Gelände der Zeche Bruchstraße lag, nannten uns die Nachbarvereine abschätzig ›Pannschüppe‹. Übrigens war ja 04 der einzige Verein, der sich gegen die Gründung des SuS wehrte, da gab's damals noch so Umfragen. Das haben auch heute auf der Wilhelmshöhe viele noch nicht vergessen.« Zu 04 möchte ich auch noch was erzählen. Ich war zwar nie Mitglied, aber viele meiner Schulkameraden; denn obwohl ich auf die Wilhelmshöhe gezogen war, ging ich weiter in die Kirchschule im Dorf, weil ich den Lehrer Strumpf behalten wollte, d. h., später spielte ich gegen Harald Kolbe, Wolfgang Höft und

Horst Lange, meinen damals besten Freund, da waren wir aber schon nach dem 4. Schuljahr keine Klassenkameraden mehr, denn ich ging ja mittlerweile auf die Oberschule und die anderen weiter auf die Volksschule, nicht zu vergessen Manni Kulinna, heute, glaub' ich, Mixer für die ätzende Wittener Gruppe Faithful Breath, ich treff' ihn ab und zu bei Appel oder im Klimbim, aber wir reden nicht miteinander. Er war von uns allen der begabteste und stach mich später in der Bochumer Kreisauswahl aus. Heute pöhlt er überhaupt nicht mehr. Schobbi: »Also, wir gründeten den Buddy Holly Club, trafen uns regelmäßig. Dem Mummu schenkten wir am 14. Dezember 1963 die LP ›My Greatest Songs‹ von Buddy Holly. Tja, und dann kam Silvester. Wir feierten im Sputnik.« Wieso heißt die Pinte denn eigentlich Sputnik? »Wegen der räumlichen Beengtheit. Als die aufgemacht wurde, kreiste gerade oben dieser erste Satellit, und die Kneipe war so eng, wie man sich das Dingen da oben vorstellt. Von da an hieß der Bürgerkrug Sputnik (im Ausschank Ritter-Pils, ›trink Ritter-Bier, dann steht er dir, trink Dab, dann wird er wieder schlapp‹). Sämtliche Söppströtten der Wilhelmshöhe waren ab sechs im Sputnik versammelt. Wir von der A-Jugend und eben dem Buddy Holly Club saßen an einem bestellten Tisch, da, wo heute der Flipper steht.«

Ich hatte da Geburtstag, wurde elf, am selben Tag feierte seinen ersten Schrei der Schriftsteller Nicolas Born, ein Idol von mir. Sein Tod – ich darf gar nicht daran denken. Auch John Denver und Siw Malmkwist haben mit mir Geburtstag. »Wir sangen lauthals und bekamen einen Stiefel nach dem anderen spendiert. Zwischendurch kamen Buddy-Holly-Songs aus der Musikbox. Der Aufsteller hatte keine reingetan. Wir haben das dann so gemacht. Wir nahmen meinetwegen ›Ich will 'nen Cowboy als Mann‹ von Gitte raus und taten ›Rave On‹ von Buddy Holly rein, aber oben das Schildchen blieb. Der Walter Laudien, der damalige

138

Wirt, machte das mit. Und natürlich wußten wir genau, daß wir ›Speedy Gonzales‹ von Rex Gildo wählen mußten, um ›Peggy Sue Got Married‹ zu hören. Um zwölf hatten wir den Arsch voll. In einer Reihe marschierten wir über die Wilhelmshöhe und kehrten bei unseren Eltern ein, tranken überall 'n Schnaps und kehrten drietendick zum Sputnik zurück, wo inzwischen auch die andern vollsteif waren. Und da gab's das erstemal so was wie 'ne Schlägerei bei uns, weil der Walla den Frauen Bier oder Schnaps ins Rückendekolleté kippte, bis es einem zuviel wurde. Der Pflaumi war ja auch da, der spielte damals noch in der ersten, mit Einmachgummiring um den Kopf, so ähnlich wie heute der Borg. Wenn's eben ging, köppte er. Der ging in die Knie als Abwehrspieler, und irgendwie schaffte der das immer im Sitzen, den Ball zehn Zentimeter über der Platzoberfläche nicht zu stoppen oder wegzuhau'n, nee, der ging mit der Birne dran. Einige andere im Sputnik in jener Neujahrsnacht sollten nicht unerwähnt bleiben, Zakka, der Liliputaner, und Goffy, der so hinkte, dem sie dreimal die Fleppe abgenommen hatten und der trotzdem weiterfuhr. Einmal wurde sein Bulli angehalten, die Schakkos machten die Tür auf, und er fiel ihnen fast bewußtlos vom Lenkrad in die Arme. ›Wo ham Se denn Ihren Führerschein?‹ ›Das müssen Sie doch wissen, den ham Sie mir doch heute morgen abgenommen! Nee. Wo der heute ist, weiß keiner, in Süddeutschland oder im Knast.« »Die Rückrunde war klasse. Wir schlugen damals 04. Da war'n so Asse bei wie der Lehde und Buderius.« »War das der, der als Vertragsspieler nach Trier ging?« »Nee, der jüngere Bruder.« »Ach so, ich weiß schon. Der Alte war Architekt und setzte der Mittelschule 'ne Turnhalle hin, damit der Sohn das Einjährige bekam.« »Das war jetzt, im nachhinein betrachtet, auch ein Klassenkampf. Bei 04 spielten immer die besseren Völker, und wir war'n alles Söhne von Püttleuten. Und nach ihrer Niederlage sagte der Trainer von denen noch auf dem Weg zur Kabine: ›Ihr Graupen, wenn ihr gegen die Pannschüppe schon verliert, gegen wen wollt ihr denn dann noch gewinnen?‹ Bei Vorwärts spielte damals der Erwin Galeski mit. Ich mein', die war'n ja alle im Schnitt mindestens 'n Jahr älter. Aber daß der Erwin mal später in die Bundesliga kommen würde, daran dachte damals keiner. Da war der Hermann Bindbeutel viel stärker, der ja kurz darauf zu uns hinkam. Wenn der vierzig Meter vorm Tor den Ball und freien Raum hatte, dann gingen die Torhüter lieber gleich neben die Bude: Sonn Hammer hatte der. Die hätten sich nur was gebrochen, wenn sie von dem Schuß getroffen worden wären. Wir wurden dann Dritter. Da gab's ja noch keine unterschiedlichen Klassen in der Jugend wie heute. Da mußte man eben gegen die Vereine aus Langendreer und Werne antreten.« Jürgen: »Als wir dann nach Holland fuhren, erfuhren wir das erstemal, daß Buddy Holly schon fünf Jahre tot war. Das wollten wir nicht wahrhaben. Das konnten wir gar nicht begreifen, da kam doch jede Woche 'ne neue Platte auf den Markt. Und der sollte schon so lange den Arsch zugemacht haben? Und dann sagte man uns aber, der sei ja doch nicht tot. In Wirklichkeit sei der nur verstümmelt und lebte irgendwie weitab in den Bergen.« Schobbi: »Dann kam auch eine Anfrage aus Bochum, ausgerechnet aus Bochum, an die Bravo: ›Ist Buddy Holly wirklich tot?‹ Leider komm' ich nicht mehr auf den Namen des Mädchens, aber sie war aus Bochum. Und die Bravo brachte dann einen großen Bericht, in dem alle Einzelheiten standen, daß da auch noch der Big Bopper und Ritchie Valens mit umgekommen waren. Wir kannten ja inzwischen ›Donna‹, Rückseite ›La Bamba‹ von Ritchie Valens. Damals, schon in Holland, fing das mit den Mädchen an. Der Jürgen knutschte mit der Anja rum, die ja dann ja auch mal rüberkam, und der Mummu hatte auch eine, und wir andern guckten dumm aus der Wäsche und frozzelten rum, weil

140

wir neidisch war'n. Zu Hause ging's dann weiter.« »Laß mich mal unterbrechen, Schobbi. Wie war das mit der Bravo? Da war'n doch immer Starausschnitte drin, habe euch die aufgehängt?« »Klar, aber wir kriegten nie einen ganz zusammen, mal fehlte der Hals oder 'n Oberschenkel, eine Nummer haben wir immer verpaßt.« »Also, ihr wußtet jetzt: Buddy Holly ist tot.« »Ja, das war amtlich. Viel mehr neues Material war nicht mehr zu erwarten. Aber irgendwie wurden wir getröstet dadurch, daß ja jetzt aus England eine Musik kam, die so ähnlich war.

Wir hatten angefangen, jeden Samstag von 11 bis 12 Uhr nachts die Top Twenty anzuhör'n. Der Örle hat die aufgenommen, und sonntags hörten wir uns dann die Beatles, die Stones, die Animals, die Searchers und die Swinging Blue Jeans an.« »Die Beatles waren bei uns eigentlich nur populär wegen ihrer Haare. Viel härter waren ja etwa die Dave Clark Five mit ›Glad All Over‹.« Die letzten beiden Sätze stammen von meinem Bruder. Ich selbst war damals auch schon sehr interessiert und hörte regelmäßig BFN, wenn ich aus der Schule kam. Genau erinnere ich mich noch, wie Ringo Starr im ›Saturday Club‹ live ›I Wanna Be Your Man‹ sang, das aber ironischerweise der erste größere Erfolg für die Stones wurde. Mick Jagger sang ein Lied von Lennon und McCartney, danach sangen die Stones ›Not Fade Away‹, mit der amerikanischsten Liebeserklärung, die ich kenne, ›my love is bigger than a Cadillac‹. Klar: Das war eine Nummer, die von keinem anderen als Buddy Holly siebenundfuffzig geschrieben worden war. »Tja, und dann klaute der Mäcki dem Mummu die gesamten 32 Singles. Das war das Ende unseres Buddy Holly Clubs. Wir stiegen jetzt um auf die Beat-Gruppen und lernten auch die Formationen auswendig. Dann gab's eine Sensation: Tony Jackson verließ die Searchers. So was war damals eine Sensation. Die hatten einen Hit nach dem andern, und da haute der in 'n

141

Sack. Wir sollten auch die Hollies erwähnen. Dann kam ›Have I The Right‹ an die Spitze, gleichzeitig mit Dusty Springfields ›I Just Don't Know What To Do With Myself‹ und ›It's All Over Now‹ von den Stones. ›Have I The Right‹ war schon allein deshalb eine Granate, weil am Schlagzeug eine Frau saß, das kannte man vorher nicht.« '64 war ein gutes Jahr. Der erste Beatles-Film ›Yeah Yeah Yeah‹, ›House Of The Rising Sun‹. »Im Dezember wurde der Wolfgang Oberlies 18, machte 'n Führerschein und kaufte sich 'n Opel Rekord. Irgendwie war der ja immer 'n Außenseiter, sonderte sich ab und hatte schon viel mehr Erfahrungen mit Mädchen. Sicher: Da war ja die Karin Höttges. Die hatte an der Zechenmauer den Erich und den langen Brinkmann dran gelassen.« »So richtig?« »Klar.« »Die arbeitete damals in 'ner Drogerie in Werne und sagte: ›Ich bring' schon alles Nötige mit, damit nichts passieren kann.‹ Tja, und dann war da die älteste Tochter von dem Heitkamp aus der Stefanstraße. Die ging reih- um. Wenne mit der aus'm Kino kamst, hattesse stinkige Finger. Tja, und dann sind wir jeden Samstag mit dem Oberlies nach Kuhloff oben in Heven gepeest, zwei Mann neben dem Fahrer, fünf Mann hinten. Bei Kuhlhoff spielte 'ne Kapelle.« Jürgen: »Die war ganz toll, die konnten jede Nummer nachspielen, das dauerte zwar immer ein, zwei Monate, weil die ja die Woche über arbeiten mußten, aber den Top-Hit, meinetwegen ›I Feel Fine‹, hatten die dann doch innerhalb von einer Woche drauf. Die hätten sich ir- gendeinen tollen Namen geben können, aber nein, die nannten sich die ›Crazy Combo‹. Die war'n so gut, wir konnten überhaupt nicht versteh'n, wieso die keine Platte rausbrachten. Ja, da lernte ich auch die Hannelore ken- nen. Wir guckten uns so gegenseitig an, und dann tanzten wir zusammen. Die Kapelle spielte einen für den Ober- schenkel. Und dann liefen wir lange zusammen.«

Schobbi: »Wir tanzten damals ›Shake‹ oder noch

›Twist‹, und dann sah ich auf einmal, wie der Örle sich auf der Tanzfläche völlig anders bewegte und praktisch auf der Stelle trat. Ich stand sofort auf, rannte zu ihm hin und meinte: ›Watt machst du denn da?‹ ›Das nennt man Beat!‹ Woher der das hatte, weiß ich auch nich'. In die Tanzschule war ja keiner gegangen. Die Tänze, die man zusammentanzt, hatte mir meine Mutter zu Hause am Radio beigebracht. Aber seit dem Twist tanzte man ja die schnellen Sachen auseinander.« Jürgen: »Die Musik fing an, kompliziert zu werden. Sie war für uns zu der Zeit in erster Linie Tanzmusik. Aber dann kamen die ersten Protestlieder von Bob Dylan und Donovan. Den Text verstanden wir natürlich nicht, weder ›It's Good News Week‹ von Hedgehoppers Anonymous noch ›Eve Of Destruction‹ von Barry McGuire. Nur Donovans ›Universal Soldier‹ war eindeutig. Das Black and White, wo wir auch oft hingingen, machte zu, die Kapellen packten ein, plötzlich machten die ersten Diskotheken auf, die Palette, die Kulisse und so weiter.« Im Fußball gab's einen Umbruch. Ein Teil der A-Jugend wurde Senioren, die vor dem 31. 7. 47 geboren worden waren.

Schobbi, Mummi und Nobsche Weber mußten noch ein Jahr länger morgens in der Früh gegen andere Jugendmannschaften kloppen. So lief man allmählich auseinander, fast alle hatten mittlerweile eine feste Freundin. Ab '69 wurde geheiratet, manche ›mußten‹ es tun, wie mein Bruder, der einen angesetzt hatte. Ein gutes Werk. Sein Sohn Marcus, mein Patenkind, heute 11, und früher hätte man gesagt: Quintaner, wird der erste Bundesligaspieler von der Wilhelmshöhe sein, wenn er sich am Riemen reißt und endlich mit dem Rauchen aufhört. Zu seinem letzten Geburtstag, kein Scherz, mußte ich ihm Zappas ›Sheik Yerbouti‹ schenken. Neulich kam er von der Lütgendortmunder Kirmes mit einem Badge auf dem Pullover: ›Ich bin gegen alles‹, ein elfjähriger Punk. Ich griff an mein Revers, nahm meinen Button ab und schenkte ihn meinem Neffen. Es war letzten Montag. Von der Anstecknadel lächelt ein bebrillter junger Mann mit falschem Gebiß. Es war Buddy Holly. Er wäre an diesem Tag 45 geworden. 12. 9. 81, 23 Uhr 21.

ENDE

Ich wartete nicht, bis ich die Hammill-LP von der Phonogram bekam und kaufte sie im Alro. Freitags stand Herberts Freundin ohne ihn bei Appel an der Theke.

»Ich hab' die Platte!« sagte ich.

»Oh toll. Kannst du sie mir leihen?« Mich wunderte, daß sie sich als Fan die Scheibe nicht selber kaufen wollte.

»Ich nehm' sie mir auf.«

»Ich hab' sie aber nich' bei.« Schließlich wollte ich sie auf meine Bude locken.

»Du kannst mit mir nach Witten fahren. Ich bring' dich dann wieder zurück.«

»In Ordnung.«

»Wie heißt du überhaupt?«

»Vera.« Es war noch früh, und ich wollte sie noch erst ein bißchen näher kennenlernen, bevor ich an ihren Speck ranging. So gingen wir noch ins Monopol und in eine stinknormale Disko, wo wir sofort wieder abhauten. Zuletzt landeten wir im Klimbim, wo an einem Tisch gezockt wurde.

Sie arbeitete bei Graetz, in der Fernsehfabrik, erzählte sie mir. Ich hatte noch nie was mit 'ner Arbeiterin. Aber das sagte ich nur zu mir. Ich hatte schon wieder einen Steifen. Ich legte meine Hand auf ihr Knie. Sie hatte nichts dagegen. Ich wagte mehr, küßte sie, erst auf die Wange, dann auf den Mund. Mir war jetzt klar. Sie wollte auch ficken.

'ne Viertelstunde später waren wir ausgezogen. Sie hielt sich noch ein paar Minuten auf der Toilette auf. Jetzt wird sie sich irgendwas einwerfen, vermutete ich. »Ich

144

nehm die Pille nich'«, sagte sie. »Paß also auf.« Aber ich konnte nich' lange halten und zog ihn für sie viel zu früh wieder raus. Kannst du denn nich' länger? Ich wollte erst schreien, ich bin froh, überhaupt mal wieder zu ficken. »Laß es uns nachher noch mal versuchen.« Sie war aber zu müde, und ich war auch groggy. Zu der Musik Peter Hammills pennten wir ein. Mittags um zwölf weckte ich sie. »Ich muß zum Fußball. Ich bin um halb vier wieder hier. Du kannst ja solange liegenbleiben.«

Bei meinen Eltern packte ich meine Tasche und fuhr weiter zum Sportplatz. Nach meinem ersten Zwanzigmeterspurt war ich k.o. und keuchte, kein Wunder, bei dem mangelnden Training und den vielen Zigaretten. Ich dachte dran, ob Vera wohl noch da wär, wenn ich zurückkäm. Wir würden weitervögeln, wenn ich nicht zu kaputt von der Pöhlerei war. Ich schoß ein Tor: langer Einwurf, der Ball tickte an der Sechzehnmeterlinie vor mir auf, und ich zieh' ab, in den Winkel.

Nach dem Spiel nahm ich zu Hause ein paar Stück Pflaumenkuchen mit, den meine Mutter gebacken hatte. »Ich hab' da so 'ne junge Dame bei mir.« Sie sagte: »Dann viel Spaß.« Meine Mutter ist schon okay.

Sie pennte, als ich aufschloß. Ich zog mich aus und weckte sie. Sofort wurden wir wieder zärtlich. Ohne sie zu fragen, fing ich an, in ihrer Fotze zu lecken, und sie nahm meinen Schwanz in den Mund. Ich fand das Lecken langweilig, aber ich kam gut.

Ich brachte sie danach nach Hause und schenkte ihr die Peter-Hammill-LP. »Ich ruf' dich an«, sagte sie. »Gib mal deine Nummer.« Mit einem langen Kuß verabschiedeten wir uns.

Beim Marabo machten wir eine Serie über die paar Ruhrgebietsautoren. Der Kollege Reinhard Jahn hatte sie geschrieben, und ich als Literatur-Redakteur wollte endlich auch einen Artikel beisteuern. Ich dachte an Wolfgang

Komm, den einzigen, der bei Suhrkamp veröffentlichte. Ich rief deren Presseabteilung an. Ja, man könne mir die Adresse geben. Und während die Frau am andern Ende sie raussuchte, fiel mir diese Bettina Blumenberg wieder ein, die was in einer Anthologie von denen drin hatte.

Ich bekam Komms Anschrift. Die von der Blumenberg hatten sie nicht. »Aber ich kann Sie mit dem Lektor verbinden, der das Buch rausgebracht hat.«

Er sagte seinen Doppelnamen so schnell, daß ich ihn nicht verstand. Ich sagte ihm, daß ich was über Komm und die Blumenberg schreiben wollte, und fragte, ob von ihr was Größeres zu erwarten sei.

Er wußte noch nicht. »Können Sie mir denn wenigstens die Adresse geben?« Wie aus der Pistole geschossen kam »Wittener Straße 96«. Dann wollte er wissen, was ich so machte. Ich erzählte ihm sehr schnell, daß ich arbeitslos sei, mich als Diskjockey über Wasser hielt und fürs Marabo und Sounds schrieb. Ich erwähnte auch den neuen Auftrag von Diederichsen für die Anthologie, die übrigens ›Staccato‹ heißen sollte. Da sagte der Lektor auf einmal: »Wollen Sie nicht auch für uns schreiben?« Ich war geschockt. Einer von Suhrkamp wollte, daß ich für die schrieb?! So was kam bestimmt nicht häufig vor. Ich wollte nicht wissen, wieviel Manuskripte dieser Mann unaufgefordert geschickt kriegt, und da sagte der doch tatsächlich: »Wollen Sie nicht auch für uns schreiben?«

Ich faßte mich schnell, und fast cool sagte ich: »Warum nicht?«

Mir fiel ein, daß genau 'ne Woche später die Vorgruppe in Frankfurt in der Batschkapp auftreten würde. Da hatte ich eigentlich hinfahren wollen, die Idee aber mangels Asche verworfen. Jetzt, am Telefon, entschloß ich mich doch, den Trip zu machen. Ich sagte ihm: »Herr, wie heißen Sie noch mal?«

»Müller-Schwefe.«

»Ich bin nächsten Freitag sowieso in Frankfurt, und dann könnten wir uns ja treffen.«

Er war einverstanden und nannte eine Uhrzeit.

Danach mußte ich erst mal durchpusten. Ich bei Suhrkamp. Das war eigentlich immer mein Traum gewesen, seit ich als Siebzehnjähriger ›Die Angst des Tormanns beim Elfmeter‹ gelesen hatte. Aber ich hatte ja nie was für die Erfüllung dieses Traums getan und höchstens ab und zu gedacht, eines Tages werde ich endlich meinen Roman schreiben. Doch war's eben nicht mehr als ein Traum gewesen, und ich war mir auch nicht sicher, ob ich ihn überhaupt zustande kriegen würde, ganz zu schweigen davon, daß er veröffentlicht oder wenigstens von einem Lektor gelesen würde. Und jetzt also forderte mich jemand von zumindest Deutschlands bestem Verlag auf, was für ihn zu schreiben. Es war nicht zu fassen.

Ich schnippelte für Müller-Schwefe ein paar meiner Artikel aus, damit er vor meinem Besuch lesen konnte, wie ich bisher geschrieben hatte, und schickte sie ihm.

Abends fuhr ich in eine Alternativ-Kneipe nach Hordel, die ich noch nicht kannte, weil da die Vorgruppe spielen würde. Omo saß an einem Tisch, vor sich hatte er ein Paket Platten. Seine Solo-Single, handnumeriert. Sie hieß ›Mitten im Leben stehn‹. Keiner kaufte sie.

»Krieg ich eine?« fragte ich.

»Sicher.« Er schrieb aufs Cover ›Meinem besten Freund‹.

Ich unterhielt mich vor dem Gig auch kurz mit den drei Vorgruppe-Mitgliedern und sagte ihnen, daß ich am kommenden Freitag auch in der Batschkapp wär. Christoph Biermann fragte ich, ob er auch runterkäm, aber er sagte, er hätte keine Zeit.

Am nächsten Tag sandte ich Walter Hartmann eine Postkarte nach Darmstadt und teilte ihm mit, daß ich ihn backstage bei dem Vorgruppe-Konzert in Frankfurt er-

147

warten würde. Sonntags rief mich Vera an. Sie sei fertig gewesen, sagte sie, nach unserer Nacht und dem Tag danach. Sie sei 'ne Woche weggefahren. Ob ich sie abholen könnte. Ich setzte mich sofort in meine Karre. Sie wartete vor Appel. Ich nahm sie mit zu mir. Diesmal setzte sie sich auf mich drauf, wieder drohte ich zu schnell zu kommen und hievte sie runter.

Bevor ich sie zu Hause ablud, fuhr ich den leeren Parkplatz am Volkspark an. Sie hatte nichts dagegen, als ich anfing, sie auszuziehen. Ich wollte meine erste Nummer in meinem Auto machen. Es muß komisch ausgesehen haben, wir beide mit runtergezogenen Jeans, ich auf dem Rücken und sie mit dem Rücken auf mir drauf, wobei mir immer wieder der Schwanz rausrutschte, aber wir waren nachher beide zufrieden. Danach sah ich sie lange Zeit nicht mehr.

Ich würde also nach Frankfurt fahren, obwohl ich knapp bei Kasse war. Wenn schon, dann wollte ich zwei Tage dableiben. Das Marabo, d. h. die Verleger, betrieben da unten auch ein Stadtmagazin, den Spot. Ich dachte mir, daß ich da vielleicht bei jemandem kostenlos übernachten könnte. Christian meinte, ich sollte Bodo mal anrufen, der da im selben Haus über der Redaktion wohnte. Ich rief ihn an, und er hatte nichts dagegen. Allerdings würde es eng werden. Macht mir nichts aus, antwortete ich.

Nachmittags fuhr ich zur Wittener Straße. Frau Blumenberg, die einige Jahre älter zu sein schien als ich, war verwundert über meinen Besuch. Ich sagte ihr, daß ich wahrscheinlich eine Story über sie schreiben würde. In Wirklichkeit wollte ich sie nur über diesen Lektor aushorchen. Sie war nicht gut auf ihn zu sprechen. Er war vor kurzem noch dagewesen, und wenn ich sie richtig verstand, hatte sie ihn aus Ärger rausgeschmissen. Ich wollte nicht länger stören, weil sie noch Besuch von einer Bekannten hatte. Irgendwas an ihr gefiel mir, und ich wußte

148

nicht, was. Ich würde es aber rausfinden und fragte sie, wann ich mal wieder vorbeikommen dürfe. Sie würde am nächsten Tag für 'ne Woche nach Köln fahren, um dort jemandem Nachhilfe in Französisch zu geben. »Da kann ich dich kurz besuchen, wenn ich nach Frankfurt fahr.« (Sie hatte mir das Du angeboten). Sie gab mir ihre Telefonnummer in Köln. Ich hatte keine Ruhe in der Furt. Mittwochs schon fuhr ich los und nahm für den Frankfurter einen Kasten Fiege-Pils mit. Ich fand ohne große Schwierigkeiten das Viertel, in dem Bettina Blumenberg arbeitete. Von einer Zelle rief ich sie an. Sie würde da an der Ecke in die Kneipe kommen. Sie war gutbürgerlich. Bettina erzählte, daß sie da mit einem Schüler einen Intensivkurs machte. Die meiste Zeit laberte ich. Über Suhrkamp redeten wir kaum. Vielmehr gab ich ihr the Story of my Life zum besten. Sie trank wie ich Pils. Ich mochte immer schon Frauen, die Pils trinken. Ich fragte sie, da sie doch Französischexpertin war, ob sie einen Le Clézio kannte, über den ich mal einen Aufsatz in der Neuen Rundschau gelesen hatte. Sie konnte nichts mit dem Namen anfangen. Wir rutschten näher auf der Eckbank zusammen, bis wir schließlich Händchen hielten und uns küßten.

Gegen zehn brachen wir auf. Ich erwartete nicht, daß sie mich auffordern würde, mitzukommen. Wir verabredeten uns für die darauffolgende Woche zu Hause in Bochum. Es hatte keinen Zweck mehr, noch in der Nacht nach Frankfurt zu fahren. Ich stellte den Wagen auf einem Feldweg ab, holte mir 'ne Flasche Fiege aus dem Kofferraum und schlief auf dem Rücksitz ein.

Durch ein Klopfen wurde ich wach. Es war hell. Wie spät es war, wußte ich nicht. Draußen stand ein Bulle. Ich stieg aus. »Dürfen wir mal Ihre Papiere sehen? Jemand hat uns angerufen.« Vermutlich eine alte Frau, die dachte, ich sei ein Rauschgifttoter. Was ich da machte, wollte der Polizist wissen, während der Kollege im Wagen meine

Personalien checkte. Ich sagte ihm, daß ich fürs Marabo unterwegs sei. Zu meinem Erstaunen hatte er von unserer Zeitschrift gehört. Das glaubte ich ihm nicht, aber um so besser. Ich kriegte die Fleppen zurück und brauchte noch nicht mal ein Strafmandat zu zahlen, obwohl hier nur Anlieger frei war.

Anschließend fuhr ich zur EMI. Ich ließ mich bei Axel Benewitz melden, den ich seit dem Cliff-Richard-Interview nicht mehr gesehen hatte. Wir hatten danach nur ein paarmal miteinander telefoniert. Wir gingen in der Kantine frühstücken. Ein neues Interview lag nicht an. Er gab mir jede Menge Platten mit. Ich durfte mich auch bei älteren Scheiben bedienen. Manche waren Cut-outs, hatten eine Ecke rausgeschnitten. Heino nahm ich auch mit. Die würde ich unserm Nachbarn zum nächsten Geburtstag schenken. Von Axels Büro aus rief ich Bodo an und sagte, wann ich ungefähr kommen würde. Es wär jemand da, sagte er.

Eine Amerikanerin machte mir auf. Sie sei Bodos friend, sagte sie auf englisch. Sie war sehr hübsch mit ihren langen schwarzen Haaren und hatte eine ausgezeichnete Figur. Die könnt' ich jetzt gebrauchen, dachte ich. Bodo kam bald und sagte mir, ich würde auf einem Feldbett schlafen. Mir machte das nichts. War ja bequem im Vergleich zu dem Rücksitz vom Kadett. Er hatte was zu tun, mußte für einen Taschenbuch-Verlag den Katalog zusammenkleben. Ich ging mit Jane in die Küche, wo sie einfache Deutschlektionen zu lernen versuchte, aber ihre Aussprache war hundsmiserabel. Innerlich mußte ich lachen. Dabei dachte ich die ganze Zeit, die müßte 'ne Bombe im Bett sein. Scheiße, warum hatte ich nicht so eine. Dieser Bodo paßt doch gar nicht zu ihr, er, dieser Durchschnittstyp.

Als Bodo fertig war, rauchten sie einen Joint, boten ihn auch mir an, aber wie immer bei solchen Gelegenheiten lehnte ich ab und trank eine Flasche vom Fiege-Pils.

150

Zu meinem Erstaunen hatte ich kein Herzklopfen, als ich das Suhrkamp-Haus betrat. Der Pförtner sagte Müller-Schwefe Bescheid, und der kam mir oben entgegen. Sein Büro war gemütlich klein mit vielen Büchern an einer Wand. Meine Texte hatte er gelesen. Der Stil war locker. Inhaltlich konnte er kaum was beurteilen, weil er keine Ahnung von Musik hatte. Ich erzählte ihm, was ich in den letzten Wochen so gemacht hatte, und er meinte, das sei doch schon ein Roman. Aber erst würde ich meinen Buddy-Holly-Text schreiben, meinte ich, und überhaupt, es sei abzuwarten, ob ich überhaupt so was Langes wie einen Roman auf die Reihe kriegte. Nach 'ner knappen Stunde verabschiedete ich mich. Irgendwie hatte ich das Gefühl, daß er der richtige Mann für mich war, aber ich wußte noch nicht, wann ich die Ruhe haben würde, um meinen Roman zu schreiben.

Ich hatte meinen Wagen beim Spot stehenlassen und wollte per Straßen- und U-Bahn zurückfahren. An einer Haltestelle fragte ich zwei junge Leute, die dasaßen, ob ich von da aus zur Hauptwache hinkäme. Sie waren in meinem Alter. Sie antworteten auf englisch, daß sie kein Deutsch könnten. Mit meinem Englisch fand ich raus, daß sie auch dahin wollten. Offensichtlich waren sie Amis. In der Bahn lud ich sie ein, einen mit mir zu trinken, obwohl ich nur noch zwanzig Mark in der Tasche hatte. Sie akzeptierten gerne. Wir suchten nicht lange. Wir landeten in einer stinknormalen Frankfurter Kneipe.

Wir stellten uns vor. Sie hießen Roni und Jeff. Ich sagte ihnen, daß ich Journalist sei und »about to write my first novel«, ich käme gerade von einem Verlag. Die beiden stammten aus Boulder, Colorado, und machten eine Tour durch Europa, am Wochenende würden sie in den Schwarzwald fahren, danach weiter nach Frankreich. Sie waren Anwälte. Jeff bearbeitete Versicherungssachen. Sicher sehr lukrativ, meinte ich, denn es war ja bekannt, daß

151

es in Amerika schon bei einem kleinen Finger um 'ne Million ging. Roni machte Strafverteidigung. Als Jeff zum Klo ging, sagte ich ihr, daß sie mich an Sissy Spacek erinnerte, die ich mal in Brian de Palmas ›Carrie‹ gesehen hatte. »Have you seen Coal Miner's Daughter?« »Not yet.« Sie sagte mir, daß Jeff auch Sissy Spacek mochte. Ich hatte noch nie eine Freundin gehabt, die einer Filmschauspielerin ähnlich sah. Die beiden mußten aufbrechen. Jeff zahlte die Runde, und ich war froh. Ich ließ mir seine Adresse in den Staaten geben. Wir verabredeten, uns Weihnachten eine Karte zu schicken.

Ich hatte noch Zeit bis zu dem Vorgruppe-Auftritt und ging in die Musikanten-Stube neben dem Spot-Büro, eine kleine, aber wie ich sofort erkannte, harte Pinte. Einer laberte mir was davon ins Ohr, daß er tags zuvor aus Stuttgart gekommen sei, aus'm Knast. Es wurde auch an einem Tisch gezockt. Das Spiel kannte ich nicht. Getanzt wurde auch zu der Musik aus der Box, die gut bestückt war. Ich wählte ›In The Air Tonight‹ und forderte – ich weiß nicht, woher ich den Mut nahm – die Wirtin auf, eine attraktive Vierzigerin. Einer regte sich auf, dem ein Zeigefinger fehlte, als ich mit der Frau scherbelte. »Geh do uff de Zeil.« »Reg dich nich' auf, die Wirtin hat doch nix dagegen.« Es wurde mulmig, ich zahlte und fuhr zur Batschkapp.

Die Vorgruppe und ihr Roadie bauten noch die Anlage auf in der Batschkapp. Ich mußte Moos auftreiben. Der Sprit war mal wieder fast alle, und mit zwanzig Mark würde ich nicht hinkommen. Aber die Musiker sagten, sie hätten auch nichts, nicht mal zehn Mark. In einem Kabäuschen saß hinter zwei Plattenspielern ein Kerl, von dem ich annahm, er sei der Diskjockey. Ich fragte ihn. War er auch. Ich sagte ihm, ich hätte den Kofferraum voll Schallplatten, die ich verscheuern wollte, keine heiße Ware. Ob er mir nicht was abkaufen wollte. Er kam mit. Drei nahm

152

er mir ab und gab mir einen Zwanziger dafür. Wenigstens etwas. Damit könnte ich knapp hinkommen.

Die Batschkapp füllte sich mit Punks. Es waren mehr Leute da, als ich je bei einem Vorgruppe-Konzert im Ruhrgebiet gesehen hatte. Dabei machte die Vorgruppe ja eigentlich keinen Punk, sondern eher Industrie-Rock, industrial rock. Vor dem Konzert saß ich mit der Gruppe in der Garderobe. Einer klopfte, kam rein und fragte nach mir. Das konnte nur Hartmann sein. Er sah mit seiner Lederhose und seinem kantigen Gesicht tatsächlich hart aus.

»Ist Omo wirklich nicht mehr dabei?«

»Nee«, sagte ich, »der hat jetzt 'ne Solo-Single rausgebracht. Ich hab' ganz vergessen, dir eine mitzubringen. Ich schick' dir aber eine zu.«

Er sagte, er könne nicht lange bleiben, weil er kein Auto mehr hätte und mit der Bahn fahren müßte. Ich bot ihm an, ihn nach Hause zu bringen, wenn er mir Spritgeld geben würde. Er war einverstanden.

Den Gig beobachteten wir vom Bühnenrand aus. So 'n Publikum hatte ich noch nich' erlebt. Es reagierte überhaupt nicht. Kein Applaus, kein Buh, nichts zwischen den Nummern. Auch als das Konzert zu Ende war, gab's keine Reaktion. Wir gingen mit der Gruppe in die Garderobe, wo sie sich überlegten, ob sie 'ne Zugabe geben sollten. »Vor den Arschgeigen spiel' ich nich' mehr«, sagte Waldi, der Drummer. Dann gingen sie aber doch noch mal zurück auf die Bühne.

Ich fuhr Hartmann also nach Darmstadt. Ich kannte ja das Haus, diese Bruchbude. Auf einem Parkplatz stand sein abgemeldeter Wagen. Er konnte die Versicherung nicht mehr zahlen.

Ich redete mal wieder wie ein Wasserfall und fand nur wenig über ihn heraus. Er arbeitete auch als Übersetzer und machte Layouts, auch für holländische Pornos. Ich bat ihn um eine Wichsvorlage. »Meine alten kenn' ich schon auswendig.« Er gab mir ein Exemplar von Frivol. Dann zeigte er mir einen Durchsuchungsbefehl, der eingerahmt an der Wand hing. Der Staatsanwalt hatte vergeblich nach harter Pornografie gesucht. Gegen drei wollte ich fahren. Hartmann fragte, ob ich nicht bei ihm schlafen wollte. Doch es trieb mich, ich hatte keine Ruhe.

Es war doof von mir, der Barbara Wolf von der WEA zuzusagen, am Samstag drauf morgens um neun Gary Numan am Düsseldorfer Airport mit einigen andern Presse-Fritzen zu interviewen. Das war doch eine Unzeit. Außerdem fand ich Numan uninteressant. Seine größten Erfolge lagen schon einige Jahre zurück.

Ich rief Zewa Moll an, die mittlerweile einen passablen Artikel über Fehlfarben abgeliefert hatte. Ob sie nicht mitkommen wollte. Auch sie mochte Numan nicht, aber so 'ne Pressekonferenz war mal was Neues für sie. Wir einigten uns darauf, daß ich bei ihr übernachten würde und wir dann morgens von Wuppertal aus nach Düsseldorf führen.

Nachts um drei klingelte ich bei ihr. Ich kam vom Appel. Thomas schlief schon. Sie machte mir eine Luftmatratze fertig, auf der ich pennen konnte. Avancen machte ich Zewa nicht.

Andreas Böttcher hatte ich auch zum Flugplatz hinbestellt. Auf ihn war immer Verlaß, und er war pünktlich. Außer uns waren noch drei Journalisten da, die Barbara mir vorstellte. Einer war Hansi Hoff, dessen Namen ich kannte, weil auch er für Sounds schrieb. Jetzt war er in seiner Funktion als Musikredakteur vom Überblick da.

Numan kam mit dem eigenen Jet angeflogen. Er würde in der Kiste eine weltweite Promotion-Tour machen. Wir wurden in eine Art Konferenzraum geleitet. Der Tisch war gedeckt mit belegten Baguettes und Kaffee. Numan wollte unbedingt einen Hamburger von McDonald's haben. Was für ein Lackaffe, dachte ich. Aber es mußte un-

154

bedingt jemand in die Innenstadt fahren und so 'n Brötchen holen. Hansi und ich pißten ihn an wegen seiner
manchmal unmenschlich kühlen Musik. Er meinte, wir
seien fucking journalists, und ich hielt die Schnauze. Ich
hatte keine Lust, mich wieder aufzuregen. Nach 'ner halben Stunde war alles vorbei. Der Hamburger war noch
nicht gekommen. Hansi sagte, laß die erst mal raus, und
als wir alleine waren, packten wir alles ein, was wir verstecken konnten, besonders Bestecke. Hansi fragte mich,
ob ich nicht auch für den Überblick schreiben wollte. Natürlich wollte ich, denn ich konnte ja jede Mark gebrauchen. Ich gab ihm meine Telefonnummer.

Zu Hause legte ich mich erst mal schlafen.

Freitags rief die WEA schon wieder an, die Assistentin
von Barbara. Händeringend suchte sie jemand, der Hank
Williams jr. interviewen sollte. Sie hatte noch keinen gefunden. Er käm' nach Recklinghausen zur Freddy-Quinn-
Show. Ich hatte zwar noch nie bewußt einen Ton von ihm
gehört, aber ich wollte schon immer mal einen aus der
Country-Szene treffen.

Sonntags rief ich Manfred Vogel von Country Corner
an, und der konnte mir einiges erzählen. Erst mal sagte er
mir, daß Williams nicht, wie die WEA gesagt hatte, am
Mittwoch, sondern am Donnerstag käme. Ich würde das
checken. Dann erzählte er mir einiges von ihm. Williams
jr., das wußte ich schon, war der Sohn des legendären
Hank Williams, dem sogenannten Shakespeare der Country-Musik. Er hatte lange Schwierigkeiten, aus dem Schatten seines Vaters herauszutreten, jetzt war er aber einer
der führenden Country-Sänger. Er tendierte mehr als seine Kollegen zum Rock. Er hatte einen schweren Jagdun-
fall gehabt und mußte sich ungefähr zehnmal operieren
lassen. Seine Kopfhaut bestand weitestgehend aus Plastik. Ich bedankte mich bei Manfred. Er hatte mich schlauer gemacht. Am nächsten Morgen entschuldigte sich Bar-

bara bei mir. Tatsächlich würde ich Williams erst am Donnerstag treffen. Ich sagte ihr, sie sollte mir mal seine neue Platte schicken.

»Du kommst doch sowieso heute nach Köln?«

»Wieso das denn?«

»Du hast einen Termin mit Heinz Rudolf Kunze. Ich hab' dich hier eingetragen.«

Ich schwör', ich wußte von nichts.

»Du spinnst wohl. Wer soll das sein?«

Ich kannte den Mann nicht. Das ist ein neuer Liedermacher.

»Na okay«, sagte ich und dachte, daß ich bei der Gelegenheit in Köln mal wieder für hundert Mark Platten abstauben würde. Ich fuhr am frühen Nachmittag los. Vom samstäglichen Gig bei Appel hatte ich noch meinen Kofferraum und meinen Rücksitz voller Platten. Bei der Auffahrt Herbede wechselte ich auf die linke Spur, damit eine hübsche junge Dame in einem alten Mercedes leicht einfädeln konnte. Ich blickte eine ganze Zeit rechts rüber, während wir parallel fuhren. Wir lächelten uns an. Plötzlich hörte ich ein Klack, so als sei ein Stein auf mein Dach gefallen. Ich drehte mich um, die hintere Scheibe war noch drin. Ich konnte mir nicht erklären, was passiert war. Ich sah in den Außenspiegel – die ganze linke Seite war eingedrückt. Ich mußte die Leitplanke mitgenommen haben. Ach du Scheiße, dachte ich und freute mich gleichzeitig, daß ich selbst unbeschadet das Rammen überlebt hatte. Und was ist, wenn das jetzt einer gesehen hat? Ich beschloß, am Rastplatz Remscheid runterzufahren. Mutig parkte ich neben einem Bullenwagen. Vielleicht hatten die schon was von meinem Unfall gehört. Ich ging hin. Der Fahrer blätterte in einem BMW-Katalog. Natürlich konnte ich schlecht fragen, hat mich schon einer angezeigt, der das gesehen hat. Ich wollte von ihnen wissen, wo in Köln die Kamekestraße ist. Wußten sie natürlich

156

nicht. Sie verwiesen mich auf die örtliche Polizei. Ich war froh, die hatten also nix mitgekriegt von meiner Karambolage, und ich machte mich jetzt, ohne Gewissensbisse, der Fahrerflucht schuldig, denn normalerweise hätte ich mich ja stellen müssen. Aber so doof wär wohl keiner, ich auch nicht. Ich entschuldigte mich bei diesem Kunze, der ganz in Weiß gekleidet war, eine Brille trug und ein Schnauzbärtchen, daß ich ein bißchen fertig sei, wegen dem Unfall. Im übrigen würde ich ihn auch nicht kennen.

»Guckst du denn keine Tagesschau. Liest du keinen Stern?«

»Nee, ich hatte Wichtigeres zu tun.«

So bekannt war der also schon. Ich ließ ihn erzählen. Fast stolz teilte er mir mit, daß sein Vater in der SS gewesen sei und bis '55 in Gefangenschaft. Offensichtlich war das erste, was er nach der Entlassung gemacht hatte, diesen Sohn anzusetzen. Er wurde mir unsympathisch. Er war ausgebildeter Germanist und Philosoph. Er wollte über Spinoza promovieren. Hatte ich keine Ahnung von. Ich sagte ihm, daß es doch keinen Zweck hätte, weiterzureden, solange ich nicht seine Platte kannte. Barbara gab mir eine. Ich ließ sie von Kunze signieren, für Zewa Moll, die ich abends anläßlich ihres Geburtstages besuchen würde. Ich sagte ihm, ich kann mich ja noch mal mit dir in Verbindung setzen, wenn ich tatsächlich einen Artikel über dich schreibe. Den Deibel würde ich tun. Keine Promotion für diese Nappsülze. Ich nahm mir noch ein paar LPs mit und fuhr zu Zewa.

Nur gestylte Leute saßen da, in Zewas Alter, also Anfang Zwanzig, die Jungs sahen irgendwie wie D.A.F. aus und der Mussolini, dachte ich. Zewa konnte mit Kunze nichts anfangen, sie freute sich auch nicht, trotz der Widmung. Die werd' ich verscherbeln. Ich gab ihr 'ne Platte von Tom Verlaine. Der war schon eher ihr Fall. Ich blieb nicht lange.

Ich weiß nicht, wieso ich drauf kam, jedenfalls rief ich Phillip in England an. Ich hatte ihm immer Ansichtskarten geschickt, aus Hamburg, Köln und Frankfurt. »I got your card from Frankfurt. I own a video company there.« Was? Das konnte ich nich' glauben. Wo hatte er das Geld her, aber das fragte ich ihn nicht. Wie sie hieß, wollte ich wissen. VCL. War mir kein Begriff. What does it mean? Nichts. Ich schaltete schnell und fragte ihn, ob er nicht einen Halbtagsjob für mich hätte, dann könnte ich in England meinen Roman schreiben. Da wär was zu machen. Ich hatte aber kein Geld, um nach England zu fahren. Ich würde mich wieder melden. Bye-bye.

In der Woche kriegte ich auch Bescheid vom Gericht. Ich hatte meinen Prozeß verloren. Im stillen hatte ich die ganze Zeit damit gerechnet, doch eventuell zu gewinnen und zweitausend Mark zu kriegen. Das war jetzt aus. Ich heulte.

Ich wußte gar nicht, daß es in Recklinghausen ein Hotel gibt. Und dann noch so 'n Bau. Das ›Barbarossa‹ war wie ein Hilton. Hank war freundlich. Ich bat ihn um eine Zigarette, und er gab mir eine ganze Schachtel, aus der Stange, die ihm gerade seine Betreuerin von der Plattenfirma gekauft hatte. Reyno. Konnte mich nicht dran erinnern, wann ich das letztemal eine Menthol-Zigarette geraucht hatte. Ich sagte ihm, daß ich nicht besonders viel von ihm wüßte, und Williams erzählte von sich aus. Er war seinem Vater nie bewußt begegnet, und mit vier hatte ihn seine Mutter auf die Bühne getrieben, um des Vaters Lieder zu singen.

Dann nahm er seinen Cowboy-Hut ab und zeigte mir seinen lädierten Kopf, tatsächlich alles Plastik. Ein Glasauge hatte er auch. Er mußte zur Probe.

Ich blieb noch ein bißchen sitzen und beobachtete die übrigen Amis, einen kannte ich aus High Chaparral. Ich bat ihn um ein Autogramm, Cameron Mitchell hieß er, ach ja. »Und wer bist du?« fragte ich einen Riesen. »Merle

Kilgore.« Er hatte in ›Nashville‹ mitgespielt. Auch von ihm ließ ich mir ein Autogramm geben, obwohl ich nicht wußte, was ich damit anfangen sollte.

Samstags wieder nach Hamburg. Peter Hammill würde auftreten. Ludger und Frank fuhren mit, in ihrem Auto. Um sieben trafen wir in der Markthalle Barbara Witten von der Phonogram. Ich stellte ihr die Jungs vor. Sie würden das Interview machen.

Ich weiß nicht, wieso er darauf kam, aber Frank wollte nach dem Konzert mein Rimbaud-T-Shirt haben. »Von mir aus, wenn ich deins solange krieg.« Er hatte eins vom Haarhaus Kerbaum Oer-Erkenschwick. Wir tauschten. Ich stand schon eine ganze Zeit in der Marktstube und überlegte mir, ob ich nicht auch, wie die beiden, wieder nach Hause fahren sollte, weil ich kein Quartier hatte, als mich ein Mädchen fragte, ob ich aus Erkenschwick käme. »Wieso?« Wegen dem T-Shirt. »Nein, nein, ich komme aus Bochum, beziehungsweise Witten.« »Wir«, sie zeigte auf eine Bekannte, »kommen nämlich aus Marl-Hüls.« Ich war mein Lebtag noch nicht dagewesen. Mußte wohl in derselben Ecke liegen. Ich fragte sie, was sie in HH machten. Sie studierten. Ich fragte sie, wo sie wohnten. Draußen in Reinbek. Ob sie mich wohl ein, zwei Nächte unterbringen könnten. Das ging. Wir fuhren bald. Wir mußten noch an der Reeperbahn vorbei und in einer Crêperie einen Typen aufgabeln, der auch bei ihnen lebte. Es wurde schon hell, als wir in Reinbek ankamen, in einem ehemaligen Ladenlokal. Die Mädchen waren nicht mein Typ. Ich dachte auch keinen Moment ans Ficken, nur an schlafen. Sie rauchten noch einen Joint durch ein Rohr, auf dem normalerweise Klopapier gewickelt ist. Sie boten ihn mir an, aber wie gesagt. Ich ging lieber schlafen. Zum Frühstück um halb drei trank ich nur Kaffee, wie immer.

Abends guckten wir fern.

Am nächsten Morgen, d. h. mittags, verabschiedete ich

159

mich von ihnen. Ich versprach ihnen, ein paar Platten zu schicken, was ich natürlich nie machte. Diederichsen war noch nicht im Haus. Im Büro gegenüber saß einer, den ich da noch nie gesehen hatte. »Wer bist du denn?« fragte ich. Es war Bernd Gockel, der Chefredakteur vom Musik Express, der mir durch eine regelmäßige Radio-Sendung im WDR bekannt war. Ich erzählte ihm, was ich so machte, und fragte, ob ich nicht auch was für ihn tun könnte. »Immer dieser Müller-Westernhagen«, sagte ich. »Mach doch mal was über Thommy Bayer. Den hab' ich mal interviewt.« Aber das war im Moment kein Thema. Wenn ich wollte, könnte ich aber Plattenkritiken machen. Glücklich fuhr ich nach Hause, wieder ein Schritt näher zur ersten Bundesliga.

Rolf rief mich an. »Der Lange feiert seinen Geburtstag. Kommst du mit?« »Ja, warum nich? Kann ich noch eine mitbringen?« Ich dachte an Bettina. Er hatte nichts dagegen. Bettina auch nicht. Wir holten sie ab und fuhren in die Hustadt, wo jede Menge Studenten und Uni-Angehörige wohnen.

Der lange Peter lebte in einer Wohngemeinschaft. Mich hätte nie einer in so 'n Ding reingekriegt zum Leben. Der Aufenthaltsraum war dunkel. Ein Dutzend Leute saßen da bei Kerzenlicht. Ich bediente mich erst mal in der Küche. Ich setzte mich neben eine mit langen Haaren und einer höckrigen Nase. Ich fragte sie, was sie studierte. Ich zweifelte nicht, daß sie Studentin war. Germanistik und Philosophie. Ohne Hintergedanken fragte ich sie, ob sie nicht fürs Marabo schreiben wollte. Ich hätte da noch viele unbesprochene Bücher rumliegen. Sie könnte es ja mal versuchen, sagte sie. Ich würde mal vorbeikommen, sagte ich und ging woandershin. Zwischen der Bettina und mir spielte sich nichts mehr ab. Dies war unser letzter Abend zusammen. Eigentlich war ja auch nichts zwischen uns gewesen. Sie fuhr nach Italien.

160

'ne Woche später fuhr ich wieder in die Hustadt. Ulla, so hieß die langhaarige Studentin, war da. Ich sagte ihr, daß ich wenig Zeit hätte, aber am nächsten Tag würde ich sie abholen und ihr bei mir zu Hause die Bücher zeigen. Ich dachte noch immer nicht daran, mit ihr zu vögeln. Irgendwie kam mir die Kleine zu mickrig vor. Auch gefiel mir ihre Nase nicht.

Am nächsten Abend holte ich sie also ab. Sie war schon siebenundzwanzig. So alt sah sie nich' aus. Ich machte es kurz bei mir. Ich suchte ein halbes Dutzend Neuerscheinungen raus und trug sie in mein Auto. Als sie da neben mir saß, sagte sie: »Ich möchte dich küssen.« Das hatte mir noch nie eine gesagt. Sie rutschte zu mir rüber und drang tief in meinen Mund ein. Ich ließ sie ein paar Minuten machen. Es war mir klar, was sie wollte. Und ich wollte auch. Warum nich'? »Komm, wir gehn wieder rein.« Wir zogen uns aus, wobei sie mich groß ansah. »Ich konnte gestern die ganze Nacht nicht schlafen.« Im Gegensatz zu mir. Für mich war sie jetzt, als sie so nackt dastand, bloß ein Stück Fleisch, in dem ich mich befriedigen würde. Ich steckte Mittel- und Zeigefinger in sie rein, und sie keuchte »tiefer, tiefer«. Ich ging mit dem Schwanz rein. Wir lagen seitlich. Ich machte ihre Ekstase nicht mit. Ich liebte sie nicht. Sie war nur zum Ficken da. Sie war keine neue Ute. Ich hab' nicht auf die Uhr gesehen, aber es dauerte lange, bis ich kam. Anschließend wollte sie nach Hause. Auf der Fahrt sprachen wir fast nichts, und sie sah mich immer wieder an.

Ein paar Tage später fuhr ich wieder zu ihr hin. Ficken wollte ich. Wir gingen nach einem Tee auf ihr Zimmer. Ich hob ihren Pullover hoch. »Mal gucken, ob noch alles da ist.« Ich sagte ihr, sie sollte zuschließen. Sie sagte, das ginge nicht. Ich antwortete, daß ich dann keine Lust hätte, mit ihr zu schlafen. »Bei dem bißchen möchte ich ungestört sein. Ich will nicht, daß jeder hier zugucken kann.«

161

Sie war sauer. Wir verabredeten uns für samstags. Sie würde mich nach meiner Schicht bei Appel treffen.

Die war nicht viel anders als sonst. Die Hits hatten gewechselt, und ich hatte mich drauf eingestellt. Ulla war pünktlich um vier da. Ich trank unten noch 'n Kaffee, und wir fuhren ab. Langsam zogen wir uns aus. Am liebsten hätte ich jetzt alleine gepennt, groggy, wie ich war. Als wir nebeneinander lagen, sagte ich ihr, daß ich wahrscheinlich bald nach England ziehen würde.

»Was? Ich hab' schon gar keine Lust mehr«, sagte sie.

»Dann hau doch ab!«

Sie sprang auf und zog sich an. »Bring mich nach Hause.«

Ich machte keine Anstalten, sie umzustimmen. Ich raffte mich auf. Ich sagte ihr nur: »Du bist ganz schön doof.« Sie sagte nichts mehr. Vor ihrer Haustür sagte sie: »Warte noch 'n Moment. Ich bring dir die Bücher wieder«. Nach zehn Minuten kam sie runter. »Eins möchte ich behalten, wenn's dir nichts ausmacht. Den Leisegang. Der hat mir gefallen.« »Gut. Dann Tschüß.« Ich fuhr noch mal beim Appel vorbei, aber da war schon Schluß. Zu Hause schlief ich ohne Tabletten sofort ein.

Ich kriegte eine Postkarte vom Arbeitsamt. Ich sollte mich bei einem Herrn Ebert von der Firma Telerent melden. Eigentlich hatte ich noch immer keine Lust auf eine geregelte Arbeit, aber ich war's leid, von der Hand in den Mund zu leben. Außerdem dachte ich mir, ich maloch' da nur drei Monate und fahr dann mit der Kohle rüber nach England.

Als ich anrief, sagte mir Herr Ebert, ich sei der fünfzehnte Bewerber, aber der einzige, der wüßte, worum es bei Telerent ging. Er war jovial am Apparat. Er würde auch bald nach Witten ziehen. Wir machten einen Termin klar.

Es war offensichtlich das Lager, wo ich mich vorstellen

mußte, und nicht der Shop in der Innenstadt. Unterwegs aß ich eine Currywurst und bekleckerte mich. Sofort entschuldigte ich mich bei Herrn Ebert, der Mitte Vierzig war, für den Fleck. Der störte ihn nicht. Er fragte mich, was ich bis jetzt gemacht hätte und was ich verdienen wollte. »Ich denke an einsfünf netto.« Er rechnete im Kopf, wieviel es brutto wär und sagte, das ginge. Dann könnte ich fünfhundert Mark im Monat an die Seite tun. Er fragte mich nach meinem letzten Zeugnis. Hatte ich nicht gekriegt nach meiner fristlosen Kündigung. »Haben Sie was dagegen, wenn ich mich bei Ihrem letzten Arbeitgeber erkundige?« Natürlich hatte ich. Ich gab ihm aber trotzdem die Telefonnummer und wußte, daß ich den Job nicht bekommen würde. Ich sollte 'ne Woche später anrufen.

Beim Marabo erzählte mir Christian, daß Telerent genauso 'n Sauverein wie McDonald's sei und keinen Betriebsrat zuließ. »Dann gib du mir wenigstens Asche.« Dreihundert Mark füllte er auf dem Scheck aus.

Redaktionssitzung. Ich war natürlich schlecht drauf. Beim Punkt Literatur kriegten wir uns in die Wolle. Ich wollte einen Artikel anläßlich des 65. Geburtstages von Peter Weiss schreiben. Doch Reinhard Jahn wollte seine Serie über meines Erachtens belanglose und völlig unbekannte Ruhrgebietsschriftsteller nicht unterbrechen. Die Redaktion war auf seiner Seite. Über Peter Weiss würden die bürgerlichen Blätter genug berichten. Denen dürfen wir aber Peter Weiss nicht überlassen. Als ich nicht durchkam, sagte ich, daß sie mich alle mal am Arsch lecken könnten. Ich gab die beiden Redaktionen ab und verpißte mich.

Am nächsten Tag rief Christian bei mir an und fragte mich, ob ich mir die Angelegenheit nicht überlegen wolle. Ich sagte nein. »Ich fahr' mir den Arsch ab für euch, und es kommt noch nich' mal das kleinste Zeichen von Dankbarkeit. Und das Moos. Da muß man jedesmal bei dir auf den Knien rutschen. Ich hab' die Schnauze voll.«

163

Ich durfte für den Musik Express die neue Kevin Coyne besprechen, für fuffzig Mark. Beim Hansi Hoff rief ich auch an. Ich sollte die neue Ian Dury rezensieren. Ich telefonierte mit den Presseabteilungen der Plattenfirmen und informierte sie, daß ich jetzt als freier Journalist tätig sei. Es gab keine Schwierigkeiten, ich würde weiter meine Scheiben ins Haus kriegen. Meine Zeit bei Appel ging zu Ende, als Ulf aus dem Urlaub zurückkam. Das waren vierhundert Mark weniger im Monat, das war der endgültige Ruin. In dem Moment, als Ulf bei Appel hochkam und sagte, er sei jetzt wieder da, hätte ich ihn erschlagen können. Aber er konnte ja nichts dazu. Und die Vera, mit der ich hätte ficken können, ließ sich auch nicht mehr sehen. Wahrscheinlich, weil sie nicht mehr wollte. Ich überlegte mir, ob ich bei der Ulla kleine Brötchen backen sollte, aber irgendwas hielt mich von ihr ab. Ich würde vorläufig wichsen. Irgendeine würde mir schon wieder über den Weg laufen. Aber das war jetzt eine geringe Sorge. Wie sollte ich an Asche kommen?

Eigentlich nur pro forma rief ich bei Telerent an. Ebert war kurz und harsch am Telefon. »So wie Sie aufgetreten sind, können wir Sie nicht gebrauchen.« Wenn er wenigstens ehrlich gewesen wär' und gesagt hätte, daß ihm ELPI von mir das Nötige erzählt hatte. Aber nein.

Den Gedanken, nach England zu ziehen, verwarf ich. Die Halbtagsstelle würde mir kaum was einbringen. Von sechshundert Mark würde ich da nicht leben können. Und der Roman? Merkwürdigerweise hatte ich mich nicht sofort an den Schreibtisch gesetzt. Andere hätten wahrscheinlich bei solch einer Aufforderung von Suhrkamp alles stehen- und liegenlassen. Ich aber dachte mir, das hätte Zeit. Außerdem brauchte ich Ruhe für meinen Roman. Und die hatte ich noch nicht. Ich tat also nichts.

Ich entschloß mich, das Apartment in Witten aufzugeben und wieder zu meinen Eltern zurückzuziehen. Das

164

kam einer Niederlage gleich. Ich hatte es wieder nicht geschafft, auf eigenen Füßen zu stehen. Meine Eltern hatten nichts dagegen, wahrscheinlich waren sie sogar froh, ihren Problemfall wieder zu Hause zu haben.

Ich fuhr nach Witten, um es Sabine zu sagen. Kurz vorm Schichtmeister überquerte ich im zweiten Gang eine Bahnstrecke, ich hatte nicht viel drauf zum Glück, denn im nächsten Moment nahm mir einer die Vorfahrt. Mir blieb nichts übrig, als ihm in die Seite zu fahren, als er da vor mir rausschoß. Es war auch eine Sauecke. Der hatte bestimmt dreißigmal nach rechts und links geguckt und war nicht weggekommen. Dann war endlich rechts frei, und er guckte nicht mehr nach links. Ich prallte, unangeschnallt, gegen die Windschutzscheibe, ohne daß mir was weh tat. Der andere war noch um die Ecke gefahren und stand vor einer Bäckerei. Ich stieg aus, sah rüber, ob's Verletzte gegeben hatte, was nicht der Fall war, und stellte das Warndreieck auf. Wenig später kamen die Bullen. Ich rief meinen Vater an. Der andere war ein alter Opa. Seinen Führerschein hatte er schon beim Adolf gemacht, das Bild darin zeigte ihn in Wehrmachtsuniform. Er gab sofort seine Schuld zu. Der Polizist sprach von einer Anzeige, mit vierzig Mark sei da nichts mehr zu machen. Wir tauschten unsere Adressen aus.

Als mein Vater kam, war schon alles geklärt. Ich hatte Totalschaden, und wir warteten noch auf den Abschleppwagen. Ich würde wieder laufen müssen. Die Zeit der Beweglichkeit war vorbei. Zu Hause, auf der Wohnzimmer-Couch, fing ich an zu heulen, weil der Wagen im Arsch war, weil ich knapp dem Tod entronnen war, weil ich wieder zu Hause sein mußte. Genau wußte ich es nicht.

Heinz Rudolf Kunze – Deutsche Lieder

Wenn sich einer bereits bei der Veröffentlichung seiner Debüt-LP von der Öffentlichkeit so abschotten läßt, als sei er Howard Hughes, muß er es sich auch gefallen lassen, wenn man ihn an seinem eigenen Anspruch, den horrenden Garantiesummen und der kostspieligen Werbekampagne seiner Plattenfirma mißt. Heinz Rudolf Kunze ist ein Mensch, der am liebsten den Nobelpeis für Literatur, jedes Jahr eine Goldene Schallplatte und den Orden wider den tierischen Ernst gleichzeitig erhalten möchte.

Nach eigenen Angaben war er immer der Klassenbeste und deshalb unbeliebt unter seinen Mitschülern, zumal seine aus der DDR stammenden Eltern beide Lehrer waren. Fußball konnte er auch nicht spielen: denkbar günstige Voraussetzungen, Poet und/oder Professor zu werden, aber – und jetzt kommt der Haken – möglichst mit breiter Popularität und dementsprechenden Verkaufszahlen.

Man mag ihm diese Kompensationsmentalität nicht vorwerfen, nur soll er nicht auch noch so tun, als sei er unser aller Retter vor dem Niedergang des progressiven deutschen Liedguts.

Angeblich hatte Kunze nach dem Gewinn der deutschen Meisterschaft im Antanzen und Vorsingen (auch ›Deutsches Pop-Nachwuchs-Festival‹ genannt) ein gutes Dutzend Angebote von großen und kleinen Plattenfirmen vor sich liegen. Die WEA bekam den Zuschlag. Er erfüllte der Firma des Paradeproleten Marius Müller-Westernhagen den langgehegten Wunsch, auch mal einen Alibi-Intellektuellen in Sendungen wie ›Aspekte‹ unterbringen zu können – was dann auch prompt während der letzten

Buchmesse in Reinhard Hoffmeisters ›Litera-Tour‹ gelang.

Dort enthüllte er wie ein Denkmal den Namen seiner Tournee-Band, auf den wir natürlich alle gespannt gewartet hatten: ›Automatische Anrufbeantworter‹. Darauf kann man wohl nur kommen, wenn man den Intelligenzquotienten des angehenden Doktoren der Philosophie Kunze hat (Thema der Dissertation: Spinoza, nicht verwandt mit dem versierten Session-Musiker).

Im Grunde ist dieser Kunze nur ein belesener Rotzlöffel. Man kann sich mit ihm gut über Literatur und Rockmusik unterhalten; da hat er theoretisch wirklich einiges drauf. Als unheilbarer Streber hat er zweifelsohne sogar das spezifische Gewicht eines guten Songs ausmachen können.

Allerdings schlägt sich das in seinem langweiligen Debüt-Album REINE NERVENSACHE nicht nieder. Die Musik ist keimfrei, schlichtweg langweilig und selbstverständlich mit allen Schikanen produziert. Kunze kann nicht singen, ist aber auch auf diesem Gebiet sehr von sich angetan. Die Texte strotzen nur so vor idiotischen idiomatischen Ausdrücken, die seine enzyklopädische Bildung ausdrücken sollen, in Wirklichkeit jedoch nur von den Lücken in seinem Gefühlshaushalt zeugen. Seine Songs sind etwas für Eingeweihte, aber nichts für die Eingeweide. F. C. Delius ist kein Fußballverein, sondern ein Dichter zwischen Proust und Wallraff, sollte man wissen. Bevor man sich seine narzißtische ›Romanze‹ (Songtitel) anhört, muß man wenigstens Heinrich von Kleists Aufsatz ›Über das Marionettentheater‹ intus haben. O-Ton Kleist: ›Er fing an, tagelang vor dem Spiegel zu stehn, und immer ein Reiz nach dem andern verließ ihn.‹ Kunze fast 200 Jahre später: »Dann streichle ich mich sanft / und schließlich schlafe ich mit mir.« Im Grunde ist dies ein Lied übers Wichsen. Statt aber das Kind beim Namen zu nennen, bosselt er verklemmt mit Versmaßen rum, als sei er Heinrich Heine. Verkorkste Liebeslieder aber sind generell noch zu entschuldigen. Schlimm wird's erst dann, wenn sich Kunze auch noch politisch aufs Hohe Pferd setzt. Ich kann einfach diese musikalischen Flugblätter nicht mehr ertragen, selbst die bloß literarischen, wie sie etwa Erich Fried liefert. Wenn Kunze – wie uns auf dem Plattencover weisgemacht werden soll – tatsächlich Peter Handke, Rolf-Dieter Brinkmann, Randy Newman und Jim Morrison zu seinen Vorbildern zählt, hätte er sich gerade dann hüten sollen vor solch dämlichen Metaphern wie »ich hätte gern noch /doch ist's schon zu spät / herausgefunden, was in Atomsprengköpfen vor sich geht / wenn wir schlafen, flüstern sie«. Metaphern, die Gottfried Benn – was Kunze als staatlich geprüfter Germanist wissen sollte – schon vor etlichen Jahren offiziell verboten hat.

Kunze ist ein durch seine Ver-Bildung versauter Eigenbrötler. So bezieht er wohl auch seine Beobachtungen aus zweiter Hand. Er surft auf dem Kamm der (wievielten?) politischen Welle rum und will sich auch noch zu einer Art singender Erhard Eppler profilieren. Er hätte sich lieber darauf konzentrieren sollen, seine schmalen literarischen Erzeugnisse weiterhin von seiner Heimatstadt Osnabrück mit Trostpreisen bedenken zu lassen als sich uns als ›Niedermacher‹ anzudienen.

Nein, da gibt's ganz andere. Der '75 in London tödlich verunglückte Schriftsteller Rolf-Dieter Brinkmann war einer von ihnen. Nur hatte der Kölner Chaot keinen Multi im Rücken und nagte praktisch 15 Jahre am Hungertuch.

Er würde sich Kunzes posthume Anbiederung verbitten und – wie weiland gegen Reich-Ranitzki – ein Maschinengewehr gegen diesen Biedermann richten wollen.

Gern hätte ich mit Magister Kunze noch einmal geplaudert, noch mal genauer gehört, wie es zu seinem ›Fall‹ gekommen ist. Seine Firma sollte mir eine Leitung zu ihm legen. Sie durfte nicht. Herr Kunze war im Aufnahmestudio zugange und wollte sich wochenlang nicht stören lassen. Kein Anschluß mehr unter dieser Nummer …

Heinz-Rudolf Kunze ist eine Null. Er selber weiß es am besten. Frei und holprig nach Kleists Gedicht ›Glückwunsch‹: »Ich gratuliere Heinz Rudolf, denn ewig wirst du leben / Wer keinen Geist besitzt, hat keinen aufzugeben.«

Dein Wolfgang Welt

Penguin Café Orchestra – The Noise Of The Heart

Ich hatte ein hartes Jahr hinter mir mit vier Verkehrsunfällen, einer fristlosen Kündigung, einem verlorenen Arbeitsgerichtsprozeß und den darauffolgenden Erniedrigungen am Arbeitsamt, das mich nun zu Arbeitsbeschaffungsmaßnahmen (z. B. Autobahnbauen, was wir schon mal hatten) heranziehen will. Zudem war ich Ende November von einem aufrechten Deutschen in meiner Stammkneipe auf der Wilhelmshöhe (Inh. Dieter ›Frika‹ Dellmann) mit einem ›Du machst mir Deutschland nicht kaputt‹ in die Pißrinne geschlagen worden. Ich war leider keine in der Bochumer City zu Bruch gegangene Schaufensterscheibe: Es wurde keine Großfahndung nach dem Attentäter ausgelöst (es war ja nach 22 Uhr gewesen!), der weiter als unbescholtener Bürger hier rumläuft. Die Staatsanwaltschaft hat fast drei Monate nach dem Vorfall auch noch kein Verfahren initiiert, das ohnehin wohl beim Schiedsmann geendet wäre. So war ich froh und glücklich, daß ich drei Tage, nachdem ich von drei Bullen mitten in der Nacht auf Socken auf einer nassen Straße durchforstet worden war, die Einladung nach Köln wahrnehmen konnte, die mir die nette Jane Smith von der DGG hatte zukommen lassen. Auf einer Party sollte vier Tage vor seinem ersten Fernsehauftritt in der Bundesrepublik das Penguin Café Orchestra einem musikinteressierten Kreis vorgestellt werden. Der ganze Sarotti um die ehemalige Schokoladenfabrik von ›Stollwerck‹ interessierte mich und den Omo überhaupt nicht, der zusammen mit meinem Lieblingsfotografen und einem befreundeten Kritiker, der die zweite LP des PCO in höchsten Tönen ge-

170

lobt hatte, aus dem Revier angereist kam. Natürlich waren wir stolz gewesen, daß wir unseren Familien, die auf dem Pütt ihre Gesundheit ruiniert haben, erzählen konnten, daß der leibhaftige TV-Star Alfred Biolek der Conférencier sein würde (obwohl wir natürlich mehr auf den verstorbenen Peter Frankenfeld abfahren). Als wir reinkamen in den Bau, wurde unser Fotograf höflich gebeten, nur Bilder von dem Geschehen auf der Bühne festzuhalten, was er auch versprach und woran er sich hielt. Der Grund für die Diskretion war nicht etwa Bios endlich mal offen zur Schau getragenes homosexuelles Gehabe. Warum trägt er nie in seinem ›Bahnhof‹ einen Knopf im Ohr, warum begrüßt er denn nicht, wie privat, den Zeltinger, Tom Robinson und Rosa von Praunheim mit einem Kuß auf die Wange? Aber das war uns schnurz, so lange er uns selbst nicht an die Eier packte (und wenn's 'n Wellensittich iss, spitzen wir'n eben an!). An jenem Nikolaustag am Ende des vergangenen Jahres, exakt eine Woche vor der Ausrufung des Ausnahmezustands in Polen, wurde diese Party dann auch nicht etwa für Fans der Musik von Simon Jeffes, dem ›Dirigenten‹ des Orchesters und seiner Freunde gegeben, nein, wie in einem absolutistischen Staat hatte der Künstler dem Köln/Bonner Establishment ein paar frohe Stunden zu bereiten.

Zunächst erkannte ich zu meinem Entsetzen den mit Konfetti berieselten Bundesinnenminister Baum nebst Gattin und irgendeinem Kölner Kommunalpolitiker, der mit seiner Glatze auch schon mal von Biolek in dessen ›Kölner Treff‹ eingeladen worden war. Sofort machte ich mit meinem Kennerblick ein gutes Dutzend Gorillas aus. Von einem ließ ich mir Feuer geben und sah dabei seinen Ballermann schwersten Kalibers. Geraume Zeit blieb der vorderste Holztisch (wir machten ja einen auf zünftig!) frei. Ich dachte mir: Da kann nur noch der Papst kommen! Ich ging erst mal schiffen. Als ich zurück in den Saal

171

kam, traute ich meinen Augen nicht, die von dem Rauch irgendwelcher illegaler Drogen (die ich selber für mich ablehne) getrübt waren. Mich versetzte dann auch nicht so sehr in Erstaunen, daß da auf einmal Walter Scheel und seine Mildred saßen. Was mich und den Omo vielmehr in Schrecken versetzte, war, daß die nicht mal volljährige Tochter des Pferdehändlers der Nation eine nach der andern qualmte, wo wir doch alle aus dem Munde von Frau Dr. Mildred Scheel (an der Seite des Anti-Alkoholikers Harald Juhnke stehend) wissen, wie krebserregend doch Nikotin ist und wie gefährlich doch gerade Kinderkrebs ist!! Selbst wenn Fräulein Scheel nur erlaubte Genußgifte zu sich genommen hat (sie soff auch Coca-Cola literweise!), was wir nicht genau erschnuppern konnten: Dieses zarte Kind muß vor ewigem Siechtum gerettet werden!! Daß etwa drei Zollstocklängen von Minister Baum entfernt gekokst wurde, während gleichzeitig auf seine Veranlassung hin Michael Pfleghar per Interpol aufgrund der vagen Aussage eines Münchner Fotomodells auf Kosten des bundesdeutschen Steuerzahlers gejagt wurde, verwunderte mich dann auch schon nicht. Wenn die Schweine der oberen Zehntausend unter sich sind, ist alles erlaubt, während hier in meiner Nachbarschaft ein Spürhund nach dem andern Leuten die Nachtruhe klaut, die irgendwann mal gegen das Betäubungsmittelgesetz verstoßen haben. Auch ich nahm vor den Augen der liberalen Politiker ein Schnüppken, allerdings von ›Benzonase‹, das cortisonhaltig und deshalb gefährlich ist, mir aber von meinem HNO-Arzt tags zuvor verschrieben worden war. Während ich eine Dosis einatmete, begegnete ich am Bühnenrand Andy Leighton, dem Tour-Manager des Penguin Café Orchestras, der auch Mitglied der Gruppe ›Shoes for Industry‹ ist. Mein Medikament war von dem Chemiekonzern Glaxo (Bad Oldesloe) hergestellt worden, der wegen sei-

172

ner Schilddrüsenpräparate weltweit renommiert ist. Ich fragte Andy, ob es die Glaxo Babies (PUT ME ON THE GUEST LIST) noch gäbe. Nein, der deutsche Multi habe der Band das Führen dieses Namens untersagt, und was die jetzt machten, wußte er auch nicht. (Sänger Rob Chapman ist bei den Transmitters, der Rest auf die diversen Pop-Group-Nachfolgebands verteilt. – Red.) Alle, alle waren sie da, die ganze Kölner Schwulenmafia und noch mehr. Wenn Biolek nicht dann doch noch das Penguin Café Orchestra angesagt hätte, wäre der Omo lieber stehenden Fußes nach Wanne-Eickel zurückgekehrt. Als dann das gute halbe Dutzend englischer Musiker mit ›From The Colonies‹ begann, herrschte nicht etwa Ruhe ob der wahrhaft schönen Musik, nein, es wurde weitergefressen und geschluckt von den ca. 1000 zur Hälfte ungeladenen Gästen, als sei bereits Rosenmontag. Ich verabredete mich mit Simon Jeffes nach dem ca. einstündigen Konzert für den übernächsten Tag in einem Kölner Café (›Le Passage‹). Es fand ein gut zweieinhalbstündiges Gespräch von zwei Leuten statt, die zwar aus ganz verschiedenen geographischen und künstlerischen Bereichen kamen, sich aber dennoch oder deshalb auf Anhieb verstanden. Ich gestand gleich meine Ignoranz in bezug auf das Penguin Café Orchestra ein, zumal ich die vergriffene erste LP MUSIC FROM THE PENGUIN CAFÉ damals noch nicht kannte, die 1976 auf dem von Brian Eno betreuten ›Obscure‹-Label erschienen war. Es war mehr ein Plaudern zwischen Simon und mir als eines dieser üblichen Interviews, die unter Zeitdruck zwischen Soundcheck und Auftritt stattfinden. Es ist mir schwergefallen, das Gespräch zusammenzufassen und die Spreu vom Weizen (eigentlich war alles Weizen) zu trennen. Deshalb erscheint hier auch nur der erste Teil der Story, zumal ich anschließend noch mehrmals mit Simon (auf meine eignen Kosten!) in London telefoniert habe und sich da Sensationelles anbahnt in seiner bislang eher obskuren Karriere.

Simon stammt aus einem gebildeten Elternhaus. Er ist das zweitälteste von fünf Kindern eines Professors für Metallurgie (was die Mutter macht, hatte ich Chauvi natürlich versäumt zu fragen, aber bei der Kinderzahl war sie sicher ›nur‹ Hausfrau). Er wurde 1949 geboren und verlebte mit seiner Familie einen Großteil seiner Jugend (bis '61) in Kanada, wo ihn seine Oxbridge-Eltern in ein Internat steckten. Er mußte unfreiwillig Trompete und Klarinette lernen, die er heute noch manchmal aus Jux spielt. Er hörte in Toronto nie Radio. Einzig blieb ihm aus den frühen 60er Jahren Dion DiMucci (›The Wanderer‹) im Gedächtnis haften. Den Rock 'n' Roll hatte er überhaupt nicht wahrgenommen! Bei der Rückkehr der Familie ins Vereinigte Königreich wurde er in eine weitere Boardingschool gesteckt. »Dritter Klasse in Devon! Eton war schon belegt.« Bis dahin hatte er nie jemanden Gitarre spielen sehen. »Aber an meinem allerersten Tag dort sah ich, wie jemand (wahrscheinlich) ›Apache‹ von den Shadows versiert zupfte. Ich war hingerissen von dem Instrument und ließ mir die ersten Griffe beibringen.« Das eigentliche Schulleben interessierte ihn von da an nicht mehr. Er stieg in jugendliche Kapellen ein, die bei Partys später dann Hits von den Beatles und Stones spielten. »Wir nannten uns jede Woche anders, mal ›The Electrons‹ oder auch ›The Country Gentlemen‹, um nur zwei der ulkigen Namen zu nennen.« Ein Schulabschluß interessierte ihn zu der Zeit nicht. Die eher weltlichen Dinge verhinderten dann auch zunächst einen Schulabschluß. Er schaffte die ›A-levels‹ nicht und besann sich neben seinem Schaffen auf musikalischem Gebiet auf das Chaos in seinem Kopf und seinen Gefühlen. Er schloß sich einer unorthodoxen politischen Schülergruppe an – zu Mods-&-Rockers-Zeiten –, ohne jedoch von den einen oder andern beeinflußt zu werden.

174

»Wir machten lauter lustige Sachen. Gewalt wandten wir aber nie an.« Jedenfalls flog er von der Schule und kehrte zu seinen Eltern nach London zurück, wo der Vater weiter Metalle untersuchte und herstellte. »Kann der auch Gold machen?« »Noch nicht, leider.« Damit aus dem Sohnemann noch was Anständiges würde, sprachen die Eltern ein ernstes Wort mit ihm. Er wollte Profi-Musiker werden, da gab's für ihn nun kein Vertun.

Aber natürlich wollten die upper-class parents, daß Simon das auch akademisch würde. Zunächst holte er sich die Fakultas für ein Studium an der London University. Dort kam er dann intensiv zunächst mit den Klassikern in Berührung. Nein, eigentlich war es, so unglaubwürdig es klingen mag, der amerikanische Country-Gitarrist Chet Atkins, der ihn mit seiner beeindruckenden Technik der Klassik, vor allem Bach, zuführte. »Bach ist toll. Nur wie er heute gespielt wird, entspricht bestimmt nicht dem, was er im Sinne hatte. Das Revolutionäre in seiner Musik wird zu sehr geglättet. Heutige Interpretationen seiner Stücke sind eine Beschwörung des Status quo.« – »Man müßte wissen, wie Bach selber Bach gespielt hat!« – »Tja eine interessante Frage.« – »Kennst du das legendäre Album SWITCHED ON BACH von Walter Carlos?« – »Sicher, das war was total Neues. Ich selber benutzte zwar keine Synthesizer, aber der Klang beeindruckte mich damals. Zunächst studierte ich damals jedoch fleißig Harmonielehre und Kontrapunkt.« – »Auch Schönberg und Konsorten?« – »Das kam später, wie so oft bei mir: zufällig. Ich ging in Kubricks Film ›2001‹ und hörte erstmals Ligeti. Ich war hingerissen, kam dann auch auf Stockhausen und Penderecki, von denen ich danach kein Konzert in London versäumte.« – »Kennst du Holger Czukay?« – »Ich hab' den Namen hier in Köln dieser Tage oft gehört, aber ich kenn' seine Musik nicht, auch nicht die von Can. Ich weiß nur, daß da so eine deutsche Gruppe existiert

175

(hat). Bewußt habe ich sie nie mitgekriegt.« »Auch nicht ihren englischen Hit ›I Want More‹ ′76?« – »Ich hör′ doch nie Radio! Aber Holger Czukay möchte ich unbedingt kennenlernen. Soll ja ein hervorragender Mann sein!« Ich bestätigte ihm das, gab ihm Holgers Adresse und die seines Stammlokals, gleich um die Ecke. Was ich damit angezettelt habe, wie darüber hinaus die sich anbahnende Zusammenarbeit mit der New Yorker Choreographin Twyla Tharp (›Hair‹, ›The Catherine Wheel‹) aussehen wird, ach, wie′s überhaupt zu dem Penguin Café und seinem Orchester vor zehn Jahren kam, welche Rolle Eno, Steve Nye, Malcom McLaren, Roger Glover, Riuichi Sakamoto (s. SOUNDS 2/ 82), die Transsibirische Eisenbahn, Kraftwerk, seine Frau Emily und sein Sohn Arthur spielten, was es mit ›The 4 musicians in greenclothes‹ auf sich hat, werde ich in Kürze nachliefern und mir eventuell bis dahin noch kilometerweise unveröffentlichte Tapes in Simons Wohnung in Shepherd′s Bush anhören. Bis dahin bat ich Simon Jeffes anläßlich des beginnenden Goethejahres (›Mehr Licht!‹) um sein vorläufig letztes Wort: »Listen to the noise of the heart«.

176

Auf der Suche nach dem verlorenen Lou Reed

Warum soll ich kleines Licht mich untern Scheffel stellen? Kein Scherz: Neulich sagte Wolfgang Körner (›Drogen-Reader‹) nach der Lektüre meines ersten im ›automatic writing‹-Verfahren in 7 Stunden hingekloppten Prosatextes, der in einer Anthologie im November 81 erscheinen sollte und in Druck ist: »Du bist der größte Schriftsteller; nach James Joyce!«

Ich antwortete ihm bitterböse: »Du spinnst wohl! Wieso nach?«

»Ich mein' ja nur: Der ist ja schon tot.«

Gar nicht wahr! Ein Künstler lebt solange, wie seine Werke leben. Und verstorbene Lebenskünstler wie der geniale Frisör Helmut Klingelberg, dessen Fell ich '75 mitversoffen habe, leben solange zumindest in mir, wie ich mich an sie erinnere. Ich steh' also da, wo der Helmut montags nach'm Friseusen-Ball immer einen flambierten Lufthansa-Cocktail nach andern soff, bis ihn sein Hund nach Hause führte (der Köter war blind und fand deshalb jeden Heimweg aus der noch so entlegensten Kneipe des Ruhrgebiets). Das Wort war draußen beim Dieter Dellmann am Tresen, das Lokalverbot längst wieder nach meinem Kniefall vor der Ilse aufgehoben: »Ich fahr' morgen nach Amsterdam, Jungs! Ich soll da sonn Ami interviewen, den die RCA extra aus den Staaten einfliegt, einen Lou Reed, kennt ihr nich'. Aber der Trenkler soll auch kommen. Habte vielleicht schon im WDR gehört, die Nappsülze! Davon ab. Was kann ich für euch in Amsterdam tun?« Der Erich Schmidt meint: »Bring ma 'ne Stange ›Caballero‹ mit. Die ham wa damals immer in Holland gequalmt, der Goggo und ich. Die sind viel besser als ›Reval‹! Willze Geld haben?«

Ich: »Nee, nee. Das wird schon die Alte von der RCA übernehmen. Weiße ja, Erich, die hatten auch den Elvis unter Vertrag!« Appetz Koke, der Vollgefressene, der die Rente nach vierzig Jahren auf'm Pütt durchhat, steht neben Arthur (›Lotto/Toto‹) Wagner.

»Wir ham da sonne Bekannte in der Ostzone. Und der ihr Sohn sammelt so Briefmarken mit Ersttagstempeln.«

»Alles klar Appetz. Dafür krieg' ich 'n Pfund Panhas, wenn du im Herbst wieder 'n Schwein schlachtest!«

Arthur zeigt mir 'nen alten Dollar mit George Washington drauf. »Die gibt's nicht mehr in den Staaten!«

Ich hol' aus meiner Patte die Gulden, die ich mir besorgt hab'. Auch mein letzter Zwanzigmarkschein ist da. Ich zeige Fitzeck Rostek die Rückseite:

»Guck ma – das ist die einzige Olle, die immer nur von hinten gegeigt wird!«

Ich nehm' den letzten Bus zum ›Rotthaus‹. Verdammte Hacke! Die blonde Doris mit den dicken Titten ist Penetration leid und macht aus ihrem derzeitigen Hang zur Homosexualität nicht nur keinen Hehl, sie praktiziert ihn auch noch, die dumme Sau!

Trotzdem: »Doris, was willst du denn von Lou Reed haben?« »Ein Schamhaar! Aber das mußt du ihm eigenhändig rupfen!« »Mach' ich doch glatt, obwohl, willze nich' lieber das Toupet von Lou van Burg ham? Komm ich als lachender Vagabund leichter dran!«

»Neenee.«

Ich lasse meinen Deckel bis an die magische Grenze von fuffzig Mark anschwellen und geh den Berg an OPEL vorbei hoch und leg mich in die Koje.

Die Mutter weckt mich um sechs. Abfahrt 8.46. Sie packt mal wieder soviel Klamotten ein, als würde ich die Chippaquiddick Bridge begehen wollen. Am Hauptbahnhof treff' ich die Irmi von der ›Rheinischen Post‹. Ich kauf' mir die Bild-Zeitung: ›Harald Juhnke wieder voll da!‹ (Zitat Herbert Wehner: »Ich lese die BILD-Zeitung, weil ich wissen will, was die Leute denken sollen.«)

Hab sowieso schon alles voll. Will Lou Reed die Wollschläger-Übersetzung von ›Ulysses‹ schenken: Man sollte wissen, daß Lous Idol der verstorbene Delmore Schwartz war, der größte James-Joyce-Experte in den Staaten, aber auch ein ausgezeichneter Poet. Ich denke jetzt – zurückblickend – besonders an seine ›Season In Hell‹. Von dem gibt's nix auf deutsch, diesem Genie, während von Bukowski, der ja nix gegen seine Nachahmer und seine Leser tun kann, jeder Furz erhältlich ist. Mit im Gepäck habe ich eine Wichsvorlage von mir: die im April '77 erschienene Nummer von Al Goldsteins ›National Screw‹. Ich entnehme dem Blatt neue Weisheiten, z. B. von Suzy ›Roach Clip‹ Alsinger: ›Screwing in front of the TV kills sperm‹. William S. Burroughs, aus dem plutoniumverseuchten Boulder/Colorado (Hi, Roni & Jeff!), äußert sich zu seinen Kollegen, von Céline über Truman Capote bis Brian Jones und Samuel Beckett. Gertrude Lalani arbeitet am Wochenende als Agentin für den F. B. I. auf Hawaii.

Bebildert (!) wird erklärt: »Microfilmed plans can be hidden easily in Gertrude's cunt, although they get slippery after a while.« Hatt ich's mir doch gedacht! Dann gibt's da noch 'ne ›Shit List‹, tolle Comix (›The Cat With The Crap‹ von Dr. Souse) und eine Umfrage unter Musikern nach ihren Lieblingsliedern. Während ich mir über Kopfhörer den Song ›Fearless Vampire Killers‹ von den Bad Brains (ROIR A106) anhöre, lese ich Lou Reeds private Top Sex: (1) Eddie and Ernie – ›Outcast‹ (2) Righteous Bro. – ›You've Lost That Loving Feeling‹ (3) Crazy Elephant – ›Gimme Gimme Good Lovin'‹ (4) Locraine Ellison – ›Stay with Me Baby‹ (5) Karen Dalton – ›Something on Your Mind‹ (6) Manfred Mann – ›Pretty Flamingo‹.

179

Drei dieser Songs (2, 3, 6) waren zu irgendeiner Zeit auch mal meine Favoriten gewesen. Lou merkt in aller Bescheidenheit an: »These of course are favourite records other than my own«: David Byrnes Lieblingsleute waren damals übrigens – aber ich schweife ab: »What's going on?« Ich nehm' mir in Amsterdam 'ne Taxe, dabei hätte ich da hinrotzen können vom Bahnhof aus. Vor dem ›Sonesta‹-Hotel steht ein Ferrari mit Kölner Nummer. »Aha«, denke ich, »Kollege Trenkler ist schon da.« Ich weiß gar nicht, wo ich mich melden soll. Habe noch ein paar Stunden Zeit bis zu meinem Interview. Erst mal Kaffee saufen im Frühstücksraum.

Ich frage den Kastellan: »Lou Reed schon gesehen heute?« »Nee, heute noch nich', aber Earth, Wind & Fire sind gerade angekommen.«

Ich seh' ein paar Schwatte. Einer kauft teuren Klunker beim hauseigenen Juwelier. Ich versuche Charles Holland zu erreichen. Laurie Anderson hat ihm ›O Superman‹ gewidmet. Wir hatten uns anläßlich ihres Konzerts beim WDR bei den Proben getroffen. Der ca. 70jährige Sänger hatte mich eingeladen und mir seine Adresse gegeben. Ich guck' im Telefonbuch nach, wähl die Nummer, die über ›tenor‹ steht. Aber es nimmt keiner ab.

Ich geh' in die Bar. Komme ins Gespräch mit einem älteren Herrn. »I'm on a drinking man's diet« und trinke Amstel Bier. Zweimal pro Glas muß ich zum Pott. Herr van Rosmalen ist laut Visitenkarte ›hoof redacteur‹ (= Chefredakteur) des ›Elseviers Magazine‹, eine Art holländischer Version des SPIEGEL. Ich soll zurück in Deutschland für ihn was tun. Er telefoniert hinter zwei Leuten her. Die sind irrtümlicherweise vom Flughafen ins Amsterdam ›Hilton‹ gefahren. Kommt in der ›Ballad Of John And Yoko‹ vor. Ich sitz' an der Bar und zähl' meine Pieselotten nach. Ich hol' schon mal für den Erich drei Schachteln ›Caballero‹. Dann, da ich gerade im Souvenir-Shop bin, mehrere Tuchkalender, für meine Mutter und für die Otti Hüllen; die Katja in Hannover kriegt auch einen. Mein Vater raucht gerne exotische Zigaretten. Ich kauf' ihm die teuersten Gammel, die die mit Filter vorrätig haben. Ich blättere in meiner Ausgabe vom ›Finnegan's Wake‹ rum, das ich besser verstehe als ihr alle, Freunde! Und klar doch. Wie üblich schlage ich irgendeine Seite meiner Bibel auf, wie son Pastor am Tag vor der Predigt. Auf FW 516 erwische auch prompt die Stelle ›why-sklyng into a bone tolerably delicately, the Wearing of the Blue‹. Jetzt wißt auch ihr, warum Lou Reed sein neues Album ›The Blue Mask‹ genannt hat! Ich werde unruhig. Die Tussie von der RCA aus Hamburg ist nirgendwo zu sehen, während eine Busladung Touristen aus Japan sich eincheckt.

Ich frage an der Rezeption: »Ist die und die da?«

Er speichert ihren Namen ein; Antwort: »NO GUEST LISTED UNDER THIS NAME.«

»RCA?«

»NO GUEST LISTED.«

»Und Mr. Reed.«

Der uniformierte Herr tippt ein: »R-E-E-D«. Nix zu wollen. Kein Mensch da! Ich glaub' ich spinne. Ich ruf' zu Hause an.

»Du solltest gestern schon dahin, behaupten die in Hamburg auf einmal.«

Ich schwöre euch: Es war immer vom 26. 2., jenem blauen Freitag, die Rede gewesen!

Ich verlasse von nun an die Bar bis zu meiner Abfahrt noch am gleichen Tag nicht mehr. Zwei Molukkern von den ›Suriname Nileus‹, die was mit ›E, W & F‹ verhackstücken wollen, gebe ich mich als deutscher Musikjournalist zu erkennen. Die verwechseln mich mit Alan Bangs, haben aber alle Rock-Nächte gesehen. Ich sag': »Nee, nee. Wohl bin ich Peter Rüchels Enkel!« (Alan war übrigens kurz drauf sehr stolz, als ich ihm bei seinem legendären Gig vor zwei Leuten in der ›Rotation‹ in Dortmund erzählte, jemand hätte mich für ihn gehalten. Und der Alan hat mir nun schon mehrmals erklärt, der Tom Hospelt habe mal wieder statt ›5‹ ›vier‹ verstanden, als Alan seine Bewertung für den ›Musik Express‹ durchgab. Und im übrigen würde er jetzt, Stand 5. 3., 3.45 morgens, 3,45 Promille, ›The Blue Mask‹ glatt eine 6 geben).

Ich übe mich indessen an der Bar in der Kunst des Small talk. Mit dem aus Berkeley stammenden Sir Charles Fletcher II, einem Professor auf Vortragsreise, unterhalte ich mich über Psychopharmaka und Dresden, der Heimatstadt seiner Frau Gudrun. Ein kanadischer Regierungsbeamter, der an der Grenze zu Alaska wohnt, blättert meine ›Times‹ durch und will sehen, wie die Aktien stehen. Er muß über eine Glosse lachen. Hat Maggie Thatcher im Unterhaus gesagt: »I'm in favour of Canada« oder »I'm in favour of cannabis?« Meine Favoritin an der Bar ist die Elizabeth. Wenn die nicht so schöne Beine hätt. »Ich mach' mich an die ran«, während ein Ölmagnat aus Dallas (wo John Kennedy starb) mit ihr flirtet. Ich werde ihn mit meinem Charme trotz seiner Traveller-Checks ausstechen. Aber plötzlich interessiert mich die Elly gar nicht mehr. »Ich bin auch J. R.«, meint Frank aus Texas. »Ich war zweimal verheiratet. Ich will auch nur noch ficken!« Außerdem meint er, als wir auf Country-Musik zu sprechen kommen, Hank Williams sei im Auftrag seiner Frau und deren damaligen Geliebten '53 umgelegt worden. Lege ich die Elly doch noch um? Ich hab' gar kein Zimmer und vielleicht ist die 'ne Nutte! »I Love Women«. James Farrell spendiert eine Runde: Er stammt aus Kansas; kommt aber gerade aus Chicago und quakt mit Charly, dem Bar-Mixer; nennt ihn »Kojak«. Charly hat wie James irische Vorfahren. James' Vater ließ das ›O‹ fallen. Wir fachsimpeln über diverse Getränke.« Listen to his Irish

182

accent«, bölkt er durch den Saal; als sei er hier beim Dell-mann, und zeigt auf mich. Ich gebe ihm für mein 25. Am-stelbier ein Autogramm. Ich lasse mir von den Anwesen-den jeweils eine Widmung in meinen ›Finnegan's Wake‹ geben.

Elly schreibt plötzlich: »I love you.« Ich bekomme ei-nen Ständer, mit dem ich einen Eimer voll Jauche von Amsterdam nach Hause transportieren könnte. Vollkom-men blank nehme ich den letzten Zug um sieben nach Hause. Erste Klasse. Bezahlt von der RCA. Den Rest habe ich selber geblecht ...

Warum war ich eigentlich in Amsterdam gewesen? Ach ja, wegen Lou Reed. Der würd sich über meinen Bloomsday im Hotel ›Sonesta‹ freuen. Interviews mag er sowieso nicht. Wir schreiben noch immer den 26. Februar 82. Mein Kollege und Guru Hermann Lenz wird heute 69 in Schwabing: Er bezeichnete mich schon vor Jahren als Wilhelm Meister. Ich habe zwei Bekannte, die ›Charlotte‹ heißen; eine andere wurde ›Manon‹ getauft. Wir schrei-ben das Goethe- und James-Joyce-Jahr. Und das Jahr der Wiedergeburt von Lou Reed. Gegen elf komm' ich wieder beim Dieter Dellmann rein. Ich überreiche Erich Schmidt die ›Caballeros‹. Der überregional bekannte Estrichmi-scher Berni Manske raucht auch eine mit, wir nehmen 'ne Taxe ins ›Rotthaus‹. Die lesbische Doris hat frei. Und ich geh' noch nach der Polizeistunde ins ›APPEL‹. Gegen sechs im ›Playboy‹ höre ich eine Art ›Saragossa Band on 45‹: Sie singen auch ein paar Takte ›Gimme gimme good lovin‹. Where's the loo? Wo war Lou? »Hallo Freunde, hallo Lou!«

Der lachende Vagabund

Motörhead – Kein Schlaf bis Hammersmith

Ich werde das Gefühl nicht los, daß mich irgendwelche dunklen Mächte unbedingt unter den Torf bringen wollen. Letzter – und wie ihr seht – gescheiterter Versuch war, mich eine Woche lang mit Motörhead auf Tournee durch England zu schicken – ein Angebot, das ich nur akzeptierte, weil ich endlich mal wieder andere Tapeten sehen wollte und mir für die nahe Zukunft ein Interview mit Girlschool in Aussicht gestellt wurde.

Bekanntlich sind Motörhead nicht gerade als Anti-Alkoholiker verschrien und haben deshalb auf ihrem Live-Album NO SLEEP 'TIL HAMMERSMITH ausdrücklich der Spirituosen-Firma ›Smirnoff‹ und der ›Carlsberg‹-Brauerei gedankt. Nun bin ich aber leider oder Gott sei Dank geistigen Getränken seit geraumer Zeit abhold. Um jedoch allen unvorhergesehenen Versuchungen, denen auch Harald Juhnke mitunter erliegt, vorzubeugen, machte ich eine Blutsenkung, ein EKG (alles negativ) und plünderte unsere Hausapotheke. Tranquilizer wollten eingepackt werden, Kreislaufmittel und besonders Pillen, die zur Regeneration nach erhöhtem Alkohol- und Nikotinmißbrauch dienen. Für den Fall der Fälle packte ich auch noch mein tragbares Sauerstoffzelt ein. Vor der Lautstärke des berüchtigten Trios hatte ich keine Bange – aufmerksame Leser werden anhand meiner Artikel erkannt haben, daß ich fast taub bin.

Zunächst stand noch ein Abstecher nach Paris auf dem Programm, wo mich Alan Vega damit beauftragte, Motörheads Bassisten Lemmy einen schönen Gruß zu bestellen. Vom Flughafen ›Charles de Gaulle‹ dann in Richtung Heathrow. In der Maschine saß ich direkt neben Jane

Birkin, die sich gerade auf dem Weg zur ›Royal Gala Performance‹ in London befand. Ich umgarnte sie mit meinem Charme, d. h., eigentlich fragte ich sie nur, ob sie mal aufstehen könnte, um Pipi zu machen. Was ich wirklich auf dem Klo trieb, geht keinen was an!

Von London aus sollte ich in ein Kaff nahe der walisischen Grenze tigern. Zunächst verpaßte ich jedoch den Zug, hielt mich drei Stunden an einer Tasse Tee in der Euston-Station fest und erfuhr aus den ›News Of The World‹, daß in England von einem Tag auf den anderen die Fahrpreise um 100% erhöht worden waren.

Nach einer vierstündigen Fahrt holt mich Joan von Bronze Records in Chester ab; dann geht's gleich weiter ins ›Deeside Leisure Centre‹, wo Tank gerade ihr Vorprogramm absolviert haben. In diesem Freizeit-Zentrum drehen normalerweise Rollerskater ihre Runden, auch sind Poolbillard-Tische vorhanden – und vor allem Killer-Automaten. An einem von ihnen, ›Rattlezone‹, spielt Lemmy, der bis zu meinem Abflug ununterbrochen seinen Patronengurt um die Hüfte tragen wird. Er ist freundlich, macht aber erst mal weiter Schiffeversenken.

In der Garderobe treffe ich seine beiden Kumpane Eddie und Phil. In einem überdimensionalen Papierkorb sind unter Tausenden von Eiswürfeln einige Dutzend Dosen ›Carlsberg Special Brew‹ vergraben. Ich darf mich bedienen. Vom schmalen kalten Büffet sind nur noch einige trockene Salatblätter sowie matschige Tomaten übrig. Während ich Kohldampf schiebe, überprüft Phil in dem spartanisch eingerichteten Umkleideraum sein Gewicht. Mick Murphy, ein Kawenzmann von Tourmanager, der alles im Griff hat und auch das Taschengeld an die drei Saufbolde ausgibt (gegen Quittung), sagt den Jungs Bescheid, daß es in zwei Minuten losgeht. Lemmy, Eddie und Phil parieren. Was dann auf der Bühne beginnt, wer-

185

den alle Motörhead-Fans kennen – und die, die keine sind, verpassen nichts.

Nachdem sich der Vorhang geöffnet hat, legen die drei harten Burschen los. Zu verstehen ist aus dem Sound-Brei kein Wort, es sei denn, man schnappt mal ein ›Ace Of Spades‹ oder ›Overkill‹ auf. Sie beginnen aber – ich entnehm's am Bühnenrand stehend ihren Spickzetteln – mit ›Iron Fist‹, der eisernen Faust, die ihrer neuen Platte und dieser Tour den Titel gibt. Hinter der Combo ist tatsächlich eine riesige Faust mit beweglichen Fingern installiert, deren Kuppen beleuchtet sind. Bereits nach zwei Nummern streikt das Ding. Dafür wird Nebel in das hauptsächlich männlich-pubertäre Publikum gejagt und Blitze in die Höhe geschossen, als wolle uns die GSG 9 wie in Mogadischu blenden und überfallen. All der Firlefanz kann nicht darüber hinwegtäuschen, daß Motörhead nichts Weltbewegendes auf der Pfanne haben. Eddie ist zwar ein hervorragender Gitarrist, Phil ein quirliger Wirbelwind am Schlagzeug und Lemmy mit zum Mikrofon gestreckten Gesicht der Heavy-Metal-Sänger schlechthin, doch wissen Motörhead auf der Bühne wenig zu überzeugen. Die paar tausend Fans in Deeside gehen denn auch nur bei den Nummern mit, die sie schon seit geraumer Zeit kennen.

Nach einem halben Dutzend Songs verdrücke ich mich in die Garderobe. Neben der Bühne sind vorsorglich einige Tragen mit den dazugehörigen Nummern aufgereiht. Vor der Pommesbude übersteige ich eine Bierleiche. ›Born to lose – live to win‹ steht in Anspielung auf Lemmys Tätowierung auf der Jacke. Drinnen kündigt Lemmy den letzten Song an, es sei denn, ›we get a fuckin' encore‹. Natürlich wird's eine Zugabe geben!

Nach dem Gig sind die Jungs etwas unzufrieden. Es war ihr vierter Auftritt seit Tourneebeginn. Phil zeigt mir seine Finger. »An den ersten zwei, drei Tagen bekomm' ich immer Krämpfe und anschließend Blasen. Diese Konzerte sind sowieso nur zum Aufwärmen.« Diverse Pharmazeutika werden konsumiert. Plötzlich stehen zwei Bobbies in der Tür. Sie wollen aber keine Razzia veranstalten, sondern bitten Motörhead nur um ein Autogramm, das sie auch bereitwillig erhalten. Überhaupt sind Motörhead furchtbar nett zu ihren Fans. Sie sind überhaupt nett. »Nur«, meint jemand aus ihrer Umgebung, der nicht genannt sein will, »warum machen diese lieben Jungs nur eine so schreckliche Musik?!«

Die haben beschlossen, nicht in Deeside zu übernachten, sondern wollen lieber noch am selben Abend nach Newcastle durchfahren, wo sie drei Abende hintereinander aufspielen sollen. Ich könnte theoretisch – wie eine Ölsardine eingequetscht – mitfahren, aber ich habe erst mal die Fahrerei satt und hau mich in die Koje.

»Ohnehin«, behauptet Mick Murphy, »würdest du das beim erstenmal nicht überleben!« Na dann, gute Nacht.

Von Deeside aus fahre ich in einem Leihwagen am nächsten Morgen mit Joan, Jenny Torring (der Pressefrau von Tank) und den Kollegen Paul Makowski sowie Chris, der gerade ein Buch über Motörhead schreibt, über die Autobahn in vier Stunden nach Newcastle.

Das ›Holiday Inn‹, in dem die ganze Entourage logiert, liegt 10 km außerhalb, isoliert, ein piekfeiner Laden mit Kabelfernsehen und allem Pipapo. Ich würde mir gerne mal die Stadt ansehen, aber ich habe keinen Schotter für's Taxi. Statt dessen geht's zur Bar, wo Lemmy und Eddie gerade Wodka mit Orangensaft zum Frühstück einnehmen. Zwei Fans haben seit zehn Uhr gewartet und erhielten von ihren Idolen das gewünschte Autogramm.

»Wir würden ja gerne mit allen Kids vorm Auftritt einen trinken gehen«, bekennt Eddie, »aber wir sind leider einfach zu populär. Wir kämen noch nicht mal bis zum Tresen.«

Lemmy und Eddie verbringen offenbar mehr Zeit untereinander als mit dem wesentlich jüngeren Phil. Abends sind einige Interviews angesagt, auch soll hinter der Bühne fotografiert werden. Phil will die Termine vor dem Auftritt absolvieren. »Nachher wollen wir uns besaufen!« Dabei tun die den lieben langen Tag schon nichts anderes!

Phil scheint ein bißchen eifersüchtig. »Alles identifiziert Motörhead mit Lemmy! Dabei sind wir doch eine Gruppe! Das muß mal deutlich gemacht werden!« Phil trägt seine Aufsässigkeit ziemlich unverblümt mit sich rum und stiftet damit einige Unruhe.

Während sich Motörhead flaschenweise mit Smirnoff auffüllen und die Vorgruppe Tank, die kurz vor ihrem Durchbruch in England steht, versiert einheizt, höre ich mich bei den Fans in der Lounge-Bar in der Newcastle City Hall um.

»Warum gehst du eigentlich zu Motörhead?« frage ich Julie Daswell aus South Shields.

»I'm mad!«

»Und du, Kathy?«

»Ich finde Van Halen besser, aber Motörhead gehen auch zur Not.«

Einige Boys tragen Lederjacken, auf denen sie sich als Fans der Damned und Sex Pistols zu erkennen geben. Andere schwärmen quer durch den Schwermetallgarten. Brausender Applaus treibt uns in die Halle. Der Vorhang wird beiseite gezogen. Wo, zum Teufel, aber sind Motörhead?!

Auf einer mobilen Bühne haben sich Lemmy, Eddie und Phil samt Anlage und einem Techniker an die Decke hieven lassen. Sieht verdammt gefährlich aus, manch eine Box droht umzukippen. Durch einen deutschen TÜV kriegten die das Ding bestimmt nicht. Die Bühne wird sachte herabgelassen. Anderthalb Stunden Motörhead-Banging folgen. Am Ende der Show entschwinden die

188

drei wie weiland die griechischen Götter wieder nach oben.

Nach dem Auftritt wollen sie erst mal alleine bleiben. Nur Phils Verwandtschaft, die aus dieser Ecke stammt, darf rein. Die Nacht wird feucht-fröhlich – allerdings ohne mich. Wenn's den Brei regnet, habe ich normalerweise immer den dicken Löffel dabei, aber derzeit ist strikte Alkohol-Pause. Tagsüber, während die ganze Bagage knackt bis in die Puppen, langweile ich mich mit einigen Fans, die von weither angereist sind und auf ein Autogramm warten. Abends gibt's eine kleine Veränderung: Lemmy will sich am Schluß nicht wieder mit der Bühne hochziehen lassen.

Wir plaudern über Musik. Eddie tut sich gerne mal die eine oder andere 10-CC-Nummer rein, während Phil mehr auf Reggae und alte Motown-Sachen steht. Motörhead sind wohl die einzige Heavy-Metal-Gruppe, die von Punks respektiert, wenn nicht gar bewundert wird. »Die New-Wave-Musiker«, meint Lemmy, »hatten viel Enthusiasmus, aber zu wenig musikalische Erfahrung, während die älteren Typen genug handwerkliche Fähigkeiten besaßen, aber zu wenig rüberkommen ließen, was Begeisterungsstürme auslösen konnte. Wir vereinigen, glaube ich, beides und sind deshalb so erfolgreich.«

Am darauffolgenden Tag geht's für die Gruppe direkt nach dem Auftritt in Richtung London, wo sie in ihren eigenen Häusern wohnen werden. Für mich ist weder in Motörheads fünfsitzigem Caravan noch im überfüllten Bus der Crew Platz. Dankenswerterweise darf ich Dave in seinem LKW begleiten, der in der Nacht Tanks Anlage nach London transportieren muß. In dem engen unbequemen Karren kann man kaum pennen. Dave, der bereits seit 16 Stunden wach ist, greift zu Speed. Acht weitere Stunden muß er noch durchhalten, mit zwei Kaffeepausen. Ich nicke ein und träume die Bilder zu Ian Durys

Zeilen, ›… had a love affair with Nina in the back of my Cortina‹.

Wir kommen pünktlich in den Maida Vale Studios der BBC an, wo Tank heute auftreten sollen. Wir warten drei Stunden. ›Time Out‹ entnehme ich, daß die ersten beiden der vier Konzerte im Hammersmith Odeon bereits ausverkauft sind. Die Backstage-Pässe werden nach einer Hierarchie verteilt. Hatte ich in Deeside und Newcastle noch ›access all areas‹, so habe ich hier in London keinen Zugang mehr zur Bühne oder zu Motörheads Garderobe. Während ich am Bühneneingang warte, läuft Eddie mit einem Wodka durch die Gegend. Er macht den Manager Mick an: »Hey, give Wolfgang a pass!«

Der Rest: wie gehabt. Lemmy und Eddie sind guter Dinge, während sich Phil vor dem Auftritt rar macht. Dann, ohne Verspätung, wird wieder mit der eisernen Faust gefegt, ohne – wie eigentlich geplant – den Film einzuspielen, den ich am Nachmittag in den Büros von Bronze Records gesehen habe, in dem Motörhead als mystische Ritter auftreten.

Vor der Halle bettelt jemand um meinen Backstage-Pass, will ihn mir sogar abkaufen. Ich schenk' ihm den – und mir die weiteren Auftritte von Motörhead. Viele hatten mich bereits vor Antritt der Reise für tot erklärt. Aber Eddie, Lemmy & Phil zwingen keinen zum Mitsaufen. Sehr tolerant und privat ungewöhnlich zuvorkommend. Jede Mutter würde sich einen der drei als Schwiegersohn wünschen (bei entsprechender Kleidung). Nur Lemmy, warum macht ihr eigentlich so schreckliche Musik?!

190

Kalter Bauer in Bochum

»HAT er Höhe?« »Bis zum Bauer.« »MEINER gildet! Ich hab' ihn bis zur Dame!« Willi zeigt seinen Terz: zehn, Bube und eben jene Dame in Trumpf. Das ist beim ›Klammern‹ schon die halbe Miete. Sein ihm gegenüber sitzender Partner David spielt an.

Ich kenne das Schauspiel: Er knallt den dritthöchsten Trumpf, das As, auf den Tisch. Gerd, einer der beiden Gegner von Willi und David, muß drübergehen (mit der neun, sprich: mit der ›Scheiß-Mie‹), dann kassiert der Bauer beide, und der vierte Mann, Gerds Mitspieler Franz, muß Trumpf bedienen, hat aber keinen und wirft eine Lusche ab, in diesem Fall die blanke Kreuzsieben. Ich liebe dieses Zuschauen beim ›Klammern‹ noch mehr als das bewundernde Zugucken beim Skat. Alles ist im Grunde möglich. Man hat viel in der Hand, und selbst wenn der Spielausgang, das heißt die Gewinnerpartie, von vornherein feststeht aufgrund der Übermacht einer Trumpf Flöte, so ist es doch interessant zu verfolgen, wie die offensichtlich Unterlegenen um wenigstens einen der acht Stiche kämpfen, denn Kleinvieh macht auch Mist, und erst bei 761 Miesen wird die Runde bestellt.

»Trinkze einen mit, Wolfgang?«

»Nee, laß ma, Franz, ich wollt' noch in die Kanülen-Bar!«

Ich meine damit das ›Rotthaus‹. Da soll meine übliche Freitagsabend-Tour beginnen, wie jedes Wochenende seit geraumer Zeit. »Außerdem hab' ich schon drei Pils weg! Und du weißt' ja, unser Oller stellt sich so an wegen der Karre!«

»Kommze nachher noch mitte Taxe runter? Wenne hier genug verlorn hass'?«

»Nee, der Gerd und ich müssen morgen früh raus. Wir ham 'ne Schwarzarbeit in Pusemuckel. 300 Pfeifen für jeden!«

»Na gut. Dann gibze morgen einen aus. Du spielz doch nachmittags inne Alte Herren, oder?«

»Ma gucken. Wenn we bis dahin mit'm Tapezieren fertig sind!«

»Also, ich hau' dann ab. Soll ich einen bei der Heidi für dich mit reinschieben?«

»Klar! Und für den Wilhelm auch!« Willi ist schon leicht schicker.

»Lohnt nich'!« Ich kneif' Franz ein Auge zu.

»Bei dem kommt doch nur noch blaues Wasser raus!« David kommt vom Pott zurück mit'm Rolf. Ich steh' auf und bezahle beim ›Frika‹ Dellmann meinen Deckel. Als er mir das Wechselgeld hinlegt, kloppt einer auf meine Schulter. Herbert isses. Ich bin platt.

»Ich dachte, du wärs noch inne Kur?«

»Nee nee. Ich wollte keine Verlängerung haben. Kost' ja heute zehn Mark pro Tag. Wollze gehn?«

»Ja, ja. Die übliche Tour. Ersma ins Rotthaus. Willze nich' mit, oder krisse sonz Theater mit deine Olle?«

»Och, da war ich schon dran vorhin. Die mußte ja endlich ma wieder watt vor die Buchse ham, nach vier Wochen!«

»Und?« frag' ich. »Wie war et dahinten? Hasse watt kennengelernt?«

»Nee«, meint Herbert, »war sowieso nix los. Iss ja Winter. Und du glaubz ja gar nich', wie leer datt überall da iss! Wenn wir da nich' gewesen wärn in Bad Soden, wir vonne Knappschaft …«

»Komm, dann laß uns abhaun, bevor die doowe Ilse gleich runterkommt, oder wollze noch einen hier trinken?«

Herbert: »Ich trink' doch nich' mehr!«

192

Ich: »Um so besser! Dann stell' ich die Karre von unserm Alten inne Garage und ab durch die Mitte ...«

Gegen zehn Uhr Freitag abends fängt im ›Rotthaus‹ immer die Disco an. Samstags sind da in der Regel Auftritte von Rock-Bands, dienstags Beratung für Kriegsdienstverweigerer, dann und wann Kino. Am letzten Montag im Monat ist ›Frauenabend‹. Dann kommen Männer nich' rein, nich' mal als Bedienung. Ich möchte mal gerne wissen, watt die Scheiß-Emanzen sagen würden, wenn die vom ›Rotthaus‹ mal'n ›Männer-Abend‹ einführn würden. Aber ins ›Rotthaus‹ geh' ich freitags sowieso nur deshalb rein, weil das Bier billig iss, im Vergleich zu andern Discos. Ich sauf' mir da erst ma einen an und hau dann so gegen zwölf ab, in die ›Zeche‹ (die jetzt übrigens zusammen mit ›Samson‹ wirbt), nich' weil ich unbedingt sehen und gesehen werden will. Nee, ich bin eigentlich viel zu berüchtigt in dieser Szene, nich' nur als Schreib-Chaot und als eine Art Pop-Dutschke von der Uni. Der Scheiß iss vielmehr, datt ich 'n paar Jahre Musikredakteur bei dem Ruhrgebiets-Magazin ›Marabo‹ gewesen bin, anschließend noch freier Mitarbeiter u. a. bei ›Sounds‹, ›Musik Express‹ und mit der ›Marabo‹-Konkurrenz ›guckloch‹ mal'n Leserbrief-Krieg geführt habe. Was sagen will: Bekannt genug bin ich, fast schon zu bekannt, aber wenn ich watt zu ficken suche, bietet sich einfach die ›Zeche‹ an.

Voll gepackt bis unters Dach mit hübschen Mädchen, die alle lochtig sind, die alle gefickt werden wollen!

Nur wegen der Musik kommt da bestimmt keine hin. Und tanzen tun auch immer die zehn Selben in der Disco, während die andern 495 zugucken: schön aussehen und sich einen ausgucken, oder sich ausgucken lassen.

Also, ich setz' mich in Herbert seinen billigen Renault rein.

»Oder soll'n wa ers im ›Appel‹ gucken gehn? Ich

glaub' der Norbert zapft heute. Da kriegen wir einen für lau. Außerdem iss in der ›Zeche‹ noch zu voll. Da krisse keinen Parkplatz. Obwohl – gezz um elf laufen noch jede Menge Jungfrauen da rum!«

»Datt meinze doch wohl nich' im Ernst!«

»Nee! War nur'n Scherz! Obwohl, ich glaub', heute geht's nich' mehr so drunter und drüber, wie noch vor zehn Jahren. Da standen die ja schon mit 16 unter Streß. Wer da noch die Unschuld hatte, galt doch schon als alte Jungfer. Übrigens hab' ich dir mal von der Karin erzählt, der aus Bad Lippspringe?«

»Nee«, Herbert setzte seine Karre vorm ›Appel‹ ab.

»Laß uns erst ma reingehn.«

Die Kneipe unten im ›Appel‹ war voll. Katja spielt Billard mit ihrem behaarten (ein Mediziner würde sagen: atavistischen) Freund, der bei der ›Dschungelband‹ trommelt. Wie die sich über den Tisch reckt.

»Der könnt ich so einen verpassen. Von hinten ins Nasenloch«, flüstert Herbert laut.

Ich versuch' ihn zu beruhigen: »Heute nich'! Warte ab, bis dem Kerl seine Scheiß-Kapelle auf Tour iss, dann iss watt bei der zu machen!«

»Hallo, Bramma!«

Ich hab' mich mittlerweile zur zweiten Reihe am Tresen vorgekämpft.

»Macht der Zonte heute oben wieder Musik?«

»Klar? Hörße nich'! ›This Is Pop‹!«

»Isser wieder dick und spielt den ganzen Abend XTC?«

»Hasse den schon ma als Diskjockey nüchtern gesehn? Außerdem kommt der nich' darüber hinweg, datt Sounds' gezz dicht iß!«

Ich dreh' mich in Richtung Zapfhahn: »Hallo, Norbert, machse mir ma'n Guten? … Und, Herbert, du'n Bier? – Toll, die Scheibe, die da gerade von Gil Scott-Heron läuft, woll? Kannze mir die ma leihen?«

Dieses Stück ›B-Movie‹, eine aktuelle Bestandsaufnahme Amerikas, ist wirklich das Beste an Politsong, das ich kenne, vom Text her wie von James Joyce, mit feinster Disco-Musik unterlegt. »Since John Wayne was no longer available/We saddled for … Ronald Reagan«. Echt Spitze.

»Komm Herbert, wir gehn ma hoch. Vielleicht treffen wir ja deine Tochter. Wie alt iss die gezz eigentlich? Schon 16?«

»Die wird nächste Woche 17.«

»Also an der hätt ich ja auch Spaß. Aber die ist mir echt zu schade! Hat die schon ma …«

»Die erzählt mir alles. Die hat auch'n Freund, der mehr will, aber sie will noch nich'.«

»Wennse vernünftig iss«, stimme ich ihm, das heißt eigentlich ihr zu.

»Tja, aber du weiß ja, wie datt iss. Ich hab's ihr auch gesagt: ewig wird datt der Macker nich' mitmachen, wenn der sonn Ende inner Levi's hat.«

»Besser als die Karin, von der ich dir erzählen wollte. Die hat mir geflüstert, datt die von dem damaligen Freund ihrer Schwester beim Nachhilfeunterricht datt erste ma genagelt wurde. Da war die vierzehn … Soll se ruhig. Aber als wir dann später zugange warn, hat se mir – da war die schon 24! – erzählt, datt se sich noch nie selbst befriedigt hat … und dann hab' ich ihr erklärt, datt datt ganz schöne Scheiße für die iss, ewig auf Kerls angewiesen zu sein.«

Ich begrüße eben noch die Lotte, die die Woche über Sekretärin von somm Proff anner Uni iss und freitags hier kellnert. Ich würde auch gerne an die ma drangehen, aber die meint, ich müßte ers ma 'n Star werden. Ich mein', ich hab' schon Lou Reed und Mick Jagger interviewt (echt wahr!), und Alan Bangs ist mein Freund. Muß ich denn erst den Papst beim Wichsen in der Peepshow erwischen?

195

»Komm, Alfred! Hier läuft ja doch nur noch Gesocks rum! Ich sag' eben noch dem Zonte ›Tüss‹ und dann fahr'n wir nach Bochum!« Zonte ist scheißendick und hat bis vier Uhr noch zweieinhalb Stunden vor sich. Als ich rausgeh, hör' ich die ersten Takte von Wire's ›I am the fly in the ointment‹, was wörtlich übersetzt heißt: ›Ich bin die Fliege in der Salbe‹, zu deutsch: ›Ich bin das Haar in der Suppe!‹

»Ach, weiße watt«, sag' ich dem Alfred, als wir an der Uni vorbei in Richtung Stadtmitte fahr'n. »Laß uns eben noch in dem neuen Dingen gucken. ›Sachs‹ heißt datt. Da wo früher dieser Schwulenklub drin war. Die hatten übrigens fuffzehn Jahre keinen einzigen Anschiß vom Ordnungsamt gekriegt.«

Das ›Sachs‹ ist bauhausmäßig eingerichtet. Der Inhaber, Alex, ist auch da.

»Watt iß, du Wirt? Gibse einen? Ich bau dann deinen Laden auch in meine nächste Story ein. Schleichwerbung. So wie die Mercedesse in ›Dallas‹.«

»Gut. Einen doppelten Scotch für'n Wolfgang. Watt will der Herbert?«

»'n Wasser und 'ne Olle. Aber hör ma, Alex, wieso heißt dat Dingen hier eigentlich ›Sachs‹?«

»Weil ich'n halbes Jahr geborn wurde, bevor meine Eltern geheiratet haben. Und die Zeit hatte ich eben den Namen meiner Mutter, ›Sachs‹.«

»Scheiße, Herbert. Gezz iß schon fast zwei Uhr, und ich hab' immer noch nix zu ficken!«

»Du willz doch wohl nich' auf'n Eierberg?«

»Bistu bescheuert?« mein' ich. »Dann lieber in die hohle Hand. Oder warte ma: die gezz reinkommt mit dem Zinken und den dicken Peppen … ach lieber nich'. Der Olle kann mich nich' leiden. Der iss'n höheres Tier bei der ›WAZ‹. Als ich den ma zufällig zu Hause an der Strippe hatte und ihm ›Guten Tag, Herr Kollege‹ sagte, hat der

196

sich fürchterlich bei seiner Deene beschwert. Ich sollte doch erst ma'n Staatsexamen machen oder wenigstens ein dreijähriges Volontariat, womöglich bei seiner Scheißzeitung. Nee, ein langjähriger Mitarbeiter bei sonner Stadtzeitung ist für den kein Kollege.« In der Tür fang' ich plötzlich an, Gerry Rafferty's Schnulze ›Her Father Didn't Like Me Anyway‹ zu summen. Als wir zur ›Zeche‹ einbiegen, spielt Alan Bangs in seiner Sendung ›Night Flight‹ gerade ›Switchboard Susan‹.

Vor der Disco seh' ich eine Bekannte von mir aus Köln, Johanna Schmitz, reingehen, mit ihrem Macker. Wir bleiben in der Parkplatzauffahrt stecken.

»Guck dir diese Scheiß-Tommies an.« Herbert macht die Lichthupe an. Ein paar englische Soldaten, höchstens zehn oder zwölf, alle besoffen bis dort hinaus, kloppen sich mit der Besatzung von mehreren Peterwagen.

»Komm, Herbert, hier iss ja doch nix los. Und die Schlange vor der Disco iss sowieso erst inner Stunde weg.«

»Willze denn nich' noch zu deiner Freundin. Wie heißt die denn noch?«

»Welche meinze denn? Die Blonde, die so aussieht wie 'ne Kreuzung aus Trude Herr und Kim Wilde?«

»Ja. Die.«

»Die hat doch ausgerechnet heute nacht Dienst in dem Dingen hier. Und wenn die um sechs mit'm Fahrrad nach Hause fährt, kann die …«

»Wie heißt die noch ma?«

»Marlies. Marlies Pfeffer.«

»Jedenfalls, die hat dann morgens auch keine Lust mehr zum Ficken.«

»Und watt gezz?«

»Komm, laß uns nach Dortmund-Körne zu dem verkommenen Wolfgang Nowack fahr'n. Von dem läuft doch gezz seine neue Fernsehserie mit Iris Berben an. Bei

197

dem gucken wir uns 'n paar Pornos an und lassen uns anschließend von dem in diesem teuren Edel-Puff in Berghofen freihalten.«

»Ach nee. Laß man. Ich mach' lieber meine Olle wach.«

»Und watt soll ich machen?«

Herbert rammt den Rückwärtsgang rein. »Dann kloppze dir eben einen …«

Einmal Tchibo und zurück

Ich war gestern nachmittag gerade auf dem Weg von meinem Psychiater zu Bochums schönster Apothekerin, um mir von ihr meine Monatsration Lithium abzuholen, als ich an einer Baustelle in der Innenstadt Andreas traf, mit dem ich vor Jahren für einige Monate in einem Schallplattenladen gegenüber vom Hauptbahnhof gearbeitet hatte und dessen Mutter 1959 meine erste Lehrerin gewesen war.

»Was macht denn dein Roman? Soll ja der nächste Hammer sein.«

»Wer hat das gesagt?« wollte ich wissen.

»Einer, der viel Bücher liest – Bertram. Und noch einer, so'n Kleiner. Ich weiß nicht, wie der heißt.«

»Diederichsen?«

»Nee. Den kenn' ich.«

»Also, wenn du's genau wissen willst, Andreas: Am 4. September ist das Dingen fertig.«

Er war schon wieder am Gehen, rief mir ein »Dann bin ich ja gespannt« nach und verschwand im Getümmel. Der Roman. Ich habe erst einen Satz, einen Titel und einen Lektor. Den Satz könnt ihr schon mal haben: »Ich würde sie ficken.« Ein gutes Intro, find' ich. Mehr will ich aber im Moment noch nicht verraten und geh nach Tchibo.

Die Frau hinter der Bar kannte mich und stellte mir ohne Aufforderung einen Kaffee ohne alles hin. Ich steckte mir meine 43. Benson an. Bob Dylan raucht dieselbe Marke, stand neulich im ›Rolling Stone‹. Meine Schwester tauchte auf. Sie holte sich das gleiche Gesöff wie ich. Unsere gesamte Familie ist süchtig nach Tchibo ohne alles. Gabi hatte ›Auf einen Blick‹ und ›Die Aktuelle‹ bei. Auch ich bin höchst interessiert an den Vorgängen im Jet-Set. Stephanie von Monaco will sich jetzt unbedingt ein Kind von dem jungen Belmondo machen lassen.

Vor zwanzig Jahren wollte ich unbedingt der Gemahl von Prinzessin Anne werden, doch plötzlich erkaltete meine Liebe zu ihr, als ich in der ›Musik Parade‹ 1966 ein Bild von Nancy Sinatra sah. Sie hatte gerade ihren ersten Hit mit ›These Boots Are Made For Walking‹ gelandet. Den Song fand ich auch toll, vor allem wegen Duane Eddys Baßlinie, doch nun, als ich sie so in ihren hohen Stiefeln, ihrem kurzen, vielversprechenden Rock, dem nichtsverheimlichenden engen Pulli und den langen, blonden Haaren betrachtete, wie sie auf einer Gangway posierte, war ich, dreizehnjährig, erstmals richtig hin. Aber wie das so ist. Ich hatte sie nicht unter Kontrolle.

Im darauffolgenden Jahr machte sie mich furchtbar eifersüchtig, als sie mit ihrem Daddy das inzestuöse ›Somethin' Stupid‹ im Duett sang. Ich wette, daß Ol' Blue Eyes tatsächlich damals an der dran war. Sie ist auch wahrscheinlich gar nicht seine Tochter. Und war's nicht Frankieboy, der den Satz geprägt hat: »In Amerika gehört man zur Aristokratie, wenn man den Stammbaum bis zum leiblichen Vater zurückverfolgen kann?«

Ich mußte mir eine andere ausgucken – auf dem Schulhof: Susanne, die in die Parallelklasse ging. Ich wollte ihretwegen damals katholisch werden, denn es gab noch keine Koedukation, und die einzige Möglichkeit, mit Mädchen eine Schulstunde zu verbringen, war der katholische Religionsunterricht. Doch die Konfirmation stand vor der Tür, und ich dachte an die Verwandtschaft, die sich nicht lumpen lassen würde. Ich entschied mich für den Erwerb von ›Revolver‹ und ›Pet Sounds‹ und ›If Music Be The Food Of Love‹. Ich habe Susanne nie was von ihrem Glück erzählt, obwohl sie wahrscheinlich von ihm wußte. Wir sind dann später gelegentlich mit ihrem

Freund ausgegangen, einem Arno-Schmidt-Fan, der mir immer ganz stolz seine komplette Bargfelder Flöte zeigte. Als die beiden auseinander waren, verkehrte ich mehr mit ihm, einem gelernten Mathematiker, als mit ihr. Susanne und ich besuchten nur noch ein paar Konzerte zusammen.

Ich erinnere mich an Lou Reed in Münster und J. J. Cale in Düsseldorf. Vor gut zwei Jahren war dann endgültig Schluß.

Heute ist Susanne nicht mehr in der Kirche, arbeitet als Lehrerin in Castrop und verdreht irgendwelchen Vierzehnjährigen wieder den Kopf. Im Grunde hatte ich sie und ihren Schmidtschen Freund auseinanderdividiert.

Diese Story fing 1975 an. Ich wollte hier weg und heuerte bei ›Foyle's‹ in London an, dem angeblich größten Buchladen der Welt. Man steckte mich in die medizinische Abteilung, obwohl ich von Tuten und Blasen keine Ahnung hatte. Ich stand hinterm Tresen unten im Kellergeschoß, und dauernd kamen irgendwelche Gelehrte aus aller Herren Länder an, um nach ganz speziellen Büchern über irgendeinen bestimmten Knochen zu fragen oder um das Standardwerk über Vestibularisbefunde bei der plötzlichen einseitigen Innenohrhörstörung zu erwerben, während ich nur den Standort des Bestsellers der Abteilung kannte. ›The Joy Of Sex‹. Ich wohnte damals zur Untermiete bei Mark und Judy in Thornton Heath, kurz vor Croydon. Ich gab ihnen jede Woche neun Pfund für volle Kost, Logis und Familienanschluß. In diesem typischen Suburban-Bau war das Klo sozusagen Teil der Küche, und ich brachte es nie fertig, kacken zu gehen, wenn nebenan, nur durch eine offene Tür getrennt, Judy einen Yorkshire-Pudding im Herd hatte. Abends war ich meist in Soho unterwegs, im ›Marquee‹, aber auch des öfteren im Theater. Ich sah Claire Bloom als Blanche in ›A Streetcar Named Desire‹, ich bewunderte Henry Fonda in dem Einmannstück ›Clarence Darrow‹, das hier später von Curd Jürgens geboten wurde. Am meisten beeindruckt war ich aber von Ralph Richardson und John Gielgud in Pinters ›No Man's Land‹. Vielleicht hat sich aber dieser Theaterabend auch nur so eingeprägt, weil ich in der Pause ein schwedisches Au-Pair-Girl kennenlernte. Wir verabredeten uns für den nächsten Abend in einer Folkkneipe am Charing Cross. Aber leider war nach einer Bombendrohung der IRA das halbe West End abgesperrt worden, und ich hab' dieses Kind aus Bullerbü nie mehr gesehen.

Ich besuchte damals gelegentlich den ollen Erich Fried in seiner Budicke. Seine Gedichte hatten mich nie besonders interessiert, wohl aber seine Sylvia-Plath-Übertragungen (›Ariel‹). Er erzählte mir von deren ehemaligem Mann, dem Lyriker Ted Hughes, daß der nur noch als ›lady killer‹ in der Branche gehandelt wurde, nachdem auch seine zweite Frau sich aufgeknüpft hatte. Sonst aber wurde ich mit Erich nicht recht warm. Er war damals auch überlaufen, eine Art Madame Tussaud für alle möglichen Leute, die sich für links hielten, eine touristische Attraktion in London.

In jenem Spätsommer wollte ich unbedingt Dramatiker werden. Ich hatte auch schon Titel und Plot für ein Stück: ›Offside‹ (Englische Titel waren in jener Zeit der Wolfgang-Bauer-Magic-Afternoon-Schule im deutschsprachigen Theaterraum sehr beliebt). Es ging darin um einen Fußball-Profi aus armen Verhältnissen, der kurz vor dem Sprung in die Nationalmannschaft ein Bein nach einem groben Foul von Berti Vogts verloren hatte. Eigentlich hatte ich aber von vornherein ein Musical geplant, nachdem Joachim Preen vom Bochumer Schauspielhaus, der Regisseur des ›Ekel Alfred‹ und, wichtiger noch, von ›John, Paul, George, Ringo … and Bert‹ featuring Herbert Grönemeyer, unverbindlich Interesse an meiner Posse mit Gesang gezeigt hatte.

202

Da traf es sich, daß es mir gelungen war, mich nach New Ash Green, Kent, zu meinem Lieblingssinger/songwriter Phillip Goodhand-Tait einzuladen. Ich erläuterte ihm meinen Plan und daß ich Musik dafür brauchte, wenigstens ein Titelstück, am besten von ihm. Bei einem ›Bénédictine‹ versprach er es mir. Am selben Nachmittag bat er mich, einen Song zu übersetzen, den er gerade für Roger Daltrey und Gene Pitney (und sich selbst) geschrieben hatte, ›Oceans Away‹. Meine Nachdichtung hatte ich in einer knappen Stunde fertig. Phillip setzte sich an sein Harmonium und sang gebrochen meinen Text: ›Weck mich nicht auf, wenn ich von dir träume.‹ Danach holte er, der auch sein eigener Verleger war, ein Vertragsformular aus dem Schreibtisch, und ich unterschrieb meinen ersten Vertrag als Autor. Phil schickte den ganzen Rotz anschließend zu seinem deutschen Vertreter Ralph Siegel jr.

Ich rechnete schon hoch, was ich an einer Goldenen Schallplatte verdienen würde bei vereinbarten 5% pro verkaufter Single. Natürlich hat nie einer meine Version aufgenommen. Aber wir haben ja auch keine Sänger wie Roger Daltrey, Gene Pitney oder meinen Freund Phillip Goodhand-Tait. Jedenfalls fühlte ich mich von jenem verregneten Nachmittag an als Künstler.

Judy hatte eine siebzehnjährige Schwester, Mary, die mich bei einem Besuch in ihrem Elternhaus bat, ihr beim Deutschlernen zu helfen. Wir lasen ›Das Brandopfer‹ von Albrecht Goes, das ich mal in einer Fernsehfassung mit Hilde Krahl und Benno Sterzenbach gesehen hatte. Ansonsten verliebte ich mich in sie. Leider ging mein Schikkermoos alle, und ich mußte nach sechs Wochen London, nach der schönsten Zeit meines Lebens, nach Hause.

Ein paar Tage nach meiner Rückkehr kam mit der Post eine Kassette von Phillip mit dem versprochenen Titelstück für mein dramatisches Debüt. Wie er schrieb, hatte es ihn drei Tage und drei Nächte gekostet. Es war genau so, wie ich es erhofft hatte. Jemand schießt das entscheidende Tor, das wegen ›Abseits‹ nicht gegeben wird. Phillip benutzte diese Situation auch als Metapher für eine unerfüllte Liebe. Ich kriegte trotzdem mein Musical nie auf die Reihe und verlor auch Joachim Preen aus den Augen, bis ich im vergangenen Frühjahr in einer kleinen Notiz der FAZ las, daß er sich, noch keine fünfzig, am Bodensee das Leben genommen hatte. Einer, der uns am Fernsehen und hier in Bochum auf dem Theater soviel Spaß bereitet hatte, wurde mit keinem Nachruf gewürdigt.

Ein Jahr nach meinem England-Aufenthalt, den ich an der Victoria Station mit dem Kauf des Buches ›Mary‹ von Vladimir Nabokov (deutscher Titel: ›Maschenka‹) abgeschlossen hatte, kam Mary mit ihrem Rucksack und einer Freundin hier an. Mary und ich intensivierten unsere Beziehung, während Susannes Freund sich an die andere ranmachte. Und wie ich höre, sind die beiden angeblich heute immer noch zusammen, während Mary und ich nicht mal mehr on speaking terms sind. Meine Schwester nahm sich eine Benson von mir und ging wegen ihrer Scheidung zum Anwalt, einem Freund von mir, dessen erste Kundin sie nach knapp einjähriger Ehe geworden war.

Ich blieb noch ein bißchen bei Tchibo, und es fiel mir auf, daß die ›Ihr Pfund ist wieder da‹-Kampagne wohl beendet war, und ich dachte an einen im Moment noch sehr toten Dichter, der aber nächstes Jahr zu seinem 100. Geburtstag unter Garantie ein mit allen Schikanen gemanagtes Revival erleben wird. Ich seh's schon auf den Plakatwänden prangen: IHR EZRA POUND IST WIEDER DA. SUHRKAMP. Drei Tassen später kam ich an einem Wohnwagen zwischen ›Kortum‹ und C&A vorbei. Ein Engländer aus Bochums Partnerstadt bot allerlei Gimmicks von dem Klub Sheffield Wednesday an, von der Vereinsnadel übers Bierglas bis zum Lederball mit Auto-

204

grammen. Ich wollte erst mit ihm ins Gespräch kommen, aber ich wollte auch an nichts mehr denken, schon gar nicht an meine Brieffreundin Sue in Sheffield, deren Mutter Peggy hieß, und daß ich es für keinen Zufall hielt, daß mein Lieblingslied schon seit 1963 Buddy Hollys ›Peggy Sue‹ ist. Ich ging weiter und kam an einem Café /Bistro/ Restaurant vorbei, das auf einer Tafel u. a. Bunte Bohnensuppe anbot. Die Schrift in Kreide kam mir bekannt vor. Ich ging kurz rein und sagte nur: »Tach, Christiane. Ich wollte nur mal gucken, wer sich hinter der Klaue versteckt.« Auf dem Weg zur schönsten Bochumer Apothekerin summte ich Gerry Raffertys ›Her Father Didn't Like Me Anyway‹. Sie gab mir ein paar Minze zu meinem Lithium, die ich in der S-Bahn schluckte. Zu Hause fragte mich meine Mutter, wie's beim Psychiater gewesen war, und ich sagte: »Wie immer!«

Tribute to Eddie Cochran

Ich mußte zum Zoll. Da führte kein Weg dran vorbei. Der Wisch hatte in meinem Briefkasten gelegen. Sofort beschlich mich ein ungutes Gefühl, obwohl ich mit der Behörde noch nichts zu tun gehabt hatte, oder vielleicht deshalb. Bei meinen zahlreichen Reisen nach England, hauptsächlich in den siebziger Jahren, war ich nie gefilzt worden, obwohl ich wie ein Drogenabhängiger aussah. Aber hatten wir nicht damals alle diesen Look? Was also kam da auf mich zu? Ich nahm an, daß mir einer Platten geschickt hatte, ohne daß er diesen grünen Zettel aufgeklebt hatte, auf dem draufstand, was drin war. Ich war zwar weitgehend aus diesem Musikgeschäft ausgestiegen, doch von zwei Firmen im Ausland kriegte ich noch immer Tonträger zugestellt, zum einen von ROIR, einem Label in New York, das nur Kassetten veröffentlichte, zum anderen von Bronze Records, um die ich mich mit einer Story über eine Motörhead-Tournee, die ich mit den schrecklichen Drei in England absolviert hatte, verdient gemacht hatte. Ich fuhr mit der S-Bahn in die Stadt und ging zu Fuß zum Bahnhof Nord, in dessen Nähe das Zollamt liegen sollte. Ich dachte mir, wenn die zuviel Asche haben wollen, können die das Zeug, was immer es ist, behalten.

In dem Bau, der etwas abseits lag, ging es lebhaft zu. Ich kam aber sofort dran. Der Zollbeamte ging an ein Regal und zog was raus, das aussah wie ein Plattenpaket. Er zeigte es mir. Wissen Sie, was da drin ist? wollte er wissen. Schallplatten, nehme ich an. Es war noch die Vinyl-Zeit. Na gut, sagte er, dann wollen wir mal nachsehen. Er riß das Ding auf und zog die Sachen raus. Es waren mehrere

206

Scheiben, eine in Lederhülle, dazu eine shaped disc und eine Single und wie immer die Pressemitteilungen von Bronze. Bevor er weiter reden konnte, sagte ich, daß ich Musikjournalist sei und die Dinger besprechen müßte. Hoffentlich, dachte ich, fragt er nicht beim Finanzamt nach, ob ich richtig Steuern abführe. Auch Muster müssen verzollt werden. Dann kannst du sie behalten, hätte ich fast gesagt, aber er gab mir die Platten wortlos, und ich zischte ab.

In der Lederhülle steckten sogar zwei LPs drin mit Motörheads größten Hits, obwohl sie nur eine Handvoll gehabt hatten. Ich wußte schon, wem ich die schenken würde. Besprechen würde ich sie nicht, weil ich eigentlich die Schnauze voll von dem Trio hatte, außerdem nahm mir keiner mehr meine Kritiken ab. Ich war heilfroh, daß der Musik Express wenigstens meinen etwas voreiligen Abgesang auf den Rap unter dem Titel ›Hip Hop Flop‹ abgedruckt hatte. Die Maxi-Single in Form einer V-Gitarre kriegt mein Neffe, damit der endlich von seinen BAP und Queen loskommt. (Es hat geholfen, bis vor kurzem hat er einer sehr harten Hardcore-Gruppe angehört.) Die Ledertasche kriegt die Susanne, die auf Leder stand. Wieso hätte sie mir sonst eine Lederkrawatte zum Geburtstag geschenkt? Ich hatte sowieso vor, mal wieder mit ihr auszugehen, und so hatte ich einen Grund.

Sie war meine große unerfüllte Liebe. Ich verehrte sie schon auf der Mittelstufe in der Schule, und ich habe ein paarmal mit ihr auf Klassenfeten getanzt. Aber näher waren wir uns nie gekommen, weil ich ihr gegenüber, der schönsten Frau vom Lessing-Gymnasium, zu schüchtern war. Später studierten wir zusammen Englisch, ich aber hörte dann auf und verlor sie aus den Augen. Mitte der siebziger Jahre traf ich sie mit ihrem damaligen Freund, mit dem ich mich auf Anhieb gut verstand. Auch als die beiden sich getrennt hatten, blieb ich mit ihm befreundet,

und wir besuchten und fickten zwei Teenager in England:
Susanne blieb ich auch verbunden. Sie erzählte mir aber
nie mehr was von ihrem jeweiligen Macker, denn daß sie,
die mittlerweile schönste Frau von Bochum geworden
war, immer einen hatte, war mir klar. Wir trafen uns unregelmäßig. Nur einmal war ich in ihrer Wohnung gewesen, die sie, wie ich annahm, von ihren Eltern zum bestan-
denen Examen gekriegt hatte. Öfter war sie bei mir auf
der Mansarde, aber es kam nie zum Äußersten, nie kam
ein Kuß über ihre Lippen. Ich wußte nicht, ob ich sie ausgerechnet mit Hilfe von Motörhead rumkriegen würde.
Im Grunde hatte ich die Hoffnung auf einen Fick mit ihr
aufgegeben.

Ich rief sie an, und fragte sie, ob sie mit mir nicht ins
›Basement‹ wollte. Das war eine neue Discothek in der
Innenstadt. Ja. Da wollte sie schon immer mal rein. Okay,
sie würde mich abholen, weil ich kein Auto mehr fuhr.
Am folgenden Mittwoch schellte sie an, und ich gab ihr
auf der Mansarde die Leder-Doppel-LP. Reingesteckt
hatte ich ihr meine ME-Story über jene Tournee, ›Kein
Schlaf bis Hammersmith‹. Sie warf sich mir nicht gerade
an den Hals. Wir hatten noch etwas Zeit, bis in der Kel-
ler-Disco was los sein würde, und ich schlug ihr in ihrem
Golf vor, in den ›Puvogel‹ zu fahren, ein Lokal, das sie
nicht kannte.

Meine Schwester, die nach vier Monaten Ehe in Scheidung lebte, kellnerte da. Eigentlich kannte Susanne doch
Teile von dem Pub, denn der Besitzer hatte die Tische und
Bänke aus dem ›U-BO‹ übernommen, wo ich ein paar Jahre vorher immer mit ihr verkehrt hatte. Sie bestellte sich
einen herben Weißwein und ich ein Guinness vom Faß.
Ich fragte meine Schwester, was ihre Scheidung machte.
Sie ging voran. Gegen zehn gingen wir zu Fuß das Stück
zur City-Passage. Ohne weiteres kamen wir rein, was
nicht jeder von sich behaupten konnte. (Joan Baez hätte

208

wahrscheinlich – wegen ihres Alters – keine Chance gehabt.)

Der Keller war gerammelt voll. Es lief Independent Music. Diskjockey war der blaue Odermann, der tagsüber mit meinem Freund Omo in Dortmund bei Phonac arbeitete. Ich kämpfte mich zum Tresen vor und bestellte ein Pils und für sie ein Mineralwasser. Wir gehörten mit unseren dreißig Jahren zu den älteren Leuten und setzten uns in eine Ecke. Der dee-jay spielte ein paar alte Scheiben, u. a. ›Rock & Roll‹ von Gary Glitter. Ich deutete auf meine blauen Wildlederschuhe, als er von blue suede shoes sang. Nach diesem Lied legte der Diskjockey ›Surfin' Bird‹ von den Cramps auf. Ein Remake. Als ich noch bei ELPI gearbeitet hatte, habe ich diese Nummer immer Samstag nachmittags rotieren lassen, damit die letzten Kunden verjagt wurden. Jetzt wollte ich mal sehen, wie die jungen Leute heutzutage danach tanzten.

Ich entschuldigte mich bei Susanne und ging zur Tanzfläche. Psychobilly hieß diese Musikrichtung wohl, und neben mir stand auf einmal der notorische Nichtkönner als Schauspieler, Regisseur und Autor Willy Thomczyk, eine Lokalgröße. Ich wußte nicht, ob er mich kannte. Ich hatte mal in einem Marabo-Artikel geschrieben, daß er ein glückloser Künstler sei. Wir beide sahen, wie sich ein paar Jungs gegenseitig hin und her schubsten. Sie trugen zerschnittene Unterhemden und mit Domestos teilweise gebleichte Jeans. Irgendwie fand ich das erschreckend. Aber ich kam nicht ins Grübeln, denn unverhofft trampelte mir einer von den Burschen auf meinen Schuh, ich stolperte nach hinten. Da sah ich rot und trat dem Übeltäter kräftig in den Arsch. Er flog quer über die Tanzfläche. Im Nu hatte ich die anderen Psychos im wahrsten Sinne am Hals. Sie drohten mich zu erwürgen.

Thomczyk hatte sich natürlich verpißt. Ich sah mein letztes Stündchen schlagen, bis mir der rettende Gedanke kam. Ich riß meinen Pullover hoch und schrie, ich bin doch einer von euch. Sie sahen auf mein T-Shirt und ließen ab. Sie sahen den Kopf und Namen von Eddie Cochran, darunter seine Lebensdaten: 3. 10. 38–17. 4. 60. Sie umarmten mich, weil sie natürlich auch diesen Sänger vom ›Summertime Blues‹ toll fanden. Nicht auszudenken, was gewesen wäre, wenn ich mein Phil-Collins-Hemd angehabt hätte. Diese Geschichte müßte jemand anders erzählen. Schulterklopfend entließen sie mich. Ich sah zu, daß ich mit Susanne Land gewann. Wir haben uns danach 'ne ganze Zeit nicht gesehen. Erst als letztes Jahr ihre Mutter starb, schrieb ich ihr, und sie antwortete ein paar Wochen später beim Tod meines Vaters. Ob es mit uns noch zu geriatrischen Sex kommen wird, weiß ich nicht. Jedenfalls wird sie für mich immer die schönste Frau der Welt bleiben.

Das dritte Ei

Vor 25 Jahren wurde mein auch jetzt noch bester Freund, Robert Schmidt, vierzehn. Das war weiter nicht der Rede wert, auch nicht, daß ich ihm die Single ›Hideaway‹ von Dave Dee, Dozy, Beaky, Mick & Tich geschenkt hab, da ich die englische Nummer eins, ›Out Of Time‹ von Chris Farlowe, im schon immer recht provinziellen Bochum nicht auftreiben konnte. Ich wollte sie Robert geben, weil er durch den Einfluß seiner etwas älteren Schwester Charlotte ein Stones-Fan geworden war, und diesen Song hatten Jagger/Richards geschrieben. Doch dieser Geburtstag hatte etwas Besonderes, denn Deutschland stand an diesem Samstagnachmittag im Endspiel der Fußballweltmeisterschaft 1966. Gegner war bekanntlich die gastgebende englische Mannschaft. Das deutsche Team hatte sich bis dahin auf dem Turnier nicht gerade mit Ruhm bekleckert, wenn man mal von dem grandiosen Eröffnungssieg gegen die Schweiz absieht, der mit 5:0 nicht zu hoch ausfiel, wobei besonders Helmut Hallers Elfmeter interruptus die Gemüter erregt hatte. Die anderen Spiele arteten aus, allerdings zu unseren Gunsten, denn immer flogen nur Gegner vom Platz. Schon galten die Deutschen in der internationalen Presse als provokative Schauspieler. Daß Troche (Uruguay) Uwe Seeler eins grundlos in die Fresse gehauen hatte, ließ sich aber nicht bestreiten. Gegen Spanien schoß Lothar Emmerich (›Emma‹) aus spitzestem Winkel, also von der Toraußenlinie, mit der linken Klebe den Ball unter die Latte. Der Torhüter Iribar konnte sich dranhängen. Doch sollte sich dieser Treffer bitter rächen und vielleicht die ganze Weltmeisterschaft kosten, denn durch dieses unmögliche Ding wurde Emma quasi sakrosankt.

Helmut Schön, der damals immer noch im langen Schatten seines 1964 pensionierten Vorgängers Sepp Herberger stand, wagte es nicht, den Dortmunder Stürmer trotz sonst mäßiger Leistungen aus dem Team zu werfen. (Eine Auswechslung während des Spiels war erst ab der WM 70 in Mexico möglich, bei der auch die Roten und Gelben Karten eingeführt wurden). Deutschland spielte also nach der Vorrunde praktisch mit zehn Mann. Dieses Turnier markierte den Durchbruch des damals jüngsten deutschen Spielers, Franz Beckenbauer, der in dem entscheidenden Qualifikationsspiel gegen die Schweden am 26. 9. 65 im Rasunda-Stadion sein Debüt in der Nationalelf gefeiert hatte. Ich weiß das deshalb so genau, weil ein Klassenkamerad von mir, Peter Stork, der im benachbarten Dortmund-Bövinghausen wohnte, der Sohn des damaligen Spielausschuß-Vorsitzenden vom BVB war, also eine Art Mittelding zwischen Obmann und Manager, was man sich als Mischung von Charly Neumann und Günther Netzer vorstellen kann.

Weil ich in der Schule nicht nur der beste in Böll & Kafka war, sondern auch in Fußball, auch wenn das ein späterer ›Kicker‹-Journalist bestreiten mag, kriegte ich von Peter jede Menge gimmicks, z. B. Anstecknadeln von Real Madrid und CF Barcelona. Er war nicht gerade 'ne Leuchte, und um wenigstens in den Nebenfächern auf einen grünen Zweig zu kommen, besorgte er schon mal zu den Spielen, die die Borussia unter ihrem Trainer ›Fischken‹ Mullhaupt bestritt, Karten für folgende Lehrer: Erich Kocur (Musik), Hans-Jürgen Schlieker (Kunst) und Rudi Daniel (Sport), dessen talentierter Sohn Jörg in den 70er Jahren eine Zeitlang – nicht die schlechteste – das Tor von Fortuna Düsseldorf gehütet hat.

Einmal durfte ich mit auf die Vortribüne im Stadion ›Rote Erde‹. Auch da schoß Emma das entscheidende Tor, ich weiß aber nicht mehr gegen wen. Und von jenem

Match in Schweden hatte der Torwart Hans Tilkowski meinem Freund aus gutem Haus eine Ansichtskarte mit allen Autogrammen der beteiligten deutschen Spieler geschickt, die er an mich weitergab. Aber erstaunlicherweise sollten nur sechs Spieler dieser so erfolgreichen Mannschaft im Wembley-Stadion im Jahr darauf auflaufen. Durch den Rost fielen Sieloff, der später versackende ›Löwe‹ Brunnenmeier und der andere Bayer Grosser, ›Eia‹ Krämer, der später beim VFL Bochum strandete, und Beckenbauers Zimmernachbar Horst Szymaniak, bei dem es mich wunderte, daß er tatsächlich seinen eigenen Namen schreiben konnte, und erst jetzt, da ich ihn gerade zum erstenmal in meinem Leben selbst geschrieben habe, fällt mir auf, wie vielsagend er ist.

So betraten diese Leute den heiligen Rasen in dem Londoner Vorort: Tilkowski, Höttges, Schulz, Weber, Schnellinger, Haller, Beckenbauer, Overath, Seeler, Held & Emmerich. Ich weiß nicht mehr ganz genau, wann Anstoß war. Ich schätze mal um 3 p.m. GMT, also vier Uhr unserer Zeit. Die Schmidts und ich saßen oben in dem kleinen Fernsehzimmer, wo der Schwarzweißapparat von Nordmende stand. Farbe wurde erst ein Jahr später durch einen Knopfdruck von Außenminister Willy Brandt während der Funkausstellung in Berlin eingeführt. Ansager für die ARD war Rudi Michel, der heute im Ruhestand lebt und höchstens alle Jubeljahre mal in der FAZ von den Veteranentreffen der WM-Elf von 54 berichten darf. Natürlich war mir auch diese Mannschaft geläufig, obwohl ich bei ihrem Wunder-Spiel erst anderthalb Jahre alt war. Aber ich kannte die Aufstellung und kenne sie immer noch auswendig, denn das erste Buch, das ich mit sechs freiwillig las, hieß ›Die Helden von Bern‹ von Wilhelm Fischer (nicht zu verwechseln mit dem schwer kriegsbeschädigten Heinrich Fischer, der als Vorgänger von Klaus Havenstein durch die Sendung ›Sport – Spiel – Spannung‹ führte, in der auch der verblichene Sammy Drechsel einen Spot hatte).

Das zweite Buch, vom selben Autor, hieß ›Herbergers tapfere Elf‹ und erzählte die Geschichte der deutschen Mannschaft, die er bei der WM 58 in Schweden erlebt hatte. Meine ersten literarischen Idole waren also nicht Winnetou oder Old Shatterhand, sondern Fritz Walter, Boß Rahn und selbstverständlich Toni Turek, der ›Fußball-Gott‹ (Herbert Zimmermann). Ich konnte auch danach nie was mit den Karl-May-Figuren anfangen. Hans Tilkowski war keine übersinnliche Erscheinung, sondern mehr ein Handwerker. Ich kann mich nicht erinnern, von ihm mal eine atemberaubende Robinsonade gesehen zu haben. Er war schon '62 von Herberger in Chile zugunsten des heutigen Menschenhändlers Wolfgang Fahrian ausgemustert worden. Schön konnte ihn überreden, doch noch mal die Knieschoner überzustreifen. Und es gab auch damals in der Bundesliga keinen besseren, da Sepp Maier, der wohl schon zum Kader gehörte, noch zu unerfahren war. Im Gegensatz zu ihm hielt Tilkowski jedoch keine unhaltbaren Sachen, und das muß ein Zerberus auch können.

Zehn Minuten war das Spiel alt, da geschah das für mich Unfaßbarste an diesem Tag. Roberts 17jähriger Bruder sagte auf einmal: »Ich hau' jetzt ab nach Appel.« Das war damals am Alten Bahnhof ein Tanzlokal für junge Leute. Heute heißt es ›Zwischenfall‹ und ist eine Hardcore-Disco. Das ging mir nicht in den Kopf rein – Deutschland im Endspiel, und er geht scherbeln. Später, als ich wußte, worum es eigentlich im Leben geht, kam ich drauf, daß Wolfgang wahrscheinlich der beste Taktiker in diesem Moment war, denn zu der Zeit lungerten bei Appel bestimmt 'ne Menge Mädchen alleine rum, weil ihre Makker sich alle zu Hause das Spiel reinzogen, von dem sie keine Ahnung hatten. Und so war er wenigstens an diesem Nachmittag Hahn im Korb und konnte sich 'ne Olle

214

aussuchen. Er war gerade weg, da fiel das Einsnull durch den Augsburger Spaghetti-Fresser Helmut Haller, dessen Figur schon damals an eine Dash-Trommel erinnerte. Ich sprang an die Decke. Aber der Ansager Rudi Michel rief nicht etwa ›Tor‹ und schrie es schon gar nicht vier-, fünfmal raus wie damals in Bern sein Kollege Zimmermann im Hörfunk. Er sagte nur trocken etwas, das sich anhörte wie das englische ›goal‹. Kurz drauf glich Geoff Hurst aus und brachte mich auf den Boden der Tatsachen zurück, Halbzeit. Das Spiel stand nicht nur nach Toren auf des Messers Schneide. Auch sonst waren die Spielanteile gleichmäßig verteilt, von einem Heimvorteil war nicht viel zu spüren. Allerdings hat der Mann mit der Mütze den womöglich entscheidenden Fehler gemacht, als er den damals schon genialen Beckenbauer, der vielleicht der beste Spieler des gesamten Wettbewerbs war, auf den englischen Regisseur Bobby Charlton ansetzte, den er auch pflichtgemäß kaltstellte, selbst aber dadurch nicht das deutsche Spiel aufziehen konnte. Und Willi Schulz aus Günnigfeld (heute Bochum 6) war nur ein Ausputzer und noch kein moderner Libero, eben ein Stopper und kein Gestalter. Daß Emmerich versagen würde, hatten wir vorausgesehen. Ich hab' nicht mitgezählt, aber es würde mich wundern, wenn er mehr als zehnmal in den anderthalb, Verzeihung, zwei Stunden am Ball war (Sat 1 würde euch heute die Nettozeit einblenden können: Etwa eine Minute hat er mitgespielt). Emma war auch nicht, wie nach ihm Gerd Müller, immer gut für ein Tor. Dafür fehlte ihm der Killerinstinkt. Ich weiß nicht mehr, wer sonst noch aus dem Aufgebot als Linksaußen in Frage gekommen wäre. War Brenninger von Bayern München mit? Oder der Hamburger Charly Dörfel, der lange vor Horst Köppel der erste Toupetträger im Profifußball war? Der hätte sich besser mit uns Uwe verstanden. Schnellinger machte sein Wasser, aber Höttges, der CDU-nahe

Klopper, war nur ein Hemmschuh. Der konnte höchstens zerstören, und dann gib ihm. Er verschuldete dann auch eines der Gegentore, indem er, als er auf den Arsch fiel, im eigenen Strafraum eine Kerze schlug, die Peters in die Maschen donnerte.

Die Tommies lagen jetzt, 12 Minuten vor Schluß, verdient einen Zähler vor, und man sollte auch nicht vergessen, daß Alf Ramsey, der Coach, auf die Briten George Best und Dennis Law, die damals zu Europas Spitzenkönnern zählten, verzichten mußte, weil sie nordirisch bzw. schottisch waren und nicht englisch. Sonst wären die Untertanen der Königin schon von vornherein unschlagbar gewesen. (Ich hatte ein paar Jahre später im Crystal Palace das Vergnügen, diese beiden mit Bobbie Charlton für Manchester United zaubern zu sehen.) So aber gab's in der vermeintlich letzten Minute ein Durcheinander im englischen Sechzehner. Der einfarbige Ball sprang Schnellinger an die Hand und landete vor Wolfgang Webers Füßen. Mit dem rechten erzwang er die Verlängerung. Damals durften noch keine aufdringlichen Fernsehteams mit ihren Interview-Yuppies à la Töpperwien oder Dahlmann die Innenräume mit ihren Richtmikrofonen unsicher machen.

Wegen der fehlenden Kamerapräsenz auf der anderen Seite aber konnte auch das größte (nur fußballerische) Mysterium aller Zeiten nie ganz geklärt werden. Und das war gut so. Die ewige Frage seit dem 30. 7. 1966 lautet: »Tor oder nicht Tor?« Scheiß was auf Hamlet. Was war passiert? In der 101. Minute hatte wiederum Hurst (wer war eigentlich sein Gegenspieler?) nach einer Drehung aus ein paar Meter Entfernung den Taubstummen unter die (das ist nicht unwichtig) bei uns noch nicht übliche runde Latte gedröhnt. Weil der Ball unhaltbar war, hielt ihn Tilkowski auch nicht und hatte nur das Nachsehen: Das Leder sprang nach einer unbeschreiblichen Kurve ins

216

Spielfeld zurück, von wo aus es Wolfgang Weber über den Kasten köpfte, wie er meinte zu einer Ecke. Pustekuchen. Der Schweizer Schiedsrichter Gottfried Dienst, der bis dahin unauffällig gewirkt hatte, pfiff zwar. Aber was? Er zögerte. Die englischen Spieler jubelten verhalten, während unser Keeper wie wild mit den Armen fuchtelte und beschwörend ›nein, nein‹ winselte, als die Briten auf den russischen Linienrichter Tofik Bachramov einstürmten. Mit einem energischen Kopfnicken in Richtung Mittellinie signalisierte er: »Tor«. Damit war das Spiel natürlich gelaufen. Der vierte Treffer der Angelsachsen hatte rein statistischen Wert. (Aber noch mal war Hurst der Schütze!)

Das Spiel war zwar verloren, aber noch lange nicht zu Ende, zumindest nicht in Deutschland. Während es in England überhaupt keine Diskussion gab und die meisten, auch älteren Insulaner überhaupt nicht wissen, was gemeint ist, wenn unsereins vom Wembley-Tor im Pub zu erzählen anfängt, wurde hierzulande tage-, wochen-, monate-, jahrelang darüber debattiert, ohne daß wirklich schlagkräftige Beweise der einen oder anderen Seite Recht geben konnten, weil die Technik damals – zum Glück – noch nicht so weil fortgeschritten war, alles Umstrittene in Sekundenschnelle im Ü-Wagen zu zerlegen, zu analysieren, zu überprüfen, alles endgültig zu entscheiden.

Ich will hier nicht wieder ein name-dropping veranstalten, aber ich schätze so was Ähnliches hat Jean Amery gemeint, als er, kurz bevor er Hand an sich legte, davon in seinem ›Merkur‹ geführten Filmtagebuch schrieb, er hasse solche Disziplinen wie ›Die Semiotik des Films‹, die jeden uneingeschränkten Genuß an der Kunst oder am Sport durch Technik oder Wissenschaft madig machen wollen. Heute installiert man – welche Perversion! – Minikameras in Torpfosten. So wird es nie mehr ein Wembley-Tor von jenem Ausmaß geben. Jedes Foul findet per

Video seinen Kindermann. Jede leichtfertige Aussage (›Machet Otze‹) wird auf die Goldwaage gelegt und bestraft.

Für mich persönlich beendete die einzig feste Größe der sechziger Jahre die Auseinandersetzung, unser damaliger Bundespräsident Heinrich Lübke. Ich kann mich nicht mehr erinnern, anläßlich welcher Gelegenheit er es gesagt hat, ob bei einem Queen-Besuch oder bei einem Neujahrsempfang für das diplomatische Corps. Jedenfalls war der Fall entschieden und erledigt, als unser Staatsoberhaupt verkündete: »Dat Ding war drin.« Nur half mir das heute vor 25 Jahren noch nicht – ich heulte wie ein Schloßhund, trotz Charlotte.

Unsere kleine Stadt

Der Zufall (oder war's die Vorsehung?) wollte es, daß just an dem Mittwoch, als ich das neue Buch von Michael Schulte, ›Bisbee, Arizona‹, bekam, abends im Ersten Programm unter dem Titel ›Schneevogel in Arizona‹ der selbsternannte Weltenbummler und Rommel-Darsteller Hardy Krüger seine Eindrücke von dem US-Staat vermitteln konnte. Bis dahin wußte ich nicht viel darüber. Ende der Sechziger kam mal Tuscon in dem Hit ›Get Back‹ von den Beatles vor. Etwa zur selben Zeit zog es Glen Campbell in die Hauptstadt: ›By the Time I Get To Phoenix‹. Schon als I-Männchen hatte ich die TV-Serie ›Wyatt Earp‹ mit Hugh O'Brian in der Titelrolle verfolgt. Die spielte natürlich in Tombstone. Am bekanntesten von Arizona dürfte aber der Grand Canyon sein.

Dahin trieb es auch unseren Globetrotter, und vor diesem Hintergrund ließ er zwei nicht mehr ganz junge Leute ein Western-Lied anstimmen. Außerdem beobachtete er den stinkreichen Gouverneur bei dem Versuch, Präsidentschaftskandidat zu werden. (Muß ein alter Film gewesen sein). Beim Barbecue stand er unserem bartigen Korrespondenten Rede und Antwort. Um uns zu beweisen, daß wir auch wirklich in Amerika waren, zeigte uns Krüger auch noch einen vagabundierenden Rodeoreiter. Er präsentierte somit einen Haufen Klischees vom amerikanischen Westen, der noch intakt scheint und wo jeder sein Schicksal in die Hand nehmen kann (wenn er nur genug Geld hat).

Ein ganz anderes Amerikabild entwirft Michael Schulte, der die ehemalige Minenstadt Bisbee vorstellt. Der Autor kennt sie aus eigener Anschauung. Gelegentlich taucht er selber in den Geschichten auf, die zusammen nicht nur einen Erzählungsband ergeben, sondern fast schon einen (dünnen) Roman.

In Bisbee bleibt man hängen und kommt nicht wieder fort, auch die Hippies nicht, die in St. Elmo's Bar verkehren und dort Hasch konsumieren. Sie wollen auch koksen, aber nicht in diesem Lokal. Vielmehr wollen sie das Zeug in den naheliegenden Bergen schnupfen, doch trauen sie sich nicht, dahin zu fahren, weil sie am Polizeirevier vorbei müssen. Da trifft es sich, daß Mr. Mortimer sein Beerdigungsinstitut in die Gaststätte verlegt hat und die Süchtigen in seinem Leichenwagen, den kein Cop zu kontrollieren wagt, an ihr Ziel bringt. Ähnlich skurril sind die anderen Stories, die alle irgendwie zusammenhängen.

Ein paar der beschriebenen Leute sind einfach bescheuert wie Religious Bill, der Papst von Bisbee, Herb, der Eisdielenbesitzer, oder der Sohn eines Minenarbeiters, der zwar nicht schreiben, aber lesen kann und sich nach langwieriger Lektüre von Arthur Conan Doyle und Alexandre Dumas für Sherlock Holmes beziehungsweise einen Musketier hält. In der Taverne, seinem Stammlokal nach dem Dahinscheiden seines Vaters, behandelt man ihn wohlwollend. Erst als er vorgibt, der Präsident der Vereinigten Staaten zu sein, erhält er vom Wirt die Antwort: »Übertreibe nicht, irgendwo ist die Grenze, selbst in Bisbee.«

Wenn man dem deutschen Beobachter glauben darf, steckte gleich von Anfang an der Wurm in der Gemeinde. Schon bei der Namensgebung hatte man Pech. Man benannte die aufkeimende Ortschaft nach einem Großinvestor, der dann jedoch sein Geld lieber behielt. (Ähnliches ist kürzlich in meiner Heimatstadt passiert, die man zwar nicht in ›Steinhart‹ umbenennen wollte, aber immerhin warf man dem vielversprechenden Geldgeber einen halben Stadtteil vor die Füße. Jetzt sitzt er in Stammheim,

220

und die Stadt Bochum findet keinen Dummen, der ihr ein 800-Betten-Hotel hinstellt.)

Es ist nicht viel los in Bisbee, der Neubürger erfährt einen Kulturschock. Es gibt kein Theater und keine Oper, keine Discos und kein Straßencafé und überhaupt kein Nachtleben. Es gibt nur ein Kino, dessen Inhaber aber, sehr zum Leidwesen des Erzählers, nach einer Pleite mit einer Woody-Allen-Retrospektive nur noch abgelutschte Western und keine Marx-Brothers-Filme zeigt. Aber er ist nicht wirklich sauer, ›denn wozu brauch' ich hier Marx-Brothers-Filme‹?

Vincent, der Besitzer, ist übrigens mit ›Alaska Ann‹ verheiratet, die, ohne daß es ihr Gatte ahnt, mit noch zwei anderen Männern vermählt ist. An dieser Stelle sei auch erwähnt, daß der Buchhändler David Eschner ein Underground-Movie-Theater gegründet hat, in dem er einen Truffaut-Film auf Video zeigt. Leider war die Bestuhlung nicht rechtzeitig eingetroffen, und so mußten die paar Zuschauer auf dem Boden sitzen. Da er einen weiteren europäischen Streifen wider Erwarten nicht bekam, mußte er den Truffaut-Film ein zweites Mal zeigen. Und jetzt kennen wir auch, laut Mrs. Blackburn, den Unterschied zwischen Truffaut einmal und Truffaut zweimal sehen: Beim erstenmal schläft man beinahe, beim zweitenmal tatsächlich ein. Soviel zum Untergrund-Kino.

Oft sieht es in diesen Geschichten so aus, als könne der amerikanische Traum vom ungeheuren Glück aufgehen. Einmal verspricht Hollywood zu kommen, da Bisbee im Jahr 290 Sonnentage zu bieten hat und die umliegende Landschaft an die Schweiz und an Tirol erinnert. Viele reiben sich schon die Hände. Aber auch hier kommt was dazwischen. Sie geben nicht auf, die Leute von Bisbee: Bill Pace, der einen See mit Süßwasserfischen entdeckt hat, organisiert einen Kurs für interessierte Amateurangler, findet aber dann das Gewässer nicht wieder.

Für das leibliche Wohl könnten die Dirty Brothers sorgen, die das älteste Geschäft am Platze haben. Allerdings hat seit vielen Jahren niemand mehr dort eingekauft, und so schimmelt alles dahin.

Bleibt als letzte Rettung der Traum vom Reichtum, das Lotto, das vor einigen Jahren in Arizona eingeführt wurde. Manche versuchen, beim ›Bär‹ unter Hypnose ihre Glückszahlen herauszufinden. Ob sie es schaffen werden, steht dahin. Linda entscheidet sich anders. Sie kauft für ihren Einsatz ein Aphrodisiakum für ihren verheirateten Lover, von dem sie unbedingt ein Kind will.

Michael Schulte bringt für die Bisbee-Leute viel Sympathie auf, so als wäre er, obwohl Zugereister, schon einer von ihnen. Er erzählt ihre Stories mit viel Ironie. Wie um zu beweisen, daß es den Ort tatsächlich gibt, hat er auch ein paar Kleinanzeigen abgedruckt. Ich habe weder Kosten noch Mühen gescheut und die Nummer der St. Elmo's Bar gewählt ([602] 432-5578), weil ich herausfinden wollte, ob es dieses Bisbee wirklich gibt und ob ich da den Bestattungsunternehmer Mr. Mortimer erreichen kann. Sie können es auch probieren. Soviel sei verraten: Bisbee ist so real wie der Ort Kokomo bei den Beach Boys.

Bob Dylan & Buddy Holly. Kein Vergleich.

Genau vor einer Woche kam der Desorganisator dieser Veranstaltung, Kixon Altenhövel, mit dem Drahtzieher vom Marabo, Wolf Schwartz, der sich nach dem rumänisch-amerikanischen poeta doctus Delmore Schwartz (›A Season in Hell‹) oder nach Andy Schwartz vom New York Rocker benannt haben mag, tief in der Nacht auf allen vieren zu mir ins Schauspielhaus angekrochen und meinte: »I Want You.« Obwohl ich den neuesten Wetterbericht nicht kannte, wußte ich sofort, woher der Wind wehte. »Du mußt bei unserer Dylan-Feier an seinem 50. Geburtstag nächsten Freitag im Kulturbahnhof unbedingt einen Vortrag halten!« »Du hast vielleicht Nerven! Warum denn gerade ich?« fragte ich ihn. »Ich denk', du hast Referenten genug, sogar welche aus dem Ausland, und Geier Furzpflug singen auch. Außerdem weißt du aus unserer gemeinsamen Schulzeit auf dem hiesigen Lessing-Gymnasium, daß ich mit Robert Zimmerman seit 25 Jahren nichts mehr am Hut habe.« »Aber du hast doch 84 in drei Wochen den Roman ›Peggy Sue‹ in die Maschine gehackt, der dann für einen Heiermann von Zweitausendeins wie Sauerbier angeboten werden mußte«, erinnerte mich Kixon. »Und du hast in Köln gleichzeitig mit Alfred Biolek ins selbe Urinal geschifft. Du hast in einem Flieger von Paris nach London neben Jane Birkin gesessen, ohne ihr an die Wäsche gehen zu können und hast anschließend im Hammersmith Odeon Motörhead hinter der Bühne unter den Tisch gesoffen. Du hast den selbsternannten ›Niedermacher‹ Heinz-Rudolf Kunze ein bißchen tiefer gehängt, worauf der dich in einem offenen Brief an den MUSIK-EXPRESS als ›Aufsatz-Ayatollah‹ be-

223

schimpft hat, der ›Unzucht mit Abwesenden‹ betreibt. Außerdem hättest du in Amsterdam Lou Reed interviewen können, wenn du nicht einen Tag zu spät Erster Klasse auf Kosten der RCA angereist wärst.« Er ratterte mein gesamtes Gonzo-Œvre runter. »Und last not least hat KONKRET SEXUALITÄT unzensiert deine Story ›Kalter Bauer in Bochum‹ erscheinen lassen. Auf so was stehen wir!« Er holte Luft: »Mach für uns doch so 'ne Art ›Bob Dylan in Langendreer‹. Du brauchst auch meinetwegen gar nichts über Dylan zu erzählen. Zieh einfach dein Buddy-Holly-Ding durch. Aber mach irgendwas!«

»Das hört sich schon besser an«, antwortete ich. »Aber wo ist der Haken bei der Sache?«

»Du mußt den Kölner Vorstadt-Dylan Niedecken von BAP mitabwickeln.« Da bekamen meine Augen einen seltenen Glanz, und der Lou Reed in mir sagt: If you need someone to kill. I'm a man without a will. Dann jedoch meinte ich, der Niedecken erledigt sich von selbst.

»Ich kenn' außerdem von BAP so gut wie nichts, weil ich normalerweise immer abschalte, wenn die kommen. Ich hab' die nur mal in ›Wetten daß …‹ – damals noch mit Frank Elstner – gesehen, und als die einen zum besten gaben, sprang der Stargast des Abends, Fürstin Gloria von Thurn und Taxis, aus ihrer Sitzgarnitur hoch und hottete sich auf der Bühne einen zu deren Musik ab. Ich fand, diese beiden Ekelpakete paßten gut zusammen.«

Außerdem hatte ich ein Interview gelesen, das Niedekken für die WAZ-Gruppe (BWZ) mit Werner Höfer geführt hatte, kurz bevor der wg. seiner Schreibtischtätigkeit beim Adolf zwangspensioniert wurde. Darin bezeichnete sich Niedecken als ›Universaldilletant‹. Diesen Begriff hatte er von mir geklaut, nachdem er in ›Staccato‹, einer 1982 erschienenen Anthologie, im Vorwort des Herausgebers Diederich Diederichsen erfahren hatte, daß das die richtige Bezeichnung für mich sei.

224

Das hatte auch die Bundespost eingesehen und sie im Telefonbuch unter meinen Namen gesetzt. (Ich selbst hatte den Begriff '75 von dem Kunst-Weltmeister Timm Ulrichs aus Münster abgekupfert.) Ich hatte aber wirklich keine Lust, mich mit Niedecken zu beschäftigen, doch fiel mir ein, daß ich mal aus nächster Nähe das Weiße in seinem Auge gesehen hatte. Das war, als ich noch Nachtwächter in der Ruhrlandhalle war. Ich wollte gegen zehn meine Schicht antreten, kam aber an diesem Abend nicht in meinen Bau rein. Die Leibgarde von BAP, die an diesem Abend vor ausverkauftem Haus ein Konzert gaben, hielt alle strategisch wichtigen Punkte besetzt und wollte mich nicht rein lassen, weil ich keinen maschinenlesbaren Backstage-Paß besaß. Das war mir bis dahin noch bei keiner Veranstaltung an der B1 passiert. Erst als der Hallen-Chef intervenierte, durfte ich meinen Dienst beginnen und verkroch mich in eine Ecke, wo ich nichts von dem Auftritt mitbekam. Als der Gig nach der 15. Zugabe endlich zu Ende war und die Halle sich geleert hatte, guckte ich mir an, wie die Roadies die eigens mitgebrachte Bühne (weil die hauseigene ein paar Zentimeter zu niedrig war), abbauten. Niedecken war anscheinend noch in der Garderobe. Was mich wunderte, war, daß gar keine Groupies auf ihn lauerten. Oder war er schon damit dran? Nein. Gegen eins kam er allein durch den einzig möglichen Ausgang, und die Bochumer Frauen stiegen in meiner Achtung. Unverrichteter Dinge verschwand er nebenan ins Novotel. Armes Deutschland. (Da hatte ich mit Motörhead doch ganz andere Dinger erlebt.) So'n Langweiler, den man zudem mit seinem Kölsch nicht mal verstehen kann – darin Dylan ähnlich –, dafür war mir meine karge Freizeit zu schade. Aber dann fiel mir ein, daß ich ihn noch mal im Fernsehen erlebt hatte, nämlich als er auf der Loreley zum Abschluß einer Rockpalast-Übertragung zu einer Jam Session mit David Lindley und Rory Gallagher

225

antrat, die Peter Rüchel, der WDR-Produzent, stets den Künstlern in ihren Vertrag diktiert hat. Niedecken sang – wenn man es so nennen will – den Dylan-Song Knockin' on Heaven's Door, das reinste Sakrileg. (Aber ihr merkt, so langsam komm' ich zum Thema.) An diesem Tag begann der Anfang vom Ende des einst verdienstvollen Rockpalastes: indem Rüchel nicht mehr nur vor der Platten-Industrie kapitulierte, sondern auch einen Kotau vor dem Pöbel machte. Und es ist ja bezeichnend, daß später ausgerechnet die Schleimscheißer von BAP die letzte Band waren, die im letzten Rockpalast in der Gruga-Halle aufspielen sollte. Wirklich das allerletzte. Da hatte der Ansager Alan Bangs schon längst in den Sack gehauen, auch wegen einer Loreley-Veranstaltung. Haßerfüllt spielt er im ›Night Flight‹ am Abend nach seinem Rausschmiß in Richtung Rüchel die Ballade Positively 4th Street von Bob Dylan, in der es am Schluß heißt: Yes I wish that for just one time / you could stand inside my shoes / you'd know what a drag it is to see you.

Ich hatte weiterhin nicht die geringste Neigung zu diesem Vortrag, aber ich wollte doch etwas über die erbärmliche Provinzialität der deutschen Musiker-Garde ablassen, indem ich nur ein paar Namen von Leuten, die von speichelleckenden deutschen Schreibern in einem Atemzug genannt werden, einfach nebeneinander stelle: Randy Newman und Heinz-Rudolf Kunze, die Brillenschlange, Mick Jagger und Müller-Westernhagen, der Dünnbrettbohrer, Bob Seger und Klaus Lage, der Sozialarbeiter, Bruce Springsteen, der Boß, und Wolf Maahn, der Angestellte, Frank Sinatra und Harald Juhnke, die Flasche, Johnny Cash und Blixa Bargeld, die eingestürzte Ruine, The Beach Boys vom Pazifik und die Strandjungs vom Ümminger Teich, die wahrhaft Toten Hosen und The Grateful Dead, über deren letztes Konzert ich gerade im New Musical Express (NME) vom 4. Mai gelesen hatte:

›The Grateful Dead's series of Atlanta concerts climaxed in 57 drug arrests. Undercover Police officers say they seized 4856 hits of LSD the size of postage stamps, 29 bags of hallicnogetiv mushrooms, 18 cylinders of nitrous oxide as well as cocaine and marjuana.‹ Hier in diesem ungemütlichen Saal könnte die Polente wahrscheinlich noch nicht mal ein Sieben-Minuten-Pils beschlagnahmen.

Bleiben noch Billy Joel und Herbert Grönemeyer, die Currywurst. Schließlich Bob Dylan und Niedecken, zu dem mir nur noch einfällt, daß er sich vor ein paar Monaten noch über jede Schüppe in Nicaragua aufgeregt hat, die zu laut umgefallen ist. Ich hab' aber weder von ihm noch von seinem Stallgefährten Grönemeyer öffentlich vernommen, daß sie sich bei ihrer gemeinsam Plattenfirma darüber beschwert haben, daß dieser Konzern, EMI Electrola, mit ›Zehn kleine Negerlein‹ von Time To Time durch und durch rassistisches Liedgut unter die Leute bringt, und es ist von dieser Firma auch noch kein Dementi erfolgt, daß einer ihrer Manager – laut WDR 2 – gesagt haben soll, man würde auch etwa ›Zehn kleine Juden‹ rausbringen, wenn genug dabei rausspränge.

Wahrscheinlich haben die beiden Kölner Sänger jetzt genug damit zu tun, in den angeschlossenen Ländern abzuräumen. Hörbie ist längst kein Bochumer mehr. Als mir diese Gedanken hochkamen, hatte ich endgültig keinen Bock mehr und sagte Kixon ab. Außerdem wird Dylan zumindest in Essen von der Bildzeitung gesponsert (BAP übrigens von Camel Filter – es ist eben alles reine Geschmacksache).

Ich habe mit der Bildzeitung eigentlich keine Schwierigkeiten. Ich les' sie jeden Morgen nach meinem Nachtleben, weil ich wissen will, was die Leute denken sollen. Ich hatte sogar mal 'ne Freundin bei Bild/Hannover, mit der ich auch übernachtet habe, und ich wette, daß der Mann, der in den dortigen Büros Hans Esser war, nie 'ne

227

Olle von diesem Ätzblatt in die Falle gekriegt hat. (Doch das nur am Rande.) Ich dachte aber nun an meinen Kontostand bei der Volksbank und fragte meinen beleibten ehemaligen Klassenfeind mit der Dylan-Phrase: »Say, do you want to make a deal? Was tut DIE WELT am Freitag für mich raus?« Schwartz, der Hauptkassierer bot 150 Mark. »Nix zu wollen. Ich bin in der IG Mädchen organisiert.« Er zögerte und erhöhte auf 200 Piepen. »Wenn du willst, kleine alte Scheine ohne diesen neuen Lametta.« Da fragte der Lenin von 1902 in mir: Was tun? und der Buddy Holly von 1958 sang in mir What to do? Worauf der Jerry Rubin in mir, der sonst keinem über Dreißig traut, mich kurz und bündig aufforderte: Do it! Und als ich dann Anfang der Woche von meinem Freund und Kupferstecher Wolfgang Körner, dem Autor des einzig wahren Drogenreaders, der gerade aus Lubbock, Texas, eingeflogen war, erfuhr, daß DO IT auch die letzten beiden Worte sind, die der am Schluß durchdrehende schizophrene J. R. Ewing (›J. R.‹ sind auch die Initialen von Jerry Rubin) in der allerletzten Dallas-Folge zu sich sagt, bevor er ›diesen‹ hier macht und sich wie weiland der Gladbecker Geiselgangster Rösner in Bremen-Vegesack an der berühmten Bushaltestelle vor laufenden TV-Kameras eine 9-mm-Browning ins Gesicht steckt, meinte schließlich der Erich Rutemöller zu dem Frank Ordenewitz in mir »Dann machet!« (Ingrid, dies ist kein Insider-Joke aus dem Kohlenpott, sondern aus der Bundesliga. Jeder Fan wird dir diesen eher rheinischen Scherz erklären können.)

Ich schlug ein. Aber was Tiefschürfendes zu Dylan dürft ihr heute nicht von mir erwarten. Da müßt ihr euch die letzte KONKRET kaufen, wo über ihn ein Essay von besagtem Diederichsen drinsteht, oder die FRANKFURTER ALLGEMEINE von heute, in der ihr einen tiefschürfenden Artikel unter dem Titel *Harlekin und Heiliger* von

228

einem Detlev Reinert findet. Oder guck morgen mal in der Wochenendbeilage von der SÜDDEUTSCHEN rein, in der sich Wolfgang Höbel (früher glaub' ich beim SPIEGEL) ähnlich auslassen dürfte: *Halb Hofnarr, halb Heiliger (Sinnsuche im abwegigen Gelände. Die Rätsel von Bob Dylan).*

Und wer in der heutigen Bild nicht mitgekriegt hat, ›Was Bob Dylan und Helmut Kohl gemeinsam haben‹ (Schlagzeile), wird sicher die ganze Seite gelesen haben, die die taz dem Phänomen eingeräumt hat. Ich selbst hatte nur 'ne knappe Woche Zeit, mich auf diesen Abend vorzubereiten. Ich mein', war das Datum von Dylans rundem Geburtstag an die 50 Jahre bekannt? Ich bin, offen gesagt, im Grunde nur hier wegen dem Geld. – Da fällt mir ein, Kixon, daß wir abgemacht haben, daß ich wie Chuck Berry den Zaster vor meinem Auftritt kriege, und jetzt ist er gleich schon wieder zu Ende.

»Brauchsse nich nachzählen. Stimmt.« – »Ich trau' dir nich', wir hatten den selben Mathe-Lehrer.« – Ich hab' dann ein paar Nächte lang überlegt, wann mir Dylan über den Weg gelaufen ist. Das erstemal war es am 3. April 1965, zu einer Zeit, als die Männer ihre Schwänze nur vorne in der Hose hängen (oder wenn's hoch kam, stehen) hatten und nicht auch welche am Hinterkopf trugen, damals, als die Taxis noch schwarz waren und die Zahnpasta weiß. (Ihr merkt, hier spricht ein Dichter vom Range Bob Dylans.)

Ich weiß es noch wie gestern: Es war gegen 23 Uhr 15. Mitte der sechziger Jahre wurden die englischen Top 20 vom BFN samstags von 11 bis 12 nachts gesendet, mit Terry James am Mikrofon, dessen angenehme Stimme mir heute noch gegenwärtig ist. In dieser Zeit konnte man in einer Stunde ungekürzt zwanzig Platten ohne weiteres unterbringen. Ich lag da mit 12 in unserem Kinderzimmer, das ich mit meinem älteren Bruder Heinz-Jürgen teilte, der an diesem Abend wahrscheinlich gerade im ›Schuppen‹, in der ›Palette‹ oder in der ›Kulisse‹ am Tanzen war. Das Kofferradio von Schaub-Lorenz, das ich heute noch bei meiner Arbeit benutze, lag unter meinem Kopfkissen, weil sich die Lautstärke nicht mehr regulieren ließ, und ich war ganz Ohr. Ich hörte die letzten fünf der Hitparade: P. J. Proby, Gerry and the Pacemakers, The Hollies (sic!), Petula Clark und Keeley Smith, bis auf die letztgenannte alle unvergessen. Und dann stieg auf Platz 15 ein näselnder Junge mit der Mundharmonika ein, dessen Namen ich nicht kannte und von dessen Song ich kaum ein Wort verstand. Wie sich nachher rausstellte, handelte es sich um Bob Dylan und The Times They Are A-Changin. Ich war in diesem Augenblick hin, obwohl ich anders als ihr, nie ein Dylan-Fan (was ja auch die Abkürzung für ›Fanatiker‹ ist) werden sollte und nur eine einzige LP von ihm kaufen würde. Die moderne Folk Music erlebte in jener Woche in England ihren Durchbruch, denn Donovan, dessen Catch The Wind mir sogar in dem Moment noch besser gefiel als Dylans Gezeiten, sprang gleich von null auf Platz sieben. Bis dahin hatte ich nur drei (amerikanische) Folk-Sachen mitgekriegt: Tom Dooley vom Kingston Trio, Michael Row The Boat von den Highwaymen und Blowin' In The Wind von Peter, Paul and Mary, wobei ich natürlich nicht wußte, daß auch dieser Blow-job aus Bob Dylans Feder stammte. (This choke's for you, Barbara. Fragt sich nur für welche.) Jedenfalls: Ich werde diese Nacht im Kinderzimmerbett nie vergessen, ohne daß ich genau erklären kann, warum, und ich frage mich, was wohl heute bei den Teens hängenbleibt, wenn sie auf MTV zum erstenmal den neuesten Song von Jason Donovan oder von Michael Jackson sehen, wahrscheinlich nur ein nasser Schlüpfer. Irgendwo schien in den Staaten ein Nest zu sein, denn im Sommer konnten sich auch die spröde Dylan-Freundin Joan Baez mit There But For Fortune und The Old Christy Minstrel Barry McGuire mit P. F. Sloans apokalyptischem Eve Of Destruction hoch in den englischen Charts plazieren. Ich hörte Dylan weiterhin gerne, aber so ging es mir mit fast allem, was aus England über den Äther kam. Ich mochte sogar Jim Reeves, Ken Dodd und die Bachelors gut leiden. Na ja, die Bachelors doch nicht so.

Die Wahl fiel mir bei den finanziell selten möglichen Platten-Käufen meist nicht leicht, und so entschied ich mich 66 auch nur schweren Herzens für PET SOUNDS von den Beach Boys und REVOLVER von den Beatles und gegen BLONDE ON BLONDE von Dylan. Zuvor schon war Like a Rolling Stone erschienen, von dem ich erst annahm, es sei ein Song über Mick Jagger. Es war mit fast sechs Minuten die mit Abstand längste Nummer, die bis dahin im Pop-Bereich erschienen war. Und sie zeitigte Folgen. Die TOP 20 paßten nicht mehr ungekürzt in eine Stunde. Heute braucht der BFBS für die TOP 40, also die doppelte Anzahl Hits, die dreifache Sendezeit. Angeblich führte Dylan den Beatles LSD zu, was bei ihnen das sog. Pepper-Syndrom ausgelöst haben soll, von dem sie sich nicht mehr erholt haben sollen. Jedenfalls gingen sie nach Indien. Ihre Musik wurde psychedelisch, und viele zogen nach. Dylan selber täuschte einen Motorradunfall vor, um eine zweijährige Entziehungskur antreten zu können. Die MUSIK PARADE fragte sich damals: ›Warum versteckt sich Bob Dylan?‹ In der, wenn man so will, ›bürgerlichen Presse‹ stand in jenen Tagen, anders als heute, kaum was über Popmusik drin, höchstens über ihre Auswüchse, wenn z. B. in Berlin Stones-Fans in der Waldbühne die Möbel anspitzten. (Wo gibt's übrigens in der heutigen Musikszene noch Hooligans?) Wahrscheinlich hätte Axel Springer, dem wir ja mehr oder weniger das nächste Dylan-Konzert im Ruhrgebiet zu verdanken haben, damals Dylan, wenn er ihn gekannt hat, mit Rudi Dutschke und noch ein paar Gammlern am liebsten als Kanonenfutter nach Vietnam geschickt. Als Dylan wieder clean war, nahm er die LP ›Nashville Skyline‹ auf, die ich mir vom Bertelsmann-Schallplattenring zugehen ließ, aber eigentlich nur, weil Johnny Cash mitsang, der gerade in San Quentin A Boy Named Sue aufgenommen hatte. Es war denn auch dieser Country-Sänger und nicht Dylan, den ich mir vor zwanzig Jahren in der Westfalenhalle ansah. Das Ticket kostete die für damalige Verhältnisse horrende Summe von 26 Mark, die ich aber gerne abdrückte, denn Carl Perkins spielte mit, wegen dessen fetischistischer Blue Suede Shoes ich immer blaue Wildlederschuhe trug.

Im September 1970 fuhr ich zum erstenmal, mit meiner Abiturklasse, nach London. (Unser Freund Kixon durfte aus disziplinarischen Gründen nicht mit.) Ich kaufte mir in Soho ein paar Scheiben von dem bereits am 3. Februar 1959 tödlich verunglückten Amerikaner Buddy Holly, dessen Fan ich posthum geworden war (siehe ›B. H. auf der Wilhelmshöhe‹). Meine Brieffreundin – a girl named Sue –, die mehr auf Northern Soul stand, kam runter aus Bochums Partnerstadt Sheffield. Da ihre Mutter, die ich im Jahr drauf kennenlernen sollte, Peggy hieß, betitelte ich meinen ersten Roman ́PEGGY SUE, also nicht nur nach Buddy Hollys größtem Erfolg. Ich kaufte an dem Tag, als Jimi Hendrix unweit starb, in der Dean Street die LP THAT 'LL BE THE DAY mit Holly-Songs, die ich in dieser Version noch nicht gehört hatte. Da war ein Titel drauf, der mir heute, da ich nachts arbeite, noch immer viel bedeutet: Midnight Shift, über den Greil Marcus – der Autor des berühmten Buches MYSTERY TRAIN, wie ich später herausfand – am 28. Juni 69 im ROLLING STONE, einer Zeitschrift, die nach dem Dylan-Song benannt ist oder nach Jagger & Co. oder auch nach einem Blues von Muddy Waters, geschrieben hatte, er sei ›simply what we know as pure Dylan‹. Er führte folgende Zeilen, die man jetzt natürlich hören müßte, als Beleg an: If she tells you

232

she wants to use the cahh / Never explains what she wants it fahh.

Nach der Reifeprüfung verließ ich die Wilhelmshöhe, die Zechen-Siedlung, in der ich auch heute noch bzw. wieder wohne, hier bei OPEL den Berg hoch, in der Freizeit nur noch zu Auswärtsspielen des S.u.S., bei dem ich in der Bezirksklasse als linker Verteidiger kämpfte, und um zu Mrs. Jepsen nach London zu fliegen. Ich sah mir da jede Menge Filme, Theaterstücke und Konzerte an. Außerdem legte ich mir etliche Platten zu. Dylan ließ ich dabei links liegen. Ich wußte auch gar nicht, was der damals so sang, denn im Radio wurden seine Sachen kaum noch gespielt. Er konnte sich nur noch selten und dann auch nur in den unteren Regionen der Hitparaden wiederfinden. Die eine oder andere Melodie aus Buddy Hollys Nachlaß erschien noch, meist jedoch nachträglich von seinem damaligen Produzenten Norman Petty verunstaltet. Auch sonst beschaffte ich mir fast nur Oldies aus den 50er Jahren: von Elvis, Chuck Berry, Eddie Cochran, Gene Vincent, Johnny Burnette, Neil Sedaka, eben Carl Perkins und wie sie alle hießen. Eine halbe Ausnahme waren The Bunch. Das war das Rock-&-Roll-Pseudonym für die Folkrock-Truppe Fairport Convention, die unter diesem Decknamen eine Reihe Standards ihrer frühen Helden eingespielt hatten. Sandy Denny, eine der Sängerinnen, die sich später bei einem Treppensturz das Genick brach, sang auf diesem ROCK ON-Sampler drei Songs von Buddy Holly.

Da ich das jetzt schreibe, fällt mir ein, daß sie 1969 auch die französische (!) Fassung von Bob Dylans If You Gotta Go, Go Now – Si tu dois partir – gesungen hat, den einzigen Hit von Fairport C. Ich möchte an dieser Stelle bestätigen, daß die Losung ›Keiner singt Dylan so wie Dylan selbst‹ stimmt – fast alle anderen singen ihn besser. Man denke nur an If You Gotta Go, Just like A Woman und

Mighty Quinn von Manfred Mann mit verschiedenen Lied-Sängern (Paul Jones und Mike d'Abo), an It Ain't Me Babe von den Turtles, Don't Think Twice, It's All Right von Esther und Abi Ofarim, an It's All Over Now, Baby Blue von Them featuring Van Morrison, natürlich an Mr. Tambourine Man von den Byrds, aber auch an All I Really Want To Do von shoop shoop Cher, vor ihrem ersten chirurgischen Eingriff, an This Wheel's On Fire von Julie Driscoll. Und auch Jimi Hendrix' Version von All Along The Watchtower ist dem Original weit überlegen. Selbst Rod Stewart (Only A Hobo) holt mehr aus Dylan raus als Dylan selber. Ich besorgte mir bei einem meiner seltenen Ausflüge von der Bochumer Innen-Welt in die Außen-Welt der Innenwelt in der Buchhandlung Brockmeyer, die '72 neben dem legendären Rub-Pub lag, wo damals Kixon Bier gezapft hat, Peter Handkes Versuch über seine Mutter, ›Wunschloses Unglück‹, dem er ein Motto von Dylan vorangestellt hatte: ›He not busy being born is busy dying‹. Ein paar Jahre drauf sah ich eine szenische Lesung davon, unter dem Titel A SORROW BEYOND DREAMS, im National Theatre am südlichen Themseufer. Es war wohl in demselben Jahr, daß ich beim Fußball einen Knöchelbruch erlitt und ins Knappschaftskrankenhaus eingeliefert werden mußte. Da schenkte mir unser Trainer Hubert Chroscinski, ein freundlicher Bulle von Beruf, den neuesten Schinken von Johannes Mario Simmel DIE ANTWORT KENNT NUR DER WIND. Der Autor bedankte sich im Impressum bei Dylan und seinem Verleger, daß er Blowin' In The Wind übersetzt als Titel benutzen durfte. Ich rümpfte damals die Nase. Heute würde ich gerne so gut wie Simmel schreiben können. Dann hätte ich auch neben Boris & Barbara ein Chalet in Monte Carlo. Franz Schöler, ein anerkannter Dylan- und Buddy-Holly-Experte gleichermaßen, empfahl in der ZEIT den mir völlig unbekannten englischen Sänger/Song Writer

234

Phillip Goodhand-Tait, der angeblich Pop-Songs im Stile von Buddy Holly schrieb. Sie hörten sich aber, als ich sie mir, neugierig geworden, zugelegt hatte, aus meiner Warte eher so an, als seien sie unter dem Einfluß von Bob Dylan entstanden.

Ein Song von Goodhand-Tait – und später eine ganze LP – hieß Jingle Jangle Man, den man getrost als eine Variation von Dylans Tambourine Man-Thema auffassen darf. Ich las im NME, den ich mir, wenn ich nicht gerade in England war, hier in diesem Bahnhof, da vorne, wo jetzt die Garderobe ist, jede Woche gekauft hab, daß in eins von Goodhand-Taits Konzerten in L. A. Dylan händchenhaltend mit Joni Mitchell reingeschlendert war.

Da wollte ich nicht nachstehen und ihn in England suchen. Bereits eine halbe Stunde nach meiner Ankunft in der Victoria Station hatte ich ihn gefunden, im DJM-House in der New Oxford Street. Ich kriegte erst keinen Ton raus. Den Dylan-Fans unter euch würde es in einer ähnlichen Situation nicht anders gehen. Er erzählte mir, nachdem ich mich als Buddy-Holly-Anhänger, wenn nicht gar Abhängigen zu erkennen gegeben hatte, daß er neben dessen Everyday, das auf SONGFALL erschienen war, Peggy Sue, Oh Boy! und das hellseherische Rave On in seinem Live-Repertoire hatte. Er führte an diesem Herbstnachmittag einen Cocker-Spaniel an der Leine, und ich fragte ihn, wie der Köter hieß. Phillip anwortete: »Dylan«. Wir blieben bis heute Freunde, und über ihn erschien meine erste Arbeit für ein Buch, ein Artikel im Außenseiter-Lexikon von ROCK SESSION 5 (rororo), das '81 Walter Hartmann (Darmstadt) herausgab, der danach zur Strafe oder aus Geldmangel das Spätwerk Dylans für Zweitausendeins übersetzen mußte. Hartmann wiederum ermunterte mich zu einer längeren Story über die Wanne-Eickeler Vorgruppe, die mir ein Heidengeld einbrachte und in ROCK SESSION 6 rauskam. Zu der Zeit

235

war mein Freund Phillip schon als Video-Produzent (Pfund-)Millionär geworden. Ich kam nie dahinter, wie er das aus dem Nichts geschafft hatte. Ob er noch seine Katze hat, die natürlich Holly hieß, weiß ich nicht. Seit Jahren läuft ab und zu im ›Mittagsmagazin‹ vom WDR seine Version von Buddy Hollys Heartbeat, für die ich ihm '83 eine deutsche Plattenfirma vermittelt hab (Line Records). Als er mal kurz ein eigenes Label besaß (Gundog), brachte er eine Scheibe von der gleich ihm total unbekannten Rock-Poetin Aj Webber in England auf den Markt, die ich 75 im Vorprogramm von Kraftwerk erlebt hatte. Auf dem Album OF THIS LAND war ihre Interpretation von Dylans Just Like Tom Thumb's Blues drauf, den ich als alter Ignorant selbstverständlich noch nie von ihm gehörte hatte. Diese LP sollte die einzige werden, die ich in Sounds unterbringen konnte, bevor sie von der Marquard-Gruppe geschluckt wurden. Dabei unterlief mir noch der Klops, daß ich den Titel verkehrt angab mit Of This Country. In derselben Woche wie Miß Webber sah ich an gleicher Stelle in der Fairfield Hall, Croydon, neben dem Theater, das den Namen der Dame Peggy (!) Ashcroft trägt, die kurz nach diesem Vortrag sterben wird, Roy Orbison, ›The Big O‹, der gerade nach dem Tod von ein paar engen Verwandten ganz in schwarz gekleidet war, wie damals in Dortmund der Johnny Cash, der in den fünfziger Jahren fast gleichzeitig mit ihm in den Sun Studios in Memphis seine Karriere begonnen hatte, wo auch Elvis the Pelvis seine ersten Songs aufnahm, bevor ihn Colonel Tom Parker für'n Butterbrot rauskaufte und an die RCA verschacherte, die mir, wie gesagt, '82 meinen Trip 1. Klasse zu einem nicht stattfindenden Interview in Amsterdam spendiert hat. Seit O Pretty Woman '64 hatte Orbison praktisch keinen Hit mehr landen können. Aber das englische Publikum vergißt seine Idole von einst nicht so schnell: Die Hütte war voll. Ich hatte mir, wenn schon

236

denn schon, die erste Reihe geleistet, und ich sah: Der war so was von fertig, wenn auch sehr professionell, daß ich nie gedacht hätte, der würde sich noch mal bekrabbeln und Ende der 80er Jahre solo und als Mitglied der Travelin' Wilburys ein großes Comeback an der Seite von Bob Dylan feiern, der ihm, wie mir Kixon gerade, gegen zehn nach drei a. m. am Telefon erzählt hat, schon 25 Jahre vorher Demos von Songs geschickt hatte, die Orbison von ihm aufnehmen sollte, wozu es aber nicht kam. Nur erlebte der Sänger von It's Over seine Wiedergeburt nicht mehr richtig mit, denn er checkte sich vorher endgültig aus, um in die Fußstapfen von Buddy Holly zu treten, der dreißig Jahre vorher O's You've Got Love für den Longplayer The Chirpin' Crickets aufgenommen hatte, eine Art Vorgriff auf Orbisons ersten eigenen posthumen Hit You Got It.

Bei Foyles, wo ich ein paar Tage rumjobbte, erstand ich mit Rabatt die Jack-Kerouac-Biografie von Ann Charters, die mir inzwischen abhanden gekommen ist. Darin fand ich das Foto, auf dem Dylan am Grab des verreckten Autors von ON THE ROAD steht. Es war ein gutes Jahr in London, denn in dem Sommer erschien THE BUDDY HOLLY STORY, das lang erwartete grundlegende Werk über den bebrillten Texaner, verfaßt von dem ebenfalls kurzsichtigen Amerikaner John Goldrosen, den ich im Jahr drauf im ›Old Grey Whistle Test‹ (BBC) sah, der von ›whispering‹ Bob Harris moderiert wurde, der gleich ab vier in meinem alten Kofferradio auf dem BFBS seine dreistündige Saturday-Show abziehen wird. Als dieses Buch '86 endlich auf deutsch rauskam, druckte der Heyne Verlag auf der Rückseite ein angebliches Zitat von mir, das aus dem eingangs erwähnten ›Staccato‹ stammen sollte, aber fast vollkommen aus der Luft gegriffen war. Dafür hat der Setzer mir einen falschen Vornamen gegeben, und zwar ausgerechnet den, auf den der junge Mann katholisch getauft wurde, dem ihr heute meinen Auftritt zu verdanken habt und dessen Schwester Uschi im Goldenen Jahr 67 meine erste große Teenager-Liebe gewesen war. In dieser besten Rock-Biografie aller Zeiten, wie der Rolling Stone sie einstufte, steht auch ein Ausschnitt aus einem Interview, das Dylan '74 mit dem Nachrichtenmagazin NEWSWEEK geführt hat. It goes like this: »Ich trage einfach jene Zeit mit mir herum – die Musik der späten fünfziger und frühen sechziger Jahre, als Musik noch ganz ursprünglich war. Das ist für mich bedeutsame Musik. Die Sänger und Musiker, mit denen ich aufwuchs, sind mehr als Nostalgie – Buddy Holly und Johnny Ace haben für mich heute ebenso von Wert wie damals.« (Wer's noch nicht wissen sollte: Dieser Johnny Ace hat am Heiligabend 1955 einmal zu oft Russisch Roulette gespielt. WoW) In der zweiten Hälfte der 70er Jahre waren neue Platten von Buddy Holly nicht mehr zu erwarten, und ich flog auch vorläufig nicht mehr auf die Insel. Immer schwerer fiel es mir, die Wilhelmshöhe zu verlassen. Fast ging es mir wie dem ›Prisoner‹ Patrick McGoohan, der auch nicht mehr aus seinem Kaff entweichen konnte, in der TV-Kultserie NUMMER 6. Weil ich dann aber doch irgendwann Asche brauchte, heuerte ich in einem Plattenladen gegenüber dem Hauptbahnhof an.

Das einzig Gute daran war, daß ich mir fast alle Scheiben anhören konnte, auf die ich jahrelang scharf gewesen war, die ich mir aber nicht hatte leisten können. Praktisch stand die gesamte lieferbare Pop-Geschichte im Regal.

Ich arbeitete etwa drei Jahre in dem Shop, legte aber nie 'ne Rille von Dylan auf, höchstens THE LAST WALTZ von The Band, obwohl ich '77 in einem Playboy-Interview mit ihm die Zeile gelesen hatte ›I liked Buddy Holly a lot‹. Dann wurde ich von den ELPI-Besitzern an die Luft gesetzt, übrigens mit der Hilfe von einem der linken Anwälte, die diesen Kulturbahnhof hier gesetzmäßig vertreten.

Ich schwor diesem Wackernagel-Schwager damals ›I will peggy sue you‹. (Ich schreib' das nur noch mal, weil Kixon mich gerade dran erinnert hat).

Da war ich schon einige Monate nebenbei für ein lächerliches Zeilengeld Musik- und Literaturredakteur bei dem Stadtmagazin Marabo. Eine Dylan-LP, die in meine Ära fiel, delegierte ich an den mittlerweile an Krebs gestorbenen Thomas Eicke, der in Wuppertal mit der Marabo-Säzzerin Zewa Moll zusammenlebte, die nunmehr unter ihrem bürgerlichen Hausnamen im WDR-Hörfunk auftritt und mich nicht mehr mit dem Arsch anguckt, obwohl sie mir mehr oder weniger ihre Medienkarriere zu verdanken hat. Thomas schrieb nur, ungefähr, ›diese Platte ist genauso blöd wie die letzte‹. Das Blatt hat nie wieder so viele böse Leserbriefe zu einem noch dazu so kurzen Artikel gekriegt.

Dylan interessierte mich Anfang der Achtziger überhaupt nicht mehr, und ich bekam nur mit, daß er ein paarmal hin und her konvertiert war. Als mal wieder eine Comeback-Tour ins Haus stand, bat ich Otto Heuer, der eigentlich heute abend hier sein müßte, auch wenn er in Düsseldorf wohnt, die fällige Story über Dylan zu schreiben, um die die CBS (Sony) den Anzeigenleiter des Marabo ersucht hatte, weil sie andernfalls keine Annonce für das Konzert in Dortmund geschaltet hätte. Heute präsentieren Gazetten wie PRINZ, TEMPO oder eben BILD die Gigs direkt und drucken ihre Anzeigen für sich auf die Plakate. BILD präsentiert Bob Dylan repräsentiert Bild. (Oder die Beach Boys oder Heino, ganz egal.) Nachdem ich einen Streit mit dem Chefredakteur vom Zaun gebrochen hatte, weil ich nur noch solche Geschichten erzählen wollte wie diese, wurde ich auch vom Marabo geschaßt. Da täuschte ich einen Peggy Suicide vor und verschwand von der Bildfläche. Bob Dylan hätte gesagt: I Threw It All Away. Als ich mich wieder eingekriegt hatte und fast wie-

239

der der Alte war, der ich heute bin, bat ich aus heiterem Himmel einen befreundeten Buchhändler bei Janssen, von dem ich wußte, daß er Dylanologe war, mir doch eine Kassette mit Dylan-Hits zu ziehen, die ich '65/'66 so gerne gehört hatte. Am nächsten Tag konnte ich sie mir abholen. Zu Hause war ich bitter enttäuscht, denn es handelte sich nicht um die damaligen Originalaufnahmen, sondern um den natürlich schwarzen Mitschnitt eines Konzertes, das wahrscheinlich noch nicht zu Ende war. Als Trost empfand ich es, daß Hans-Jo Bröckermann auf der anderen Seite Bobby Fullers LP I REMEMBER BUDDY HOLLY für mich überspielt hatte. By the way, Fuller konnte sich nicht lange erinnern, denn kurz nachdem er das aufmüpfige I Fought The Law, das wir eher von The Clash kennen, aber von Sonny Curtis stammt, der die Lead-Gitarre auf Midnight Shift gezupft hatte, also dem Lied, das sich '56 so anhörte wie reiner Dylan, an die Spitze der Cash Box gesungen hatte, wurde er mit Benzin im Balg in seinem Cadillac vor seiner Haustür tot aufgefunden. Zudem gab mir mein Bekannter die Kopie einer Story, die zehn Jahre vorher in der renommierten englischen Zeitschrift ZIGZAG über meinen Freund Phillip erschienen war und die ich noch nicht kannte. Kurz drauf kaufte ich mir eine weitere Nummer vom Rolling Stone, weil die Titelgeschichte über Bob Dylan war, für den ich mich nun doch wieder mehr interessierte, was vielleicht eine Frage der Zeit war, weil ich wieder jung bzw. nicht erwachsen werden wollte. Dylan sagte seinem Interviewer Kurt Loder auf die Frage: »Did you get to see any of the original rock & roll guys, like Little Richard, Buddy Holly?« ins Mikrofon: »Yeah sure. I saw Buddy Holly two or three nights before he died. I saw him at the Armory. He played there with Link Wray. I don't remember The Big Bopper. Maybe he'd gone off by the time I came in. But I saw Richie Valens. (Er und der Big Bopper stürzten zusammen mit Holly ab. WoW). And Buddy Holly, yeah. He was great. He was incredible. I mean I'll never forget the image of seeing Buddy Holly up on the bandstand. And he died – it must have been a week after that. It was unbelievable.« Das ist zum Teil Blödsinn. Buddy Holly hat wahrscheinlich nie im Leben mit Link Wray (The Rumble) gespielt, schon gar nicht auf der letzten fatalen Tour. Das wüßte ich. Dylan verwechselt ihn anscheinend mit dem blutjungen Waylon Jennings, der später als sogenannter Outlaw ein Country & Western-Superstar wurde. Holly hatte ihn entdeckt, eine Cajun-Single mit ihm produziert (Jole Blon) und ihn für seine backing group als Bassisten engagiert, die in total neuer Besetzung immer noch als ›The Crickets‹ firmierte. Auf der anderen Seite stimmt es, daß Holly ein paar Tage, bevor er zum letzten Mal ein Flugzeug betrat, am 31. 1. 59 tatsächlich in ›The Armory in Duluth‹, Minnesota, Dylans Geburtsort, aufgetreten war. Die Maschine sollte Holly und die anderen beiden nach ihrem Konzert im Surf Ballroom in Clear Lake ihr die Szene aus dem Streifen LA BAMBA. Der junge Bruchpilot Matthew Rust verwechselte, wie eine spätere Untersuchung ergab, vermutlich oben mit unten. Jedenfalls krachte die Beechcraft Bonanza mitten in der Nacht bereits in der Nähe von Mason City, Iowa, unplanmäßig auf einen tiefgefrorenen Acker. (›Snow was snowing, wind was blowing when the world said goodbye, Buddy‹, TRIBUTE TO BUDDY HOLLY, by Mike Berry, '61 produziert von Joe Meek, der sich, an Hollys achtem Todestag, am 3. 2. '67, in England das Leben nehmen würde. Siehe auch INFANTA by Bodo Kirchhoff).

Als Kixon & Schwartz letzten Freitag in meiner Loge vorstellig wurden, versprachen sie mir, in den nächsten Tagen Platten und Bücher von und über Dylan vorbeizubringen, damit ich nicht ganz wie ein Tauber über seine Musik reden mußte. Das ist bis jetzt, Mittwoch, 22. 5. '91,

15.12 h, nicht geschehen. So mußte ich auf eigene Bestände zurückgreifen.

Meine einzige Dylan-LP, NASHVILLE SKYLINE, hatte ich vor etwa 15 Jahren meinem Nachhilfeschüler Bernd Wagner geschenkt, der dadurch zu einem Dylan-Freund geworden ist und der heute die Lotto/Toto-Annahme, den Tabakwarenhandel, den Zeitschriftenverkauf und den Eduscho-Vertrieb auf der Wilhelmshöhe, Hauptstraße Ecke Kernberg (in der 3. Generation) regelt. Ich hatte mir schon vor Wochen, als mir noch gar nicht klar war, daß Dylan fuffzig würde, weil ich immer gedacht hatte, der wär ›Forever young‹, im ALRO eine CD mit Hits von ihm aus meiner Kinderzimmer-Zeit erstanden und hörte mir schon lange, bevor ich diesen Auftrag etwas kurzfristig erhielt, immer wieder die Sachen von vor ungefähr 25 Jahren an. Von The Times They Are A-Changin' aber nur bis It Ain't Me, Babe. Danach kam auf diesem Plättchen nur noch Schrott. Und zu meiner Überraschung fand ich in meiner Bibliothek (ca. 2000 Bände) ein Taschenbuch, das ich nie gelesen und mit dessen Existenz ich nicht mehr gerechnet hatte. Es hieß ›Dylan, wie er sich selbst sieht‹, 1981 erschienen. Ich brauchte nur bis zur Seite 24 zu lesen, um drauf zu kommen, wie diese Geschichte – meine, seine und die von Buddy Holly – zu Ende gehen würde. Da stand: ›Ich spielte Klavier, als ich siebzehn war.‹ Dylan sagte das 1961, mit zwanzig. ›Ich spielte Klavier für diesen Rock & Roll-Sänger – Bobby Vee –, und er ist nun ein großer Star, nehm' ich an.‹ Und der Interviewer fragt: ›Wo war das jetzt?‹ ›Das war in Fargo; dann kreuzten wir durch den Mittleren Westen, gingen nach Wisconsin und Iowa, reisten dort rum, und dann haute ich ab.‹ ›Wie lange warst du mit Bobby Vee zusammen?‹ ›Ich war bei ihm so ungefähr, oh, jeden Abend – fast jeden Abend –, für einen Monat oder so – und dann, sobald ich ihn verlassen hatte, hatte er ein anderes Platten-Label, und dann sah ich

242

sein Bild in großen Magazinen und solchen Sachen kurze Zeit danach. Das war so etwas wie eine Enttäuschung.‹

Well now, diese Story hatte ich schon mal gerüchteweise gehört. Nun las ich sie zum erstenmal schwarz auf weiß und kann sie einigermaßen überprüfen. Tatsache ist, daß Bobby Vee, der eigentlich Robert Velline hieß, in den frühen sechziger Jahren ein großer Star in den Staaten war, unter anderm mit Hits wie Take Good Care Of My Baby und Rubber Ball. Und es ist auch glaubhaft überliefert, wie er seine Karriere begonnen hat. Das war am 3. Februar 1959, Buddy Hollys Todestag. Der Manager der Package-Tour suchte noch am selben Tag verzweifelt nach einem Ersatz für den verstorbenen Sänger von Not Fade Away und (!) It Doesn't Matter Anymore, seinem letzten zu seinen Lebzeiten veröffentlichten Song, den ihm Paul Anka auf den Leib geschrieben hatte.

(Oder sollte man sagen: ›Auf die Leiche?‹) Am Nachmittag bewarb sich nach einem Aufruf im lokalen Radiosender erfolgreich dieser 15jährige Robert Velline. Das war in der Stadt Fargo, North Dakota, seinem Heimatort, da, wo Holly hinfliegen wollte, aber nicht mehr landen konnte. Wenn man Bob Dylan glauben will – und wer von uns tut das nicht? –, hat eigentlich auch an diesem Tag, jedenfalls in Fargo, seine Karriere begonnen: als Pianist für das Buddy-Holly-Surrogat Bobby Vee. Wenn man so will, kann man leicht verzerrend sagen, daß an diesem schwarzen Tag des Rock & Roll sich Buddy Holly und Bob Dylan die Klinke in die Hand gaben, und eine neue Zeitrechnung begann. Diesen 3. Februar 1959 besang Don McLean 1972 in seinem mysteriösen Song American Pie als ›the day the music died‹, also als den Tag, an dem die Musik starb. Bob Dylan wurde ihr Totengräber. Take it away, Kixon.

P.S. Bei der Verleihung der Grammy Awards am 25. 2. 1998 sagte Bob Dylan, nachdem er den Preis für sein Album ›Time Out Of Mind‹ erhalten hatte:

And I just want to say that when I was sixteen or seventeen years old, I went to see Buddy Holly play at Duluth National Guard Armory and I was three feet away from him … and he LOOKED at me. And I just have some sort of feeling that he was – I don't know how or why – but I know he was with us all the time we were making this record in some kind of way.

Bob Dylan

Später nahm er Buddy Hollys Not Fade Away in sein Konzertprogramm auf und spielte diesen Song auch an Hollys 40. Todestag am 3. 2. 1999 in New Orleans.

Herbert Grönemeyer lebt hier nicht mehr

Das Ruhrgebiet ist auch nicht mehr, was es einmal war. Ein Blues in zwölf Takten.

Günther Rostek pfeift auf dem letzten Loch, aber die Karten kann er beim Skat noch genial nachhalten. Er verliert nur eine Anstandsrunde. Dieter Breitscheid, der gegen ihn gespielt hat, zeigt dem Wirt, daß der Deckel voll ist. 38 Mark muß er blechen. Gegen den ollen Günther kommt er noch immer nicht an, obwohl er auch kein junger Spund mehr ist. Ich bin nach langer Zeit mal wieder im ›Haus Schulte‹, hundert Meter von meiner Wohnung auf der Wilhelmshöhe entfernt, einer ehemaligen Bergmannssiedlung an Bochums Grenze zu Dortmund. Früher war hier der Bär los, so vor zwanzig Jahren, als ich in der ersten Mannschaft Fußball spielte, beim SuS Wilhelmshöhe, und dies war das Vereinslokal. Meinen Vater, der damals erster Vorsitzender war, habe ich öfter hier als zu Hause angetroffen. Mittlerweile haben sich die Kriegsteilnehmer weitgehend von der Öffentlichkeit verabschiedet. Ein paar Frührentner stehen am Tresen und schocken. Das haben wir früher auch gemacht und geflippert. Doch da, wo der blinkende und ratternde Apparat stand, ragt jetzt ein Darts-Automat in die Höhe. Ein paar Meter davor ein Strich. Der Wirt hat dafür einen Tisch geopfert. Zum Glück wirft gerade keiner seine Pfeile, und ich kann erhobenen Hauptes zur Musikbox gehen. Da ist nur Schrott drin. Das war schon immer so. Ewig hinkt sie zwei Monate hinter der Hitparade her. Pedro, der Inhaber der Pinte, ist kein Mexikaner, sondern Grieche. Aus irgendwelchen Gründen, die keiner kennt, hat er bei der letzten Jahreshauptversammlung nicht mehr als Vereinswirt kandidiert. Es bleiben ihm noch die Kleintierzüchter und der ›Luftbote‹, der Taubenverein. Neben mir trinkt Eberhard Klette sein sechstes Vest Pils. Auch er züchtet die intelligenten Vögel. Ich frage ihn, wieviel Schläge noch auf der Wilhelmshöhe sind. Neun. Aber die Taubenväter sind alle über fünfzig, und Nachwuchs kommt nicht nach. Das ist auch das Problem der Gesangvereins ›Eintracht‹. Neulich wurde dessen Ehrenvorsitzender Alex Brasse beerdigt. (Am 1. 9. 89 hatte ich ihn im Fernsehen gesehen, weil er den Polenfeldzug von Anfang an mitgemacht hatte.) Seine Sangesbrüder können alleine schon lange nicht mehr auftreten, und wahrscheinlich haben sie sich an Alex' Grab mit einem anderen Chor zusammentun müssen, um ihrem ehemaligen Präsidenten ein Abschiedsständchen zu bringen. »Beim Rudi Gießler«, sagt Eberhard, »haben wir am Grab Tauben mit schwarzen Schleifchen hochgehen lassen.« Bevor ich weitergehe, überlege ich, ob ich mir nebenan eine Currywurst mit Pommes leisten soll. War das ein Auflauf, als vor dreißig Jahren der ›Spikes‹ Rotermund in dieser Bude, die zur Kneipe gehört, die ersten Pommes mit Schlamm verkauft hat! So etwas kannten bis dahin ja nur die paar Holland-Fahrer (und wer war schon 1963 motorisiert?). Das Geschäft ging auch jahrelang gut. Der Gerd Neemann (im nachhinein mit Abstand mein Lieblingswirt) hat seine Frau hierhin abgeschoben, weil er sie nicht in der Gaststube haben wollte. Heute verkauft Pedros Frau vielleicht fünf Currywürstchen am Abend – und ein paar Portionen Gyros. Die anderen rufen eine Pizzeria oder Mac Mao an. Ich will noch die übrigen drei Kneipen abklabastern, in denen die 5000 Wilhelmshöher ihren Durst nach Feierabend löschen könnten. Aber nur wenige tun das. Ich gehe die vielbefahrene Hauptstraße entlang, den Zubringer für Opel vor meiner Haustür. Die Selterbude ist schon monatelang zu. Irgendwie läuft auf der Wilhelmshöhe

246

das Geschäft mit der Trinkhalle nicht mehr. Früher hielten die LKW-Fahrer jeden Tag wegen einer Schachtel Streichhölzer, nur um beim Kauf einen Blick auf den dikken Busen von Hermine Abich werfen zu können. Als die weg war, folgten nur noch Pleiten. Teilweise die Funktion der Selterbude übernommen hat Bernd Wagner. Jedenfalls nimmt er auf Lottoscheinen nicht nur die Illusionen der Wilhelmshöher entgegen, sondern verkauft neben Schreibwaren, Zigaretten und Zeitschriften auch Getränke und für die Kinder etwas schnuckern. Faber (der ohne Wenn und Aber) hat ihm noch nicht viele Kunden abspenstig gemacht. »Laß den erst einmal den ersten Musterprozeß verlieren.« Die taz führt er nicht, weil kaum jemand danach verlangt, dafür wird er täglich hundertzwanzig Bild-Zeitungen los. Die Neugier auf Focus hat stark nachgelassen. Das Blatt steht unverkäuflich im Regal. Drei Frisiersalons halten sich auf der Wilhelmshöhe. Ich gehe immer zur Dietlinde, mit der ich konfirmiert worden bin. Wie hier oben zwei Blumengeschäfte leben können, ist mir schleierhaft. Eine Goldgrube hingegen ist der Fußpflegesalon von Therese, weil es hier so viele alte Frauen mit Hühneraugen gibt. Der Bäcker Franz Mersmöller kann sich eben über Wasser halten. Seitdem der Plus in der Somborner Straße zu ist, hat er sein Angebot ums Nötigste erweitert und betreibt jetzt eine Art Tante-Emma-Laden. Nebenan die Volksbank wurde schon vor ein paar Jahren wie die Post neulich dichtgemacht, angeblich wegen der ungünstigen (eigentlich günstigen) Verkehrslage in B 1-Nähe, die einige Ganoven verleitet haben soll. Wahrscheinlich aber haben die Wilhelmshöher zu wenig Gewinn gebracht. Hier gibt es keine Großanleger. Danach hat es in dem Ladenlokal ein Arzt mit einem Sonnenstudio versucht und sich eine Blase gelaufen. Jetzt ist nach dessen Pleite schon der zweite Video-Verleiher drin. Ich glaube nicht, daß der sich eine goldene Nase verdient, denn die Wilhelmshöhe ist fast voll verkabelt. Am Tresen von ›Goldberg‹ sitzen ein paar Männeken. Es sieht nicht mehr wie einst aus, wie ein Wartesaal. Gerade werden die Sparkästen geleert. Ich verkneife die Frage an die Vertrauensleute, ob noch eifrig gespart wird. Sonst läuft hier wenig ab, außer einem bißchen Politisieren über Krause und Herbert Wehner. Beim Bruno (›Haus König‹) steht auch eine Jukebox. Sie ist aber ausgestellt, und es tönt etwas aus dem CD-Player hinter dem Tresen. Jetzt ist Bruno, ein gemütlich wirkender Dicker, der neue Vereinswirt des SuS. Nach dem Training haben sich drei Spieler eingefunden und diskutieren mit Karl-Heinz Sallner, auch ein Taubenvater, ob der VfL Bochum tatsächlich ›unabsteigbar‹ ist, wie es in einem Lied heißt. Unser Club steht mit an der Spitze in der Kreisliga A. Allerdings ist er auf Neuzugänge aus anderen Vereinen angewiesen. Mangels Masse mußte die Jugendabteilung abgemeldet werden. Die Wilhelmshöhe ist überaltert, und die jüngeren Eltern schicken ihre paar Kinder lieber zum Tennis. Im ›Sputnik‹ (eigentlich ›Bürgerkrug‹) bin ich neben ›Curd Jürgens‹ der einzige Gast. (Fragt mich nicht, wie der wirklich heißt!) Er schimpft auf die Asylanten. Tatsächlich wohnen etliche in einem alten Bullenkloster von Opel. Das gab anfangs Theater, als die einzogen, vornehmlich mit den Besitzern von Eigenheimen in der Nachbarschaft. Da konnte auch der Bundespräsident nicht helfen, der hier, tatsächlich hier auf der Wilhelmshöhe, nach den Vorfällen von Hoyerswerda leibhaftig erschienen ist, um Schönwetter zu machen. Inzwischen scheint sich die Lage beruhigt zu haben. Ich drücke ›Jive Buddy Jive‹, während ›Curd Jürgens‹, der, bevor RTL über den Sender ging, immer ein paar Pornohefte in der Aktentasche bei sich führte, etwas wehmütig einen Bericht der Bild-Zeitung zitierte, wonach in Budapest Zwölfjährige für zwanzig Mark die Stunde zu haben sind. Auch im ›Sputnik‹ ist der Flipper durch ein Darts-Board ersetzt worden. Wenn ich noch Bock hätte, könnte ich meinen Freund Alfred Schmalz anrufen, und wir würden in die Stadt fahren, so wie wir's vor zehn Jahren öfter gemacht haben. Aber ich weiß nicht, was seine neue, wesentlich jüngere Lebensgefährtin dazu sagen wird. Ab und zu singt er noch, der Pavarotti von der Wilhelmshöhe, für hundert Mark pro Lied, bei Hochzeiten und anderen Festlichkeiten. Meine Mutter erzählt heute noch gerne, daß es Alfred war und nicht der Pastor, der sie mit seinem ›Ave Maria‹ zum Weinen gebracht hat, als 1969 mein Bruder geheiratet hat. Im ›Bermuda-Dreieck‹, der Bochumer Suffmeile, ist sicher wieder die Hölle los, weil die Bauernknüppel aus dem nördlichen Bergischen und südlichen Münsterland eingefallen sind. Einheimische gehen hier nicht vor zwei Uhr in die Kneipe. Ich streiche den Abstecher in die City und gehe lieber die zehn Minuten zu Fuß in den ›Bahnhof Langendreer‹. Die Leute, die das Ding leiten, stöhnen wie die meisten freien Kulturveranstalter über die Sparwut der SPD-Bürokratie. Trotzdem läuft hier ein ansehnliches Programm ab, von Richard Rogler und drei Tage Helge Schneider bis F. M. Einheit und Jack Bruce. Das angeschlossene Kino wird jedes Jahr wegen seiner Verdienste vom Bundesinnenminister ausgezeichnet. Nur das kurzlebige ›Dschungelkino‹ im legendären ›RubPub‹ an der Uni hatte Ende der siebziger Jahre ein ähnlich anspruchvolles Programm. Hier im Bahnhof ist überhaupt kein automatisches Spielgerät vorhanden. Ich genehmige mir zwei Bier zu einem zivilen Preis und nehme eine S-Bahn zum ›Zwischenfall‹, wo für zwölf Mark Eintritt eine Hardcore-Band aus dem Nirvana-Staat Seattle zu sehen ist. Vielleicht treffe ich meinen 23jährigen Neffen Marcus, der selber mal in einer harten Combo Schlagzeug gespielt hat. Jetzt zieht er solo sein Techno-Ding durch [welche sprache! d. s-in]. Er ist aber nicht da und wird wohl im ›Planet‹ stecken, der von den

Spex-Lesern bei einer Umfrage zur besten Disko im Westen gewählt worden ist und wo auch schon mal Konzerte mit avantgardistischen Bands, ähnlich wie im ›Macao‹ oder im ›Cave‹ ablaufen. Wahrscheinlich bin ich für derlei Krach zu alt. Aber für junge Leute ist hier in Bochum genug los, weitaus mehr als in meiner Jugend [kommt nur darauf an, was man so als ›ist los‹ bezeichnet, gell? d.s-in]. Ich werde lieber wieder öfter in den Kneipen der Wilhelmshöhe auftauchen und samstags bei den alten Herren spielen. Und wenn dann Alfred Schmalz unter der Dusche auf italienisch ›O Sole Mio‹ schmettert, weiß ich, wo ich hingehöre.

Abschied von der Trümmerfrau

Jeden Morgen, wenn ich von der Nachtschicht nach Hause komme, sitzt meine Mutter im Bademantel in der Küche und studiert die Todesanzeigen oder löst das Kreuzworträtsel in der WAZ. Die anderen Seiten der Zeitung überfliegt sie nur. Manchmal, nach dem Ableben eines Prominenten, bring' ich ihr eine Bild mit. In die taz, die ich abonniert habe, hat sie erst zweimal reingeguckt – als Stories von mir drinstanden. Sie hat mir zwei Joghurts, mein Frühstück, auf den Tisch gestellt. Tausendmal hab' ich ihr gesagt, daß sie deswegen nicht aufzustehen brauche. Aber sie läßt sich das nicht nehmen, weil ich nach einer halben Stunde zum Schlafen auf meine Mansarde gehe und sie wenigstens ein bißchen von mir haben will. Dann erledigt sie die Hausarbeit, von der ich vollkommen befreit bin, oder sie geht einkaufen. Manchmal häkelt sie. Ihre Gardinen sind bei der Verwandtschaft begehrt. Für meine Schwester und deren Mann kocht sie mit. Nach einem Mittagsschläfchen geht sie mit einer etwas älteren Nachbarin zum Friedhof, um das Grab meines Vaters zu pflegen. Fast jeden Tag ist sie da. Wenn es regnet, bleibt sie zu Hause. Sie sieht selten fern. Hans Meiser mag sie als Mann, aber nicht seine Sendungen, von Ilona Christen ganz zu schweigen, da ist ihr Fliege lieber, weil der am sachlichsten ist. Meistens liest sie nachmittags jedoch die Klatschzeitungen, die ihr eine etwas jüngere Nachbarin überlassen hat. Sie hat den nötigen Abstand zu diesen Blättern. Ihre Lektüre ist eine genauso dumme Angewohnheit wie das tägliche ›Glücksrad‹-Gucken. Damit sie mal auf andere Gedanken kommt, hab' ich ihr neulich einen Roman von Ulla

Berkéwicz in die Hand gedrückt. Sie hat ihn auch gelesen und sich gewundert, wieso die Autorin so gut übers Dritte Reich Bescheid weiß: »Die ist doch höchstens so alt wie du.« Ich antwortete: »Das weiß die alles von ihrem Mann. Der ist mindestens so alt wie du.« Auch meine Mutter hat ihre Jugend während der Hitler-Zeit durchlebt. Schlimmer noch sei die Zeit vorher gewesen, als der Vater arbeitslos war und die Familie hungern mußte. Im BdM durfte sie nur hinterherlaufen, weil ihr Vater, ein in sich gekehrter kommunistischer Bergmann, keine Uniform für sie kaufen wollte. Ihr Pflichtjahr leistete sie bei Verwandten in einer Bahnhofsgaststätte ab, wo sie nach Strich und Faden ausgebeutet wurde. Danach, schon im Krieg, absolvierte sie ihre Lehre im Kaufhaus Kortum, das fünfzig Jahre später als Kulisse für ›Bellheim‹ dienen sollte. Hier, sagt sie, habe sie viel fürs Leben gelernt, und man merkt ihr an, wie gerne sie von der Zeit erzählt. Zweimal in der Woche ging sie damals ins Kino. Die alten Darsteller kennt sie alle noch, wenn sie heute in alten Streifen im Fernsehen auftauchen. Ihre Lieblinge waren nicht die gängigen Stars Hans Albers und Heinz Rühmann, sondern eher subtilere Charaktere wie Heinrich George, Ernst von Klipstein und Carl Raddatz. 1944 wurde sie dienstverpflichtet in einen kriegswichtigen Betrieb, wo sie für die russischen Zwangsarbeiter kochen mußte. Den Krieg beendete sie als Funkerin in Schleswig-Holstein. Als der Führer starb, mußte sie heulen. Zu Fuß lief sie nach Bochum zurück. Sie fing auf der Zeche Bruchstraße in der Küche an. Ihre Gefühle waren wohl etwas verwirrt. Kein Wunder in jener Zeit. Jedenfalls verlobte sie sich erst mit jemand anderem, bevor sie meinen Vater heiratete. Bald darauf wurde mein Bruder geboren. Von da an ging sie nicht mehr zurück ins Berufsleben.

Ich kam als zweiter Sohn auf die Welt und sollte eigentlich ein Mädchen werden (eine Annegret). Doch ich hatte nie das Gefühl, unerwünscht zu sein. Ganz im Gegenteil, meine Mutter schickte mich nicht in den Kindergarten, weil sie mich immer um sich haben wollte. Auch dann noch, als meine Schwester als Nachkömmling kam. Meine Mutter litt darunter, daß ihr Mann auch mit dem Sportverein verheiratet war. Zwar war er kriegsversehrt und konnte nicht mehr aktiv Fußball spielen, machte sich aber im Vorstand unersetzlich und verbrachte viel Zeit bei Sitzungen. Auf'm Pütt, wo mein Vater als Lohnbuchhalter arbeitete, wurde immer gesoffen, vom Betriebsführer abwärts bis zum letzten Schlepper. Meine Mutter haßte den Fußball. Sie weiß bis heute nicht, obwohl auch ihre beiden Söhne Fußballer wurden, was ›abseits‹ ist. Trotzig meint sie: »Das wußte die Frau Herberger auch nicht.« Richtig glücklich wurde die Ehe meiner Eltern erst, als mein Vater pensioniert wurde und nur noch als einfacher Zuschauer zum Sportplatz ging. Das waren noch schöne fünfzehn Jahre. Ich hatte mich leider nicht so entwickelt, wie sie sich das gewünscht hatten. Meine Schulzeit verlief problemlos, und meine Mutter ging nie zum Elternsprechtag. Ich machte ihr da wenig Sorgen. Sie brauchte mich nur schief anzusehen, und schon kuschte ich. Über Sex sprachen wir damals nie, und ich klärte mich durch Oswald Kolle auf, den jede Woche der Lesezirkel ins Haus lieferte. Ich fing spät an zu ficken. Natürlich erzählte ich nichts zu Hause davon. Und meine Mutter fragte mich auch nicht danach, ob ich mit der und der ins Bett ging. Aber ich hatte nicht so viele Frauengeschichten, vielmehr trank ich als eifriger Fußballer eine Menge mit den Kameraden. Nicht nur deshalb ging mein Studium in die Binsen. Ich glaub', das Studium, das für mich geeignet ist, gibt es nicht, wie spätere Fehlversuche zeigten. Statt dessen träumte ich davon, Schriftsteller zu werden, nachdem ich Hesse und Handke gelesen hatte, ich wußte aber nicht, worüber ich schreiben sollte. Natürlich traf mein Abrücken vom nor-

253

malen Weg meine Mutter wie ein Schlag. Sie hat mir aber nur kurz Vorwürfe gemacht und auch schweigend ertragen, daß ich erst mal Schallplattenverkäufer wurde. In diese Zeit fielen meine ersten Veröffentlichungen in dem damals noch kleinen Ruhrgebietsmagazin Marabo. Ich freute mich natürlich riesig, und sie war wohl auch etwas stolz.

Nach zweieinhalb Jahren im Laden bekam ich einen Koller und provozierte meine Kündigung. Auch das erduldete meine Mutter mit Gleichmut. Obwohl ich knapp bei Kasse war, nahm ich mir bei einer Bekannten ein Zimmer. Es war das erstemal, daß ich richtig von zu Hause fortzog. – Ich war nun schon 28. Trotzdem heulte meine Mutter ein Stückchen. Mittlerweile war ich Musik- und Literaturredakteur beim Marabo geworden und dauernd unterwegs. Ich schrieb jetzt auch für überregionale Blätter wie Sounds und Musik Express. Nebenbei arbeitete ich schwarz als Diskjockey. Ich war total hektisch und fickte viel rum. Ich nahm kräftig ab, obwohl ich keinen Fußball mehr spielte. Illegale Drogen hab' ich nie genommen, sonst wär ich schon mit zwanzig unterm Torf gewesen.

Es hat nicht lange gedauert, und ich war so pleite, daß ich zurück zu meinen Eltern ziehen mußte. Meine Mutter war's zufrieden. Selbstverständlich übernahm sie meine Schulden bei der kleinlichen BfG. Ein Jahr später stand ich auf und dachte, aus meinen Eltern seien Herbert Wehner und Marilyn Monroe geworden. Auf einmal war ich verrückt geworden und mußte nach einigen Slapsticks in die Psychiatrie. Meine Mutter war natürlich fertig, aber sie ließ es mich in der Klinik nicht fühlen. Ich kann mir vorstellen, daß sie abends im Bett geweint hat. Andererseits machte ich ihr auch keine Vorwürfe. Man ist ja leicht bei der Hand, psychische Schädigungen der Mutter in die Schuhe zu schieben. Aber ich weiß nicht, wo sie an mir versagt hätte, auch nicht später, als ich einen schweren

254

Rückfall erlitt. Vielleicht war sie zu lieb zu mir. Ich hätte mich bei ihr für diese Zuneigung gern mit einem Hit bedankt, aber mein Roman Peggy Sue verkaufte sich nur 800mal. Immerhin kam das Fernsehen angerückt, und Mutti durfte öffentlich sagen, daß sie es lieber gesehen hätte, wenn ich Lehrer geworden wäre. Ich hab' aber keine Schuldgefühle deshalb, höchstens, daß ich mit meinem Opus magnum noch nicht fertig bin, das ich ihr gerne präsentieren möchte, bevor sie mich für immer verläßt. Damit sie sieht, daß ich doch auf dem rechten Weg bin. Irgendwann einmal hat meine Mutter gesagt, sie würde gerne hinter mein Geheimnis kommen, solange sie noch lebt. Ich weiß nicht, was das sein soll. Vielleicht schreibe ich darüber in meinem nächsten Buch. Heute, nach dem Tod meines Vaters, bin ich der Herr im Haus, auch wenn ich als Nachtwächter tagsüber meistens schlafe. Gekocht wird, was ich gerne mag. Manchmal gehe ich mit zum Friedhof. Ein besonderes Fest ist für uns beide, wenn ich mal frei habe und wir in den Ruhrpark einkaufen fahren. Da spendiere ich Espresso und Cappuccino bei Tchibo. Darüber hinaus drücke ich eine eher symbolische Summe als Kostgeld ab. Die größte Freude bereite ich ihr, wenn wir zusammen irgendwo essen gehen. Daß ich, solange sie lebt, noch mal wegziehe, kommt nicht in Frage, zumal ich keine Freundin habe, die mich drängt. Gegen neun Uhr abends geh' ich zur Arbeit. Sie guckt irgendwas im Fernsehen. Nur keine Gewalt oder Sex. Sie will sich nur berieseln lassen. Bald geht sie ins Bett, aber nie, ohne mir vorher zu sagen: »Kämm dich!« Ich bin 42!

Quellenverzeichnis

›Peggy Sue‹ Konkret Literatur Verlag 1986

Die vollständige Version des Kapitels ›Buddy Holly auf der Wilhelmshöhe‹ erschien 1982 in der Anthologie ›Staccato‹ hrg. von Diedrich Diederichsen, Kübler Verlag M. Akselrad

›Heinz Rudolf Kunze – Deutsche Lieder‹ Musikexpress 3/1982

›Penguin Café Orchestra – The Noise Of The Heart‹ Sounds 3/1982

›Auf der Suche nach dem verlorenen Lou Reed‹ Überblick 4/1982

›Motörhead – Kein Schlaf bis Hammersmith‹ Musikexpress 5/1982

›Kalter Bauer in Bochum‹ Konkret Sexualität 1983

›Einmal Tchibo und zurück‹ Konkret Literatur 1984

›Das dritte Ei‹ Frankfurter Rundschau 13. 6. 1992, Kozmik Blues 9 und in der Anthologie ›Alle meine Endspiele‹ Edition Tiamat 1998

›Unsere kleine Stadt‹ Die Zeit 50/1988 und ›Dem Echten Fuffziger‹ Maro Verlag 1991 Hrg. Dietrich Segebrecht und Ulrich Franz

›Bob Dylan und Buddy Holly. Kein Vergleich.‹ in Auszügen in der taz vom 22. 7. 1991, leicht gekürzt in ROGUE 15 (Juni 1992) und in Bob Dylan. Fünfzig Jahre. hrg. vom Arbeitskreis für Kultur e.V. Germinal 1993.

›Herbert Grönemeyer lebt hier nicht mehr‹, TAZ 2. 4. 1993

›Abschied von der Trümmerfrau‹ – ›Mütter und Söhne – Die längste Liebe der Welt‹. Hrg. von Annette Garbrecht, Klein Verlag 1995.